HORST BOSETZKY

Teufelssee

»QUITT« PRO QUO Der Berliner Förster Thomas Wotzlaff macht sich mit seiner autoritären Art nicht gerade Freunde. Auch der soziopathische Forstlehrling Dietmar Menz hat die Nase voll von seinem Chef und erschießt ihn in den Müggelbergen. Da alle Spuren der Polizei im Sande verlaufen, schalten sich der pensionierte Kriminalhauptkommissar Hansjürgen Mannhardt und sein Enkel, der Jurastudent Orlando ein. Aber auch sie kommen nicht voran. Bis Mannhardts Lebensgefährtin Heike von Deutschlandradio Kultur den Auftrag zu einem Feature über die in Berlin/ Ohio und nebenan in Holmes County wohnenden Amischen erhält. Mannhardt und Orlando fliegen mit und finden eine Spur, die dem Fall eine überraschende Wendung gibt.

Horst Bosetzky wurde 1938 in Berlin geboren. Der emeritierte Professor für Soziologie veröffentlichte neben etlichen belletristischen und wissenschaftlichen Arbeiten zahlreiche, zum Teil verfilmte und preisgekrönte Kriminalromane. 1992 erhielt er den Ehren-Glauser des SYNDIKATS für das Gesamtwerk und die Verdienste um den deutschsprachigen Kriminalroman. 2005 wurde ihm der Verdienstorden der Bundesrepublik Deutschland verliehen. Zehn Jahre lang war Horst Bosetzky Sprecher des SYNDIKATS und Gründungsmitglied von QUO VADIS. Besuchen Sie: www.horst-bosetzky.de

Bisherige Veröffentlichungen im Gmeiner-Verlag:
Eingebunkert (2016)
Witwenverbrennung (2015)
Fahnenflucht (2013)
Der Fall des Dichters (2012)
Nichts ist so fein gesponnen (2011)
Promijagd (2010)
Unterm Kirschbaum (2009)

HORST BOSETZKY

Teufelssee

Kriminalroman

GMEINER SPANNUNG

Personen und Handlung sind frei erfunden.
Ähnlichkeiten mit lebenden oder toten Personen
sind rein zufällig und nicht beabsichtigt.

Besuchen Sie uns im Internet:
www.gmeiner-verlag.de

Im Ehnried 5, 88605 Meßkirch
Telefon 07575 / 2095-0
info@gmeiner-verlag.de

1. Auflage 2017

Lektorat: Claudia Senghaas, Kirchardt
Herstellung: Mirjam Hecht
Umschlaggestaltung: U.O.R.G. Lutz Eberle, Stuttgart
unter Verwendung eines Fotos von: © Daniel Thornberg / Fotolia.com
Druck: CPI books GmbH, Leck
Printed in Germany
ISBN 978-3-8392-2022-1

Der Mensch ist eine Bestie und seiner Niedertracht muss mit Mitteln aus demselben Arsenal begegnet werden.

Theodor Fontane, aus einem Brief an Moritz Lazarus

TEIL I

EINS

Theodor Fontane liebte die Berliner Müggelberge und schreibt im Band *Spreeland* seiner *Wanderungen durch die Mark Brandenburg* über sie:

Diese Müggelberge repräsentieren ein höchst eigentümliches Stück Natur, abweichend von dem, was wir sonst wohl in unserem Sand- und Flachlande zu sehen gewohnt sind. Unsere märkischen Berge (wenn man uns diese stolze Bezeichnung gestatten will) sind entweder einfache Kegel oder Plateauabhänge. Nicht so die Müggelberge. Diese machen den Eindruck eines Gebirgsmodells, etwa als hab' es die Natur in heiterer Laune versuchen wollen, ob nicht auch eine Urgebirgsform aus märkischem Sande herzustellen sei. Alles en miniature, aber doch nichts vergessen. Ein Stock des Gebirges, ein langgestreckter Grat, Ausläufer, Schluchten, Kulme, Kuppen, alles ist nach Art einer Reliefkarte vor die Tore Berlins gelegt, um die flachländische Residenzjugend hinausführen und ihr über Gebirgsformationen einiges ad oculos demonstrieren zu können.

Durch dieses Mittelgebirge *en miniature* wanderten nun im Jahre 2015 zwei junge Menschen, die, was mehr als erstaunlich war, diesen Text kannten: Svea, weil sie Deutschlehrerin werden wollte und dieses Fach »aufs

Lehramt« studierte, und Finn, weil er Schauspieler war und sie in einem kleinen Off-Theater gerade das Stück »Fontane Reloaded« von Martin Nehmer spielten. Er kannte auch das dem Kapitel über die Müggelberge vorangestellte Gedicht und trug es professionell vor: *»Es rührt kein Blatt sich, alles schläft und träumt, / Nur je zuweilen knisterts in den Föhren, / Die Nadel fällt, – es ruht der Wald.«*

Auch bei ihm knisterte es, und zwar unten in der Hose, was ihn dazu bewog, keinen großen Dichter, sondern den Volksmund zu bemühen: »Ist der Mai warm und trocken, / kann man schon im Freien bocken.« Er war am Fuße der Müggelberge groß geworden, in Wendenschloss, und hatte schon als pubertierender Knabe davon geträumt, einmal mit einer tollen Frau im Freien zu – koitieren. Möglichst mit einer Stewardess, denn von denen hieß es ja: Gehen in die Luft. Vögeln gleich. Und Svea hatte ihr Studium finanziert, indem sie zwei Jahre lang als eine solche gearbeitet hatte. Er stellte sich vor, wie sie in ihrer hautengen blauen Uniform durch den Gang eines fast leeren Airbusses schritt, um nachzusehen, ob er sich auch angeschnallt hatte. Dabei bemerkte sie seine Erektion. Schnell war sein Reißverschluss geöffnet und ihr Rock hochgeschoben. Dann saß sie auf ihm und …

»Woran denkst du gerade?«, fragte ihn Svea.

»Daran!« Er umarmte sie stürmisch und ließ sie deutlich spüren, was rasant schnell hart geworden war.

»Nicht hier!«

»Doch hier!«

»Da hinten kommen Leute«, warnte sie ihn.

Er lachte. »Dann nehmen wir 20 Euro fürs Zusehen dürfen. Aber da rechts im Wald ist eine Kuhle, da habe ich schon als Kind immer drin gespielt.«

Vielleicht konnte er die Kontrolle über seine entgleiste Libido doch noch zurückgewinnen. Sie wollte versuchen, Zeit zu gewinnen, indem sie ihm intellektuelle Assoziationen verschaffte, etwa mit dem Satz: »Kuhle, ja, aber dann ›Kuhle Wampe‹. Ein fantastischer Film damals! Wer hat die männliche Hauptrolle gespielt?«

»Ernst Busch. Aber mich interessiert jetzt nur dein Busch.«

Damit fuhr seine Hand unter ihren Rock und tastete sich zu ihrem Schamhaar vor. Immer stürmischer drang er auf sie ein. »Svea, bitte! Ich hab' auch Kondome mit.«

Langsam ließ sie sich vom Strom seiner Begierde mitreißen und fieberte sogar dem eigenen Orgasmus entgegen. In einer Kuhle im Sand …

Im FLOW kämpften sie sich durch Gras und Unterholz, und er nahm seinen Steifen als Kompassnadel, der ihnen den Weg zu seiner Kuhle weisen sollte.

Jetzt waren sie dort angekommen und …

… und nichts war mehr mit Rammeln und orgiastischen Schreien, denn in seiner Kuhle lag ein Toter.

*

Der Masterstudiengang »Klinische Psychologie und Gesundheitspsychologie« ist ein anwendungsorientierter Studiengang, der durch die Verbindung von Klinischer und Gesundheitspsychologie nationale und inter-

nationale gesundheitspolitische Entwicklungen und die damit einhergehenden Veränderungen auf dem europäischen Arbeitsmarkt berücksichtigt. In den Lehrinhalten werden explizit ökologische, soziale, kulturelle und institutionelle Bedingungen sowie der Einfluss der Geschlechtsrollenzugehörigkeit einbezogen.

Es wird eine fundierte Ausbildung in Methoden und Diagnostik gewährleistet. Die Vermittlung allgemeiner Methodenkompetenzen wird ergänzt durch fachspezifische Methodenseminare zur Versorgungs- und Interventionsforschung und zu spezifischen diagnostischen Verfahren sowie durch eine individualisierte Beratung bei der Planung und Durchführung der Masterarbeit. Weitere methodische Kompetenzen werden über die Mitarbeit an Forschungsprojekten der Klinischen Psychologie oder Gesundheitspsychologie erworben.

So hatte es Björn Görke auf dem Bildschirm stehen gehabt, als er im Internet das Studienangebot der FU Berlin durchgegangen war, und sofort gewusst, dass das sein Ding war. Man hatte seine Mutter mit einer schweren Depression in die Karl-Bonhoeffer-Nervenklinik eingeliefert, als aus ihrem idyllischen Familienleben im West-Berliner Dörfchen Lübars ein einziger Horrortrip geworden war. Und er hatte in »Bonnies Ranch«, wie die KBoN im Volksmund hieß, so viele arme Teufel kennengelernt, dass er es als Aufgabe und Ziel seines Lebens ansah, sie zu verstehen und ihnen zu helfen. Ein bisschen stimmte es aber auch, wenn Freunde lästerten: »Mensch, Björn, du willst dich doch bloß besser selbst therapieren können!«

In der heutigen Vorlesung ging es um wahnhaftes Denken und um Wahnideen.

»Schon bei Eugen Bleuer finden wir drei Sätze, die alles auf den Punkt bringen«, begann die Dozentin: »*Zum Wesen des Wahns gehört seine* Unerschütterlichkeit. *Er lässt sich weder an der eigenen Erfahrung noch durch Belehrung beeinflussen.* Kurzum: *Dem Wahnkranken fehlt die Kritikfähigkeit seinem Wahn gegenüber, in allen anderen Belangen kann sie erhalten sein.*« Dann stellte sie die Wahnformen vor, auf die sie in den nächsten Sitzungen näher eingehen wollte: »Da sind der Größenwahn, von dem Sie alle schon einmal gehört haben werden, ebenso wie vom Verfolgungs- und Eifersuchtswahn, vergleichsweise neu aber werden Ihnen erscheinen: der Versündigungswahn, wo die Kranken glauben, schwerste Verbrechen begangen zu haben, der hypochondrische oder auch depressive Krankheitswahn und der Verneinungswahn. Fangen wir einmal mit diesem an, denn darüber habe ich geforscht und kann Ihnen ein paar Fallbeispiele vorführen. Die Franzosen kennen ihn unter dem Begriff *délire des négations.* Sie finden diesen wahnhaften Glauben an die eigene Nicht-Existenz in der Literatur aber auch unter dem Begriff *Cotard-Syndrom,* benannt nach dem Franzosen Jules Cotard (1840–1889). Die Kranken haben das Gefühl, dass alles um sie herum nicht mehr existiert: die Klinik, die Welt, ein Gott, sie selbst. Sie sind überzeugt, dass sie tot seien, überhaupt nicht mehr existierten. Sie meinen zu verwesen oder ihr Blut sowie ihre inneren Organe verloren zu haben. Ursachen können bipolare Störungen sein, aber auch Unfälle, bei denen der Temporallappen im Gehirn beschädigt worden ist, und die Nebenwirkungen bestimmter Medikamente.«

Björn Görke meldete sich. Das brachte Pluspunkte bei der Dozentin, und außerdem tat er das immer, wenn er einzuschlafen drohte. »Frau Dr. Nüsslein-Vögele, gehört zum nihilistischen Wahn auch die *délire d'énormité*?« Von der hatte er beim Klinikaufenthalt seiner Mutter gehört.

»Ja natürlich. Das klassische Beispiel dafür ist, dass ein Kranker es nicht wagt, auf die Toilette zu gehen, weil er fürchtet, mit seinen Fäkalien die ganze Stadt zu überschwemmen und alle Bewohner dadurch zu Tode kommen. Mit der *délire d'énormité* zusammenhängend, aber das genaue Gegenteil davon, ist die *Mikromanie*, bei der sich die Betroffenen körperlich ganz klein fühlen, so klein wie ein Maiskorn, das die Hühner wegpicken.«

»Diese Mikromanie wünsche ich Helmut Schmidt!«, kam es aus den hinteren Reihen, und es wurde noch eine sehr launige Lehrveranstaltung.

An deren Ende packte Björn Görke seinen Notizblock in seine Umhängetasche und machte sich von der Habelschwerdter Allee auf zum U-Bahnhof Thielplatz. Bis zum Boxhagener Platz, in dessen Nähe er in einer WG wohnte, brauchte er rund eine Stunde, also fast genauso lange, wie man mit dem ICE vom Bahnhof Berlin-Südkreuz bis zum Leipziger Hauptbahnhof unterwegs war. Krass! Wahnsinn! Seine »Weltreise« begann also am Thielplatz, den es eigentlich gar nicht gab, und die Uni forderte immer wieder, die Station »FU Berlin« zu nennen, doch die Bedenkenträger in den zuständigen Behörden hatten dies bislang immer abgelehnt.

Einmal, weil sie sich in ihrer Trägheit gestört fühlten, zum Zweiten, weil ihnen dies nur irreführend zu sein schien, da einzelne Institute der Freien Universität in der Nähe ganz anderer Bahnhöfe lagen. Gleichviel, die U3 hielt am nicht vorhandenen Platz und brachte ihn zum Nollendorfplatz, wo bis zur Warschauer Straße in die U12 umzusteigen war. Weiter ging es mit der Metrotram M 10 und dem Bus 240. Da bei der BVG niemand streikte, gelangte er in der eingeplanten Zeit ans Ziel. Im angesagten Boxhagener Kiez hatten sie in einem ziemlich vergammelten Seitenflügel der Boxhagener Straße eine bezahlbare Zwei-Zimmer-Wohnung mit Küche und Toilette gefunden. Neben dem Klingelknopf klebte ein Zettel mit drei Namen: BJÖRN GÖRKE, PAULINE GROSSMANN und DIETMAR MENZ. Pauline, Lini, war Björns feste Freundin, mit der er sich auch das eine Zimmer teilte, während das andere von einem werdenden Förster belegt war, der schon lange vor ihnen hier eingezogen war. Bei ihnen hing an der Zimmertür das Schild BJÖRN & LINI und bei Menz ARGENTINISCHES ZIMMER. Das war keine Selbstironie, sondern Paulines Idee, die Lehrerin war, Sport und Englisch, und auf folgende Assoziationskette gekommen war: Ein Messie war eine Person mit einem schweren Defizit in der Fähigkeit, die eigene Wohnung ordentlich zu halten und die Alltagsaufgaben zu organisieren, Lionel Messi war argentinischer Nationalspieler und oftmals weltbester Fußballer des Jahres – das Zimmer eines Messies war also ein argentinisches Zimmer.

Björn Görke war zu sehr Psychologe, um nicht zu wissen, dass dem Messie-Syndrom zumeist ernsthafte seelische Störungen zugrunde lagen, und er hatte daher viel Verständnis für Menz, aber was der sich manchmal leistete, das ging ihm doch über die berühmte Hutschnur und löste gelinde Wutanfälle aus. Wie in dieser Sekunde, als er die gemeinschaftliche Toilette betrat und geradezu zurückprallte, so bestialisch stank es. Die Ursache war schnell gefunden: Menz hatte eine Kotsäule von elefantösen Ausmaßen in die Kotschüssel gesetzt, aber zu spülen vergessen. Ohne das nun selber zu tun und das Fenster aufzureißen, stürzte Björn Görke zum argentinischen Zimmer und hämmerte mit der Faust gegen die Tür.

»Dietmar, du Bundesobersau, kommst du mal bitte raus und spülst in der Toilette!«

Keine Reaktion, Stille.

Björn Görke erschrak. Sofort schossen ihm Horrorgedanken durch den Kopf: Herzinfarkt, Schlaganfall, bei Menz im Kopf ist ein Aneurysma geplatzt! Dann gewann der Verstand die Oberhand: Quatsch, der ist bloß nicht zu Hause! So einleuchtend das war, Björn Görke wäre dennoch ins Messie-Zimmer getreten und hätte nachgesehen, doch in diesem Augenblick wurde die Wohnungstür aufgeschlossen, und er zuckte zurück, denn er wusste, dass Dietmar Menz es nicht gern hatte, wenn man in seinem Zimmer herumstöberte.

Aber es war nicht der etwas eigenartige WG-Genosse, der in den Flur trat, sondern Pauline.

»Oh, I have you surprised at a burglary!«, rief sie.

Björn Görke sah sie fragend an, denn sein Englisch war *very limited*, wie er selbst von sich sagte.

»Burglary gleich Einbruch«, half sie ihm auf die Sprünge. »Görke, setzen! Fünf!«

»Danke, Frau Dr. Grossmann-Görke. Ich wollte nur nachsehen, ob mit Messie-Menz alles in Ordnung ist. Manchmal hat er einen etwas präsuizidalen Eindruck auf mich gemacht.«

Pauline lachte. »Ja, der Herr wird ihn heimgeholt haben mit dem Lasso?«

»Wie?«

»Na er wird sich aufgehängt haben!«

Björn Görke sah sie tadelnd an. »Damit spaßt man nicht.«

Sie hatte es nicht gern, wenn er versuchte, ihr Verhalten zu reglementieren, und so setzte sie noch einen drauf und sang: »*Hang down your head, Tom Dooley …*«

»Komm, es reicht! Wir müssen uns wirklich mehr um ihn kümmern, denn er ist ein armes Schwein.«

»Wer: Tom Dooley? Klar: *Poor boy, you're bound to die*.«

»Quatsch, der Dietmar Menz. Das lässt mir keine Ruhe, ich seh' jetzt doch mal nach.«

Damit drückte er dessen Zimmertür auf. Auf mancher Müllhalde sah es ordentlicher aus. Menz wohnte seit zwei Jahren hier und hatte in dieser Zeit nichts auf den Müll geworfen, was sich an alten Kleidungsstücken, Flyern, Wurfsendungen, Zeitungen, Verpackungsmaterialien und Krimskrams angehäuft hatte.

»Hier ist er aber nicht«, musste Björn Görke feststellen, nachdem er auch die Bettdecke hochgehoben hatte.

Da entdeckte Pauline auf dem kleinen runden Tisch inmitten der dort angehäuften Speisereste, Teller und Tassen einen DIN-A4-Bogen. Die etwas ungelenken Buchstaben deuteten darauf hin, dass Dietmar Menz ihn mit der Hand geschrieben hatte. Sie riss das Blatt hoch, und dann überflogen beide das, was ganz offensichtlich ein Abschiedsbrief war:

Hallo Björn & Pauline,
sucht nicht nach mir. Ich bin ein so kleines Licht und so ein loser, dass sich das nicht lohnt. Was soll ich auf dieser Welt, ich bin nur ein Irrtum und keiner braucht mich. Ich verurteile mich hiermit selbst zum Tode durch die Guillotine. Die Räder eines U-Bahnzuges werden mir den Kopf vom Rumpf trennen. Dietmar

Sie standen da, als agierten sie in einem Film und der Regisseur hätte »Freeze!« gerufen. Nur langsam lösten sie sich aus ihrer Schockstarre.

*

Der U-Bahnhof Samariterstraße, gelegen an der Strecke Alexanderplatz – Hönow, der U5 also, hatte eine ganz besondere Geschichte. Eröffnet 1930, war er zu DDR-Zeiten mit 18 großflächigen Gemälden geschmückt worden, auf denen die Geschichte der deutschen Arbeiterbewegung und ihrer führenden Partei, der KPD bzw. SED, dargestellt war. Nach der Wende hatte man das alles entfernt und Kinder und Jugendliche die smaragdgrün gekachelten Wände neu gestalten lassen. Irgendwann stellte man den ganzen Bahnhof unter Denkmalschutz, und während alle anderen Stationen der U5 nach der Jahrtausendwende saniert und neu gestaltet worden waren, hatte man Samariterstraße weitestgehend in ihren Ursprungszustand zurück versetzt. Für die links-autonome Szene war die Station zur Pilgerstätte geworden, seit hier in der Vorhalle am 21. November 1992 der Antifaschist Silvio Meier von Neonazis ermordet worden war. Die an dieser Stelle angebrachte Gedenktafel war im Laufe der Zeit mehrmals gestohlen, aber immer wieder ersetzt worden.

Von der Boxhagener, Ecke Colbestraße zum U-Bahnhof Samariterstraße lief man auf direktem Wege keine zehn Minuten, aber Menz machte immer wieder Umwege, denn so fest er entschlossen war, sich dort vor den einfahrenden Zug zu werfen, so unsagbare Angst hatte er davor. Aber es gab für ihn keinen anderen Weg mehr. Wie in Trance eilte er durch die Straßen. Scharnweber-, Finow-, Oder-, Jung-, Weser-, Kinzigstraße, wieder die Scharnweberstraße, diesmal aber die andere Richtung entlang bis zur Mainzer Straße. Die führte zur Frankfurter Allee, und unter der lag der U-Bahnhof Samariterstraße. Menz blieb stehen. Er dachte daran, dass im Mittelalter diejenigen, die geköpft, gehängt oder gevierteilt werden sollten, von Bütteln und Knechten zur Richtstätte geschleift wurden, er aber musste sich aus eigener Kraft und eigenem Willen dorthin begeben. Und an beidem hatte es ihm sein Leben lang gefehlt. Er blieb stehen und begann, sich halblaut zu beschimpfen.

»Du Weichei! Du Affenarsch! Du Zombie! Du Waschlappen! Du Lutscher! Du Fickfehler!«

Er hasste sich selbst immer mehr und hatte schließlich nur noch den einen Wunsch, dass endlich alles vorbei sei.

»Lieber ein Ende mit Schrecken als ein Schrecken ohne Ende!«, rief er, als er den Eingang zum U-Bahnhof vor Augen hatte. »Auf zur Reise in die Ewigkeit!«

Er rannte zum Bahnsteig hinunter. Hoffentlich kam der nächste Zug schon in wenigen Sekunden. Ja, er sah seine Lichter schon hinten im Tunnel aufblitzen. Mit ein paar schnellen Schritten war er an der Bahnsteigkante angekommen. Niemand konnte etwas von seiner Absicht ahnen, niemand war da, ihn noch aufzuhalten. Das Letzte, was er las, war eine Aufforderung, die man vor Jahrzehnten mit schwarzen Lettern sauber an die grüne Wand geschrieben hatte:

*Benutzen sie bitte auch die hinteren Wagen, ----->
denn sie sind schwächer besetzt!*

Da war der Zug heran.

Und – Sprung!

*

Björn Görke und Pauline stiegen am Bahnhof Lichtenberg aus der U-Bahn, um über die Siegfried- zur Fanningerstraße zu gelangen. Dort lag das OZK, das Oskar-Ziethen-Krankenhaus.

»Wieso Oskar Zieten?«, fragte Björn Görke scheinbar verwundert. »Der Mann hieß doch Hans Joachim mit Vornamen, und außerdem war er adlig. Und warum benennt man ein Krankenhaus nach einem General? Wahrscheinlich, weil er dafür gesorgt hat, dass durch sein Wirken so viele Patienten angefallen sind, Tote und Verwundete, und dadurch Geld in die Kassen gekommen ist.«

Pauline gab sich als strenge Lehrerin. »Björn, du redest wirr. Oskar Ziethen war der erste Bürgermeister der Stadt Lichtenberg.« Weil sie ihren Freund kannte, hatte sie das vorher gegoogelt.

»Ich finde den anderen Zieten besser«, maulte Björn Görke. »Schließlich war er einer der berühmtesten Reitergeneräle und ein enger Vertrauter Friedrich des Großen.«

»Friedrich II. von Preußen«, korrigierte ihn Pauline, die aus der Ex-DDR kam, wo man großen Wert auf diesen kleinen Unterschied gelegt hatte.

Sie traten in die neue Empfangshalle des OKZ und fragten nach Dietmar Menz. Nach einem schnellen Blick auf den Bildschirm bekamen sie seine Zimmernummer genannt und machten sich auf den Weg durch die Stationen. Endlich standen sie an seinem Bett. An der linken Hand trug er einen dicken Verband, und an seiner Stirn war eine Platzwunde getackert und geklebt worden.

»Du Armer!«, rief Pauline und umarmte ihn.

Björn Görke mimte einen Jugendlichen mit Migrationshintergrund. »Ey, Alter, schwör mir, Wallah, dass du nie wieder gehst U-Bahn! Sonst isch mach dich Messer!«

Menz quittierte das mit einem gequälten Lächeln.

Pauline liebte das Sachliche und erklärte Menz, was geschehen war. »Wir haben deinen Abschiedsbrief gefunden, und da hat Björn geistesgegenwärtig die Leitstelle der U-Bahn angerufen, und die haben per Funk die U-Bahnfahrer angewiesen, ganz langsam in die Bahnhöfe einzufahren, die bei uns in der Nähe liegen. So konnte der Fahrer in dem Zug, vor den du dich geworfen hast, noch rechtzeitig abbremsen. Ja, du hast Björn dein Leben zu verdanken, weil er so schnell geschaltet hat. Hätte er bei der Polizei und der Feuerwehr angerufen, dann …«

Menz drehte sich weg. »Ich habe Björn nichts zu verdanken, ich verfluche ihn nur! Ich habe alles so satt!«

»Jaja«, sagte Björn Görke. »Shakespeare, 66. Sonnet: *Tir'd with all these, for restful death I cry …«*

Menz begann, deutlicher zu berlinern. »Watt heißt'n dit? Kannste det ooch uff Deutsch sajen?«

»Sicher: *All dessen müd, nach Rast im Tod ich schrei.«*

»Ja, da ist wat Wahret dran …«

»Klar, James Joyce sagt ja auch: *Nur Gott ist größer als Shakespeare.«*

Jetzt kam Menz ein wenig aus seiner depressiven Schleife heraus. »Ich würde noch Messie und Neymar dazu zählen.«

Björn Görke freute sich, den WG-Genossen ein wenig aufgeheitert zu haben. »Was singen sie immer: Fußball ist unser Leben! Da hast du's.«

Pauline setzte sich auf die Bettkante und versuchte sich als Psychotherapeutin. »Dietmar, nun erzähl' uns doch mal, warum du so verzweifelt warst.«

Menz tat es und hatte sein bisheriges Leben so deutlich vor Augen, als hätte jemand einen Dokumentarfilm darüber gedreht.

Beginn der RÜCKBLENDE.

ZWEI

Dietmar Menz war im Märkischen Viertel (MV) aufgewachsen, einer Trabantenstadt im Norden Berlins, Bezirk Reinickendorf. Im Volksmund hieß das MV »Merkwürdiges Viertel«, und er hatte oft den Verdacht, dass damit sein Leben irgendwie vorprogrammiert war. Vom Hochhaus am Senftenberger Ring hatte man einen weiten Blick auf die märkischen Wälder ringsum, und auch das musste ihn beeinflusst haben. Sein Vater hatte sich kurz nach seiner Geburt »verdünnisiert«, das heißt, er hatte sich scheiden lassen und war nach Kanada ausgewandert, wo es für ihn als gelerntem Forstwirt eine Menge zu tun gab. Monika Menz hatte sich als alleinerziehende Mutter und an einer Edeka-Kasse durchs Leben schlagen müssen, so lange jedenfalls, bis sie Wolfgang Gänsicke kennengelernt hatte, einen U-Bahnfahrer. Der war mit einem Sohn aus erster Ehe zu ihr ins MV gezogen, mit Jonas. So richtig vertragen hatten sich die vier eigentlich nie. Irgendwie aber hatte es Dietmar geschafft, sein Abitur zu machen, wenn auch nur mit einer Durchschnittsnote von 3,8. Ohne den Mitleidsfaktor bei seinen Lehrerinnen wäre er garantiert gescheitert. Mit dem Abitur aber hatte er geglaubt, sein Soll erfüllt zu haben, und die nächste Phase seines Lebens hatte darin bestanden, sich in der alternativen Szene umzuschauen, bei jeder Demo mitzumachen, egal, um was es ging, und ansonsten zu kiffen und zu chillen. Seiner Mutter und seinem Stief- und Ziehvater passte das natürlich nicht.

»So kann det uff ewij nich weitajehn!«, rief Wolfgang. »Sonst landeste unweigalich uff'm Abstelljleis.«

»Nimm dir 'n Beispiel an Jonas!«, fügte die Mutter hinzu. Der hatte seine Lehre als Bankkaufmann glanzvoll zu Ende gebracht und eilte nun jeden Morgen »jeschniejelt und jebüjelt«, wie sein Vater sagte, in die Filiale einer großen Bank.

Dietmar Menz verkniff sich jeden Kommentar, um die beiden nicht weiter gegen sich aufzubringen, aber dieser Jonas war für ihn ein fürchterlicher Spießer, ein Schwachstrulli, ein Zwirnscheißer und ein untertäniger Hinten-in-den-Chef-Reinkriecher, kurzum: ein großes Arschloch.

»Am besten isset, du fängst bei uns als Lehrling in't Büro an«, fand seine Mutter. Da kannste dann mit dei'm Abi uffsteijen bis zum Fillialleita hoch und ooch weita noch.«

Menz sah in der Ferne die blaugrünen Wälder des Barnim und dachte an seinen Vater. Da war es nicht überraschend, dass sich ein ganz bestimmter Gedanke bei ihm einstellte.

»Nein, ich will nicht in den Einzelhandel und den ganzen Tag über im Büro sitzen, ich will meine Freiheit haben. Dann schon lieber das, was Vater macht.«

Seine Mutter fuhr auf. »Dein Vata sitzt hier am Tisch, der andre war nur dein Erzeuga – und 'n jroßet Schwein dazu. Wenn du ooch Första wirst, dann ...«

Menz wusste nun, womit er seine Mutter und seinen Stiefvater ganz besonders ärgern konnte und setzte sich an den Computer, um zu sehen, wo sich Forstwirtschaft studieren ließ. So stieß er auch auf die Seite der FH Eberswalde.

Die Fachhochschule Eberswalde ist die grünste Hochschule Deutschlands. Sie wurde 1830 als Höhere Forstlehranstalt gegründet und hat sich der Lehre und nachhaltigen Forschung verschrieben. 1992 wurde der Studienbetrieb wiederaufgenommen und bildet nun in den Zukunftsbranchen aus. Zu diesen gehören das Regionalmanagement, Erneuerbare Energien, Naturschutz, Nachhaltiger Tourismus, Ökolandbau, Forstwirtschaft und Nachhaltige Wirtschaft. Das Internetportal Utopia hat der Hochschule 2009 den Titel grünste Hochschule Deutschlands verliehen. Zudem bekam sie 2010 den EMAS-Award für ihr vorbildliches Umweltmanagement.

Für forst- und naturwissenschaftlich Interessierte bietet das praxisnahe Studium der Forstwirtschaft (B.Sc.) ein zukunftsorientiertes Angebot mit guten Berufsaussichten.

Im Spannungsfeld zwischen den vielfältigen und stetig wachsenden ökonomischen, ökologischen wie auch sozio-ökonomischen Eigentümer- und Gesellschaftsansprüchen an das Ökosystem Wald befähigt der Studiengang verschiedene Zielsysteme und Entwicklungspfade nachhaltiger Waldbewirtschaftungs- und Entwicklungsstrategien gegeneinander abzuwägen und umzusetzen. Im Mittelpunkt steht der Erhalt der Funktionenvielfalt (Nutz-, Schutz, Erholungs- und Bildungsfunktion) auf ganzer Fläche.

Das gefiel ihm. Zwar wusste er nicht, was B.Sc. bedeuten sollte, sicherlich nicht Berliner Schlittschuhclub, denn den gab es ja schon längst nicht mehr. Sc. konnte was mit *scientia,* lateinisch: die Wissenschaft, zu tun haben, das wusste er noch aus dem Lateinunterricht, auch das Englische *sience* ließ darauf schließen, aber eine B-Wissenschaft, was war das? Etwas Zweitklassiges nur ... Er sah bei Wikipedia nach: Ah, ja, das war der *Bachelor of Science in Engineering* (*B.Sc.* oder *Bsc*).

Eberswalde also ... Er wusste nur, dass sie dort in der Kleinstadt noch einen O-Bus hatten, und dass es hier mit Amadeu Antonio Kiowa aus Angola das erste Todesopfer rassistisch motivierter Gewalt im wiedervereinigten Deutschland gegeben hatte. Noch heute regte er sich mit seinen Freunden darüber auf, dass die Täter nur wegen Körperverletzung mit Todesfolge und nicht wegen Mord verurteilt worden waren.

»Bist du verrückt geworden!«, rief seine Freundin Vanessa, als sie von seinen Plänen erfahren hatte. »Ausgerechnet in Eberswalde aufzuschlagen! Da werden sie dich linke Zecke garantiert aus der Stadt jagen. Oder willst du dich da anpassen und in Schlips und Kragen rumlaufen?«

Er lachte. »Na sicher. Und wenn du zu Besuch kommst, dann singt der Chor der Forsteleven etwas aus'm Freischütz für dich: *Wir winden dir den Jungfernkranz aus veilchenblauer Seide; wir führen dich zu Spiel und Tanz, zu Glück und Liebesfreude.*«

Sie guckte mehr als skeptisch und überlegte kurz. »Glück und Liebesfreude ... Von Berlin nach Eberswalde braucht man mit dem RE bestimmt eine Ewigkeit.«

»Von Berlin Hauptbahnhof bis Eberswalde Hauptbahnhof rund eine halbe Stunde«, klärte er sie auf. »Wenn dir das zu weit ist, mir nicht.«

»Ich werds mir überlegen.«

»Sehen wir uns heute Abend im ›White Trash Fast Food‹?« Das war ein derzeit sehr angesagter Club am Flutgraben in Treptow, unweit der Spree und der Arena Berlin, in dem es leckere asiatische Gerichte gab, man tanzen und auf einer kleinen Bühne abgedrehte Künstler bestaunen konnte.

»Ja klar«, antwortete Vanessa. »Zur gewohnten Zeit bin ich da.«

Das war 21 Uhr. Aber auch eine Stunde später konnte er sie nicht erblicken. Er ging zur Spree hinunter, wo er oft im Badeschiff mit ihr herumgetobt hatte, doch auch da war sie nicht. Er bedauerte, sehr gut schwimmen zu können, sonst … Eine Zeichnung von Heinrich Zille stand ihm vor Augen: Da strebt eine abgehärmte Frau mit ihrer kleinen Tochter vor der düsteren Kulisse Berlins einem Fluss entgegen, um sich dort mit ihrer Tochter zu ertränken. »Ins Wasser gehen« war ja damals eine oft angewandte Art des Selbstmords. Auch den Text hatte er noch im Kopf: *»Mutter, is's ooch nicht kalt? – »Sei ruhig – die Fische leben immer drin.«*

Vanessa kam nicht mehr, sie schickte ihm nur eine SMS: Hallo Dieti! Es hat keinen Sinn mehr. Wir passen nicht zusammen. Ich will einmal in einem eigenen Haus leben und nicht als Pennerin in einem Zelt unter der Jannowitzbrücke. Danke und mach's gut!

*

Ostbahnhof ab 8:49, mit der S7 bis Lichtenberg, an 8:58 und weiter 9:07 mit der RB24 nach Eberswalde, dort an 9:48 Hauptbahnhof, Gleis 2. Der Zug war vergleichsweise leer. Klar, welcher Idiot pendelte auch morgens von Berlin nach Eberswalde, jeder vernunftbegabte Mensch tat es andersherum. Dietmar Menz hatte noch immer das Gefühl, im falschen Film zu sein. Beim Nachdenken über seine Lage reimte er sogar: Förster sein, das ist nicht schwer, Förster werden umso mehr. Er verfiel wieder in seine inneren Dialoge.

»Du weißt doch, Dietmar, wie es um dich steht: Du kannst nichts, du bist nichts, du wirst nie etwas sein.«

»Immerhin habe ich mein Abitur gemacht.«

»Ja, mit Ach und Krach und weil die Lehrer Mitleid mit dir hatten. Und eine Frau fürs Leben wirst du auch nie finden.«

»Ich war mit Vanessa zusammen …«

»Aber die ist sofort abgehauen, als sie erkannt hat, welche Null du bist.«

»Wenn ich meinen Job als Förster habe, dann …«

»Den wirst du nie bekommen, weil du völlig unfähig bist, dich irgendwo unterzuordnen.«

»Ja, schon. Aber ich bin doch kein Hund, der gehorcht, wenn irgendein Hirni brüllt ›Sitz!‹ oder ›Fass‹!«

»Du bist der aus dem Witz hier: Du kommst zum Arzt und sagst: ›Herr Doktor, ich leide darunter, dass ich nicht richtig wahrgenommen werde.‹ – Der Arzt: ›Der Nächste bitte!‹«

Schlimm für Menz war auch, dass ihm alle, die mit ihm im Zug saßen, erfolgreiche und glückliche Menschen zu sein schienen. Vor allem die in der Wandergruppe, die in Hohenschönhausen zugestiegen waren. Der eine, ein Herr mittleren Alters, war offensichtlich Professor an der FU und hielt einen kleinen Vortrag über Griechenland als Wiege der abendländischen Kultur. Sein Gegenüber musste Schauspieler sein, da er sich lauthals darüber beklagte, dass sie an seinem Theater noch nie Stücke von Aischylos, Euripides oder Sophokles gespielt hätten.

»Und am liebsten hätte ich ja was von Alexandros gehabt.«

»Ich von Vicky Leandros«, rief eine der mitreisenden Damen, die vorher schon erzählt hatte, dass ihr eine Boutique am Kudamm gehörte. Und sie begann, auch sofort zu singen. »*Theo, wir fahrn nach Lodz! / Steh' auf, du faules Murmeltier, / bevor ich die Geduld verlier'. / Theo, wir fahrn nach Lodz.*«

Ihr Mann war, so schien es, Oberstudienrat für Erdkunde, denn er begann sofort, seine Mitwanderer zu belehren: »Łódź, die drittgrößte Stadt Polens. Textil- und Unterhaltungsindustrie, Universität, Filmhochschule …«

»War das nicht mal Lemberg?«, fragte die Boutiqueninhaberin.

»Setzen, Marilies, fünf! Lemberg, das ist Lwiw.«

»Und was ist nun mit Alexandros?«

»Alexandros Aitolos, geboren um 350 vor, war ein hochgeschätzter griechischer Dichter.«

»Ja, darum haben die Berliner ja auch ihren Alexandrosplatz nach ihm benannt«, warf einer aus der Wandergruppe ein, den Menz schon mehrfach auf dem Bildschirm gesehen hatte. Der Mann musste Schriftsteller, Kabarettist oder Comedian sein. »Ach Unsinn, der Platz ist ja nach Alex Sander benannt worden – Alex-Sander-Platz.«

»Ich kenne nur Otto Sander. Mit dem ich x-mal zusammen vor der Kamera gestanden habe.«

»Hinter der Kamera kann man auch eine Menge Geld verdienen«, sagte eine Frau, die Menz ebenfalls aus dem Fernsehen kannte und die für eine der großen Volksparteien im Bundestag saß und manchmal in einer dieser dämlichen Talkshows auftrat, und dann zählte sie alle bedeutenden Film- und Theaterregisseure auf, die ihr jemals die Hand gedrückt hatten. »Einmal auch Pier Paolo Pasolini.«

»Worauf der dann anschließend gestorben ist«, lästerte der Comedian.

»Das war doch schon vor Ewigkeiten«, sagte der, den Menz als einen ehemaligen Berliner Bezirksbürgermeister erkannt hatte. Gerade hatte er ein Buch über sein bewegtes Leben geschrieben und war von der Presse in den Bestsellerhimmel gehoben worden.

So viel an gemachter Karriere und Reputation war zum Kotzen. Menz wünschte sich, sie alle in die Luft zu sprengen oder nacheinander mit einer Smith & Wesson abzuknallen. Nein, Selbstmordattentäter zu sein, also sich und andere in die Luft zu sprengen, war besser, weil man dabei nicht mehr befürchten musste, anschließend lebenslänglich eingesperrt zu werden.

»Düdüdüdüdü-ühü«, erklang es aus dem Lautsprecher. »Wir erreichen jetzt den Bahnhof Bernau.«

Das löste bei dem Lehrer sofort ganz bestimmte

Assoziationen aus: »Der Bernau'sche heiße Brei macht die Mark hussitenfrei!«

»Keine Diskriminierung anderer Religionen!«, rief der Comedian.

Der Menschenbelehrer ließ sich nicht beirren. »1432. Die Hussiten wollen Bernau erobern, da gießen die Bürger heißen Brei, den sie aus den zahlreichen Brauhäusern der Stadt geholt haben, von der Stadtmauer auf sie herab und vertreiben sie damit.«

»Ja, manchmal geht es eben nicht, nur um den heißen Brei herumzureden«, merkte die Politikerin an.

Menz litt weiter, zumal der Zug andauernd hielt, zuerst in Rüdnitz, dann in Biesenthal.

»Ah!«, rief der Comedian, der offensichtlich die letzte Weltmeisterschaft im Kalauern gewonnen hatte. »Hier in Oberbiesenthal soll doch die berühmte Sprungschanze stehen.«

»Mensch, das ist Ober*wiesen*thal!«

»Ach so, ich hab' mich schon gewundert, dass hier gar keine Berge sind.«

»Doch«, wurde er belehrt. »Die haben den Pfefferberg. In der Grundschule da hat einmal ein Freund von mir unterrichtet.«

»Kann man auch oberrichten?«

»Ja, an aller Obergerichten.«

Der Jurist, den sie auch in der Wandergruppe hatten, stellte nun klar, dass in Berlin das Kammergericht das Oberlandesgericht war, und eine ehemalige Ärztin, die, wie Menz ihren Worten entnahm, gerade eine Berufung als Professorin für Kinderkrankheiten erhalten hatte, breitete sich über die Zunahme der Masernerkrankungen aus.

»Erwachsene mit angeborenen Defekten des zellulären Immunsystems, HIV-Infektionen und bösartigen Tumoren haben ein hohes Risiko, dass bei ihnen ein schwerer und langwieriger Verlauf der Masern letal endet.«

»Schlimmer ist aber noch, dass alle Fußballer, die etwas mit der Fifa zu tun haben, an den Blattern erkranken werden«, erklärte der Comedian.

»Düdüdüdüdü-ühü … Wir erreichen jetzt den Bahnhof Eberswalde …«

Eberswalde. Menz hatte eigentlich nie so richtig realisiert gehabt, dass es eine Kleinstadt dieses Namens überhaupt gab, und manchmal hatte er das Gefühl gehabt, dass es mit Eberswalde so war wie mit Bielefeld, von dem ja einige Spaßvögel behauptet hatten, es gäbe es in Wirklichkeit gar nicht und die Stadt sei nur ein Fantasieprodukt der Menschen und der Medien, das Ergebnis einer groß angelegten Verschwörung. Die Menschheit sollte vom Dasein einer Stadt überzeugt werden, die es gar nicht gab. Sicherheitshalber schaute Menz bei Wikipedia nach:

Eberswalde ist die Kreisstadt des Landkreises Barnim im Nordosten des Landes Brandenburg.

Die Stadt wird auch Waldstadt genannt, denn es gibt rings um die Stadt ausgedehnte Waldgebiete, südlich der Eberswalder Stadtforst mit etwa 1080 ha, nördlich das Biosphärenreservat Schorfheide-Chorin mit dem Totalreservat Plagefenn. (…)

Bis zur Wende war der Charakter der Stadt durch vielfältige Industrie (Kran- und Rohrleitungsbau, Walz-

werke und andere Großbetriebe) geprägt. Dies wird auch durch die Bezeichnung einiger Ortsteile wie Eisenspalterei, Kupferhammer und Messingwerk deutlich.

Also gab es Eberswalde in der Tat. Na schön. Aber gab es ihn, Dietmar Menz, wirklich oder existierte er nicht nur in der Fantasie eines Schriftstellers?

Menz sprang aus dem Zug und lief zur Bushaltestelle. Es war wie eine Flucht. Da gab es eine andere Welt, eine, die so fern für ihn war wie der Mars und in die er nie gelangen würde. *Du hast nichts, du bist nichts und du wirst nie etwas werden.* Es war eine Flucht.

Vom Hauptbahnhof bis zum Waldcampus der »Hochschule für nachhaltige Entwicklung« (HNE) waren es mit dem Bus der Linie 865 nur ein paar Minuten. An der Haltestelle mit dem merkwürdigen Namen »Wald-Solar-Heim« war auszusteigen.

Irgendwann saß er im Hörsaal und hatte das Gefühl, in Berlin »*Beam me up, Scotty*!« gerufen zu haben. Er hatte Mühe, sich an die Fahrt mit Bahn und Bus hierher zu erinnern. Ob er nicht doch einmal zu einem Neurologen gehen sollte, denn irgendetwas in seinem Kopf schien nicht zu stimmen. Keiner seiner Kommilitonen nahm ihn wahr, und auch er verspürte keinen Drang, einem von ihnen eine Unterhaltung aufzudrängen. Wenn er aber mit einer Pistole in der Hand in den Hörsaal gestürmt wäre und zu feuern begonnen hätte, dann …

Der Dozent betrat den Raum, Professor Ronald Scharnick. Menz zuckte zusammen und begann zu zittern. »Oh my God!«, stieß er hervor. Das war sein Vater! Aber wie kam der nach Eberswalde? Vielleicht, schoss es Menz durch den Kopf, war er in Kanada gestorben, aber ein Wiedergänger, ein Untoter oder gar ein Nachzehrer, einer der unter der Erde lag und den Lebenden die Lebenskraft absaugte. War sein Vater dabei, ihn zu vernichten? Vom Alter her konnte es stimmen.

Unsinn alles! Menz riss sich zusammen und gab sich alle Mühe, normal zu erscheinen und den Ausführungen seines Dozenten zu folgen, der neu zur HNE gekommen war. Er hatte eine schnarrende Stimme, die Menz gehörig nervte, gab sich wie ein Feldwebel und beschränkte sich in den ersten Minuten darauf, mehr oder minder das wiederzugeben, was bei Wikipedia zu finden war.

»Der Begriff Naturschutz umfasst alle Untersuchungen und Maßnahmen zur Erhaltung und Wiederherstellung von Natur, wobei ich drei Zielsetzungen unterscheiden möchte. Erstens: Die Erhaltung der Vielfalt, Eigenart und Schönheit von Natur, Landschaft und Wildnis. Dies aus ästhetisch-kulturellen Gründen.« Er ging an die Tafel, um alles mit abgehackten Buchstaben festzuhalten. »Wie sagte Goethe schon: *Alles ist gut, wie es aus der Natur kommt.*«

Menz lachte. »Herr Schnarrnick, auch der Löwe, der kommt, um Sie zu zerfleischen?«

Der Dozent reagierte gereizt. »Mein Name ist Scharnick, und wer den noch einmal verunstaltet, der fliegt aus dem Hörsaal.« Er warf einen Blick auf die Namensschilder, die bei ihm jeder Student vor sich aufzustellen hatte. »Und ist Ihnen hier in unseren Breiten schon einmal ein Löwe über den Weg gelaufen, Herr D. Menz?«

Das saß, und die Kommilitonen schlugen sich auf die Seite des Dozenten.

Menz registrierte, dass er die erste Runde verloren hatte, wollte aber nicht klein beigeben. »Klar, da ist jahrelang ein Löwe in Ost-Berlin herumgelaufen, der Lothar Loewe – vom Fernsehen.«

Scharnick ging nicht darauf ein, obwohl Menz jetzt die Lacher auf seiner Seite hatte. »Kommen wir zum zweiten Punkt: die Natur als Ressource und Dienstleister für den Menschen. Wie können wir die Leistungsfähigkeit des Naturhaushalts auf unserer Erde nachhaltig erhalten?«

Menz verspürte den kaum beherrschbaren Impuls, nach vorn zu stürzen und Scharnick zusammenzuschlagen. Stellvertretend für seinen Vater. Aber nein, lieber attackierte er ihn verbal. Und weil er an seinen Vater und dessen neue Heimat, den Jasper National Park in Kanada, gedacht hatte, sprach er plötzlich Englisch.

»Cannot we best save the nature on our planet, that we all emigrate to the moon or Mars?«

Scharnick starrte ihn an. »Deutscher, sprich Deutsch!«

Menz gab sich arglos. »Englisch ist doch nun einmal die Weltsprache der Wissenschaft.«

»Dann gehen Sie doch nach Oxford oder Cambridge!«, fauchte Scharnick.

Menz nahm sich wiederum den Comedian aus der RB zu Vorbild. »Gern würde ich auf die englische Insel gehen, aber übers Wasser zu gehen konnte bis jetzt ja nur einer: Jesus.«

»Menz, wir sind hier nicht im Theater!«

»Schade.«

Da das mehrere in seinem Kurs gemurmelt hatten, konnte Scharnick sie nicht alle aus dem Hörsaal schicken, sondern musste ungerührt fortfahren.

»Als Drittes haben wir den Block: die Natur als Selbstwert und als Moralobjekt, siehe oben, und wir wollen nun dahin kommen, dass sich der Naturschutz rein methodisch in den Biotopschutz und in den Artenschutz gliedern lässt, wobei beide eng verschränkt sind.«

Menz unterließ weitere Zwischenbemerkungen, weil er zu sehr mit der Frage beschäftigt war, worauf seine Aggressionen Scharnick gegenüber nun beruhten: auf dem Hass gegen seinen Vater oder dem anarchistischen Trieb, gegen jede Autorität Front zu machen, in welcher Form und welcher Person sie auch immer auftrat? Wahrscheinlich kam bei ihm beides zusammen.

Scharnick war nun, um die Studierenden besser zu unterhalten, dazu übergegangen, Anekdoten aus seinem Leben zu erzählen und von seinen Künsten als Genremaler zu schwärmen.

»Gehe ich neulich im Oderbruch spazieren, in Zollbrücke, kommt mir doch der Oberarzt aus der Sachsenklinik entgegen, aus der Serie *In aller Freundschaft.* Ich grüße den Mann überaus freundlich und schildere ihm auch gleich, woran ich leide. ›Guten Morgen, Herr Dr. Heilmann, wenn ich Ihnen einmal meine Wunde hier am Oberarm zeigen könnte. Die beginnt zu eitern.‹ – ›Ja, da müssen wir leider gleich amputieren. Haben Sie ein Taschenmesser mit und einen Holzhammer für die Narkose?‹ Langsam begreife ich, dass ich nicht in der Sachsenklinik bin, sondern den Schauspieler Thomas

Rühmann vor mir habe.« Es gab nur wenige schwache Lacher, allein Menz kicherte wie ein Irrer.

Scharnick behielt die Nerven und ignorierte ihn. »Gut, zurück zum Wald. Den liebe ich so sehr, dass ich ihn in jeder freien Stunde male. Vorbild ist mir da Bob Ross mit seinem *brush painting*.«

Bei diesen beiden Worten blickte er ein wenig ängstlich zu Menz, ob der ihm nicht jetzt sein »Deutscher, sprich Deutsch!« vorhalten würde, doch Menz hatte den Kopf auf sein Pult gelegt und gab Schnarchlaute von sich.

»Was erlauben Sie sich?«, schrie er in Menz' Richtung.

Menz hob den Kopf und ließ sich von einer nächsten Assoziation mitreißen. »Ah, Giovanni Trapattoni: ›*Was erlauben Strunz! … ware' schwach wie eine Flasche leer*!‹«

Scharnick bezog die leere Flasche auf sich, verlor nun doch die Contenance und brüllte: »Raus hier, Menz! Verlassen Sie sofort den Hörsaal!«

Der blieb cool. »Warum denn ich? Gehen Sie doch!«

Alle hielten den Atem an: Wie würde dieses Duell ausgehen?

DREI

Seit Hansjürgen Mannhardt, ehemals Erster Kriminalhauptkommissar und Leiter einer Berliner Mordkommission, Pensionär war, las er gern Kriminalromane, und da war ihm in einem Antiquariat gerade Theodor Fontanes »*Quitt*« in die Hände gefallen. Für einen Euro hatte er das Taschenbuch gekauft, und gespannt begann er nun, darin zu blättern:

In diesem Augenblicke schwieg es drin, und statt des Gesanges der Gemeinde hörte man nur noch das Nachzittern der Orgel und bald danach den eigentümlichen Klapperton, mit dem die Pfennigstücke der einzeln und in Gruppen aus der Kirche Kommenden in die dicht an der Kirchentür aufgestellte Sammelbüchse fielen.

Und nun kamen auch die Leute selbst und gingen an dem Grabstein vorüber, auf das weit offen stehende, kaum 30 Schritt entfernte Kirchhofsportal zu, wobei sie der Frau Menz und ihrem Sohne freundlich zunickten; aber ehe sie noch den Ausgang erreicht hatten, erschien auch schon in Front der nach wie vor auf dem Grabstein Sitzenden ein breitschultriger und kurzhalsiger Mann von Mitte 30, dessen Stutzhut und hechtgrauer Rock mit grünen Rabatten (des Hirschfängers ganz zu schweigen) über seinen Beruf keinen Zweifel lassen konnten. Vorn, im zweiten Knopfloch, an einem absichtlich nicht allzu kurzen Bande, trug er das Eiserne Kreuz, das sich, eben weil das Band zu lang war, bei jedem Schritt in herausfordernder und jedenfalls in respekterwartender Weise hin und her bewegte. Der ganze Mann ein Bild von Selbstbewusstsein und Hochmut.

»Guten Tag, Herr Förster«, sagte Frau Menz und stand rasch auf, um ihm einen Knicks zu machen.

Der Förster nickte kurz, streifte Lehnert, der sich nicht gerührt hatte, mit einem Blick und ging dann weiter.

»Was bliebst du nicht sitzen, Mutter? Warum hast du geknickst? Er kam, er musste grüßen, nicht du. Aber das ist immer die alte Geschichte mit dir. Du hast nur zwei Gedanken: Angst und Vorteil, und hast keinen Stolz und keine Ehre. Du bist noch ganz aus der Kriechezeit. Und nun gar kriechen vor dem, vor solchem Schubbejack. Ist er denn dein Herr? Unser Feind ist er, weiter nichts. Gott sei Dank, er fürchtet sich vor mir. Aber ich wollt es ihm auch raten. Er kennt mich noch vom Görlitzer Scheibenstand her und weiß, ich hab eine sichere Hand und ein gutes Auge.«

»Sei doch still, Junge! Du redst dich noch ins Gericht. Und wenn du durchaus reden willst, so rede nicht so laut. Es kann's ja jeder hören.«

»Soll auch.«

*

Hätte Christine Wotzlaff im Forsthaus Müggelberge als heiße Verehrerin Fontanes diese Passage gelesen, während sie auf ihren Mann wartete, wäre ihr Leben in den nächsten Tagen und Wochen womöglich ganz anders verlaufen. So aber trat sie nur arglos ans Fenster, wobei ihr ein Endlosgedicht nicht mehr aus dem Kopf ging, das ihr die Oma beim Zubettgehen unzählige Male hatte aufsagen müssen:

Ja, ja, sprach der alte Oberförster, Hugo war sein Name,
damals lebte er noch, und schwang sich von Kronleuchter zu Kronleuchter,
um den Teppich zu schonen,
und seine Tochter Käthe saß an der Nähmaschine und nähte.
Da stach sie sich in den Finger.
Das Blut floss: tropf, tropf, tropf …
Ja, ja, sprach der alte Oberförster, Hugo war sein Name,
damals lebte er noch, und schwang sich von Kronleuchter zu Kronleuchter,
um den Teppich zu schonen,
und seine Tochter Käthe saß an der Nähmaschine und nähte.
Da stach sie sich in den Finger.
Das Blut floss: tropf, tropf, tropf …
Ja, ja, sprach der alte Oberförster, Hugo war sein Name …

Ihr Mann hieß zwar nicht Hugo, sondern Thomas, aber in seinem Reinlichkeits- und Ordnungswahn wäre ihm schon zuzutrauen gewesen, dass er Stahlseile an der Decke befestigte, um sich wie ein Gorilla an ihnen zum Fenster zu schwingen und den teuren Teppich zu schonen.

»Warum hast du ihn denn dann geheiratet?«, hörte sie ihre tote Mutter fragen.

»Weil mein Betrieb nach der Wende abgewickelt worden ist, und ich auf der Straße gelegen habe.«

Der ganze Mann ein Bild von Selbstbewusstsein und Hochmut. Dieser Satz Fontanes hätte auch wunderbar auf Thomas Wotzlaff gepasst. Das Selbstbewusstsein ihres Mannes hatte mächtig Eindruck auf sie gemacht, seinen Hochmut hatte sie nicht recht wahrgenommen. Auch das *breitschultrig und kurzhalsig* passte auf ihn, aber da sie selbst auch nicht gerade schlank war, adipös hieß das bei ihrem Arzt, hatten sie als ideales Brautpaar gelten könnten. Zwar war er nicht gerade ihre große Liebe gewesen, aber ihre Mutter hatte sie getröstet: »Die Liebe kommt in der Ehe.« Nun, wenn Glück die Summe des Unglücks war, dem man entronnen war, dann konnte sie sich im Forsthaus Müggelberge glücklich preisen. Sie lebten zwar hinterm Berg, aber immerhin in Berlin, und in einer halben Stunde war man mit dem Auto im Friedrichstadtpalast oder im Gorki-Theater.

Christine Wotzlaff, studierte Chemikerin, war belesen genug, um zu wissen, mit welchen Begriffen westdeutsche Journalisten ihren Mann beschrieben hätten: autoritär, Macho, Pegida-Nähe, Wertsystem eines SS-Obersturmbannführers. Und ein solcher war Hermann, der Vater, ihr verstorbener Schwiegervater, wirklich gewesen. Was konnte Thomas dafür? Er führte ein tadelloses Leben, war ein anerkannter Fachmann und hatte ihr und ihren beiden Kindern ein mehr als gemütliches Heim geschaffen: das Forsthaus Müggelberge. Es lag am Fuße selbiger, und zwar im Köpenicker Ortsteil Müggelheim. Ihre Straße hieß demgemäß Am Müggelberg. Müggelheim war im Stadtplan im Stadtforst südlich des Müggelsees und östlich der Müggelberge auf dem Köpenicker Werder zu finden. Fast bis zum Dorfkern reichte das nördliche Ende der Großen Krampe, und nahebei gab es auch noch einen kleinen See, die Krumme Laake, nicht zu verwechseln mit der Krummen Lanke im Südwesten Berlins. Müggelheim war 1747 von 20 Familien aus der Pfalz gegründet worden, die von dort hatten flüchten müssen. Friedrich der Große hatte ihre Ansiedlung nach Kräften gefördert. Christine Wotzlaff hatte eine Zeit lang gehofft, dass Helmut Kohl einmal hier auftauchen würde, um nach möglichen Verwandten zu forschen.

Es ging auf 19 Uhr zu. Die Kinder kamen vor ihrem Vater nach Hause. Leonhard war 18 Jahre alt, seine Schwester Theresa gerade 15 geworden. Beide gingen auf das Köpenicker Emmy-Noether-Gymnasium in der Pablo-Neruda-Straße. Dahin kam man von Müggelheim-Dorf mit dem Bus X69 und der Straßenbahnlinie 67 in 20 Minuten, was annehmbar war. Ihr Vater hatte sich geärgert, dass sie ausgerechnet auf diese Schule gewollt hatten. »Kann denn ein deutsches Gymnasium nicht nach Goethe, Schiller oder Lessing benannt werden? Muss es bei der Straße ausgerechnet ein Spanier sein und bei der Schule um eine Frau, die kein Aas kennt!? Na ja, Emmy Göring geht ja nicht mehr.« Christine hatte ihn vorsichtig darüber aufgeklärt, dass Pablo Neruda ein Chilene gewesen war, von einer Emmy Noether aber hatte auch sie nie etwas gehört.

Schließlich hatte man herausgefunden, dass es sich bei ihr um eine berühmte Mathematikerin jüdischen Glaubens gehandelt hatte. Als er das von der Mathematikerin gehört hatte, war Leonhard drauf und dran gewesen, doch auf eine andere Schule zu gehen, doch im Laufe der Zeit waren die MINT-Fächer (Mathematik, Informatik, Naturwissenschaft und Technik) seine große Stärke geworden, während Theresa in Mathematik, Chemie und Physik nie über eine Vier hinauskam, dafür aber in Deutsch und Englisch glänzte.

Kurzum, die Familie Wotzlaff galt in Müggelheim als mustergültig, und Thomas Wotzlaff genoss als Oberförster wie auch als Fußballtrainer hohes Ansehen. Es gab nicht wenige, die ihn gern als Bezirksbürgermeister oder Senator gesehen hätten. Auch seine Gegner von der Linken mussten zugeben, dass er jenes Maß an Charisma besaß, das nach Max Weber auch in einer Demokratie nötig war, um ein Herrschaftssystem zu stabilisieren.

Jetzt kam Wotzlaff heim, und sofort hatten alle Familienmitglieder zur Haustür zu eilen, um ihn zu begrüßen. Der Sohn, der über ein gehöriges Maß an Ironie verfügte, salutierte sogar. Der Vater fand das nicht etwa komisch, sondern angemessen und nickte huldvoll.

»Einen schönen guten Abend alle miteinander! Nur Wowie fehlt mir.«

Das war ihr Hund gewesen, benannt nach Berlins ehemaligem Bürgermeister Klaus Wowereit, den Wotzlaff gehasst hatte, einmal als SPD-Genossen, mehr noch aber als Schwulen. Einen neuen Rassehund hatten sie sich noch nicht angeschafft, denn so einfach war es gar nicht, einen zuverlässigen Züchter zu finden.

»Seid ihr bereit?«, fragte Wotzlaff. »Bereit zum Abendessen?«

»Immer bereit!«, rief Leonhard in alter FDJ-Manier. »Wir Jungpioniere lieben unsere Deutsche Demokratische Republik. Wir Jungpioniere lieben unsere Eltern. Wir Jungpioniere lieben den Frieden. Wir Jungpioniere halten Freundschaft mit den Kindern der Sowjetunion und aller Länder. Wir Jungpioniere lernen fleißig, sind ordentlich und diszipliniert.«

»Danke. Ihr könnt abtreten.«

Sie gingen zu Tisch und schmierten sich ihre Brote. Natürlich gab es jede Menge Wurst und Schinken, denn Wotzlaff wünschte alle Vegetarier und Veganer zum Teufel.

Theresa riskierte eine Frage. »Der Dr. Sütterle hat heute in Geschichte erzählt, dass die DDR ein Unrechtsstaat gewesen sei. Stimmt denn das?«

Wotzlaff fuhr auf. »Ich verwahre mich dagegen, die DDR als totalen Unrechtsstaat zu verdammen, in dem es nicht das kleinste bisschen Gute gab. Natürlich hatten wir auch unser Recht und unsere Gesetze. Da drüben im Schrank steht zum Beispiel das ZGB, das Zivilgesetzbuch der DDR.«

Christine Wotzlaff wollte das Gespräch in Bahnen lenken, die weniger gefährlich waren. »Thomas, erzähle doch mal bitte, wie der Tag mit deinem neuen Praktikanten war, diesem …?«

»Menz, Dietmar Menz. Hör auf mit diesem Chaoten! Der kommt aus dieser Anarchistenszene um den

Boxhagener Platz herum und muss noch vieles im Leben lernen, vor allem, dass man auch mal gehorchen muss.«

*

Hansjürgen Mannhardt kam von Fontanes Text nicht mehr los:

Lehnert hatte so seine Betrachtungen, kam aber nicht weit damit, denn in der nächsten Minute schon trat der Alte, der mittlerweile seinen Talar abgelegt und einen Imbiß genommen hatte, von der Nebenstube herein und ließ sich in einen vor seinem Schreibtisch stehenden Polstersessel nieder.

»Ja, Lehnert«, hob er an, »es ist das alte Lied. Deine Mutter hat sich wieder über dich beklagt.«

»Ach, Herr Prediger …«

»… Und daß du wieder deine Tobsucht hast und nichts wie bittere Worte sagst und ihm, ich meine natürlich deinen Nachbar Opitz, den Tod an den Hals wünschst und fluchst und dich verschwörst, daß er dran glauben solle. Lauter gotteslästerliches dummes Zeug, für das du viel zu klug und, ich muß dir das nachsagen, auch eigentlich viel zu gut bist. Ich begreife dich nicht. Du hast doch einen guten Verstand und hast die gute Schule gehabt, und wenn ich auch weiß, daß man nicht immer nach dem Worte Gottes lebt, so kennst du's doch und darfst nicht so sprechen, als ob du's nicht kenntest und als ob es gar nicht da wäre. Du weißt recht gut, daß es da ist, und weißt auch recht gut, daß Gottes Wort heilig ist und

daß es das klügste und beste ist, seine Gebote zu halten. Aber du redest drauflos wie ein Heide und Türke …«

»Ach, Herr Prediger …«

»Wie ein Heide und Türke, sag ich, und tust es nicht bloß zu Haus und in deinen vier Pfählen, du sagst es auch jedem, der's hören will, und wenn du dich müde gesprochen und keine Worte mehr gegen ihn finden kannst, dann bindest du mit dem Grafen an, dem guten gnädigen Herrn, von dem du doch weißt, wie nachsichtig er ist, und hältst ihm vor, daß er was Besseres tun könne, als solchen Großtuer und Menschenquäler in die Försterei zu setzen, und daß es kein gutes Ende nehme.«

Lehnert nickte.

»Nun siehst du, du nickst und hältst es nicht mal für nötig, ›nein‹ zu sagen und deinem alten Freund und Lehrer, von dem du weißt, daß er's gut mit dir meint, in einer Entschuldigung oder so was Ähnlichem entgegenzukommen. Du bist geblieben, wie du schon warst, als du hier mit deinem blonden Krauskopf auf der Konfirmandenbank saßest. Das krause Haar haben sie dir bei den Soldaten weggekämmt, aber den krausen Sinn haben sie dir nicht wegschaffen können, du bist ein Trotzkopf, voll Selbstgerechtigkeit, und glaubst, alles am besten zu wissen. Und nun liest du auch noch allerlei dumme Blätter, in denen hochmütige Schulmeister und verlogene Winkeladvokaten ihre Weisheit zu Markte bringen, und redest hier in den Kretschams herum von Freiheit und Republik und dem glücklichen Amerika. Lehnert, Lehnert, dazu bist du mir viel zu schade! Sieh, Junge!, aus dir hätt eigentlich was Ordentliches und was ganz

apart Gutes werden müssen, und nun vertust du deine Zeit mit schlechter Tat und schlechtem Wort. Und das schlechte Wort ist schlimmer als die schlechte Tat. Ich lebe nun hier seit Anno 29, und noch zwei Jahre, dann hab ich mein Jubiläum, und ich darf wohl sagen, ich kenne euch und weiß, daß euch allen der Pascher und Wilddieb von Kindheit an im Leibe steckt. Das wird euch so gleich mit in die Wiege gelegt, und so nehmt ihr's als euer gutes Recht, und wenn ihr einen Grenzer oder Förster über den Haufen schießt, dann ist es nicht Mord, dann ist es Notwehr. Ich weiß das alles und find es traurig genug. Aber ich finde mich darin zurecht, das heißt, mißversteh mich nicht, ich finde mich darin zurecht, weil ich die schwache menschliche Natur kenne, der es schwer wird, der Versuchung und der Sünde, die heute so ist und morgen so, zu widerstehen. Aber daß ihr das alles in der Ordnung findet, daß ihr tut, als ob das Gesetz sich gegen euch versündige, sieh, das ist das Traurige. Und daß du die Dummheit mitmachst und auch so sprichst, als ob der Opitz ein Scheusal und eigentlich nicht viel besser als der Gottseibeiuns wäre, das tut mir leid. Und nun sprich und sage was Vernünftiges. Aber erst trink ein Glas Wein mit mir. Es ist heiß, und die Zunge klebt einem am Gaumen.«

Der Pastor trank auch wirklich ein Glas; Lehnert aber dankte.

»Nun gut, dann setz dich wenigstens. Und dann sage mir, was du zu sagen hast.«

»Ach, Herr Prediger, Sie wissen ja, wie's liegt, und wissen auch, wir sind nicht so schlimm, ich schon gewiß nicht. Ich war bei den Soldaten und weiß, was gehor-

chen heißt, und ist gar kein vernünftiger Mensch, der gegens Gehorchen ist. Denn das hält alles zusammen. Und so muß auch das Gesetz sein. Aber die Menschen, ja, Herr Pastor, die Menschen, die machen den Unterschied, und wenn die nichts taugen, dann ist es schlimm. Das weiß ich auch noch von den Soldaten her, und ich darf wohl sagen, und ich hab es schriftlich in meinen Attesten, ich war ein guter Soldat. Aber auf die, die den Befehl haben, auf die kommt es an, und was gibt es nicht für Vorgesetzte! Da muß man antreten mit Gepäck und zwei Stunden auf dem Hofe nachexerzieren, und die Sonne brennt und sticht, und wie man sich quälen mag, der Paradeschritt taugt nichts, die Griffe bleiben falsch, und wenn sie noch so richtig wären; immer wieder ran, immer wieder vor, und dann einen Stoß unters Kinn und Verwünschungen und Drohungen, ›daß man's wohl noch bis zum Zuchthaus oder bis zum Baugefangenen bringen würde‹. Ja, Herr Pastor, solch Unteroffizier – und es gibt's ihrer – verlangt auch Gehorsam und findet ihn auch, aber wenn's dann paßt, dann stellt man ihm ein Bein oder schafft ihn über Eck. Und die, die das tun, die sind nicht gegen Gehorsam und Disziplin, die sind bloß gegen den Unteroffizier. Und was mich angeht, Herr Prediger, ich bin nicht gegen das Gesetz, auch wenn ich's nicht immer halte, ich bin bloß gegen den Opitz, diesen Schuft und Schelm, diesen Saufaus und Menschenschinder.«

Siebenhaar lächelte. »Da haben wir's wieder, ganz wie ein Puter, wenn er den roten Lappen sieht. Du willst Person und Sache trennen. Aber geht das, hast du ein Recht dazu?«

»Ich meine ›ja‹, Herr Pastor. Sie wissen, daß ich zwei Monat drüben in Jauer war, wie 'n Verbrecher, unter lauter Gesindel. Und das verdank ich ihm.«

»Er hat dich angezeigt. Das war seine Pflicht.«

»Er hat mich angezeigt, das war seine Lust. So liegt es. Er ist immer lustig dazu, bei jedem, aber doppelt bei mir, denn wir sind alte Feinde, noch von den Soldaten und vom Kriege her. Ich kenn ihn, Herr Pastor; er ist ein schlechter Kerl, und solang ich denken kann, hat er mich gequält. Er war mein Oberjäger, und kein gutes Wort hat er mir je gegönnt. Immer hart, immer roh, auch vorm Feind, und nur wenn's in die Schlacht ging, war er wie 'n Ohrwurm. Es gibt eben Kugeln, die sich verirren. Und dann, Herr Pastor, wenn er nicht war, so hätt ich das Kreuz. Aber er hat dagegen gesprochen. Und was hat er gesagt? Ich taugte nichts, ich wäre frech und übermütig, und man könne nicht jedem das Kreuz geben, der ein paarmal aus einem Fenster geschossen habe, bei guter Deckung. Wahr und wahrhaftig, ›bei guter Deckung‹, so hat er gesagt, der schlechte Kerl. Und er war gar nicht einmal dabei. Ich will nicht sagen, daß er feige ist, nein, feige ist er nicht, aber ein Neidhammel ist er. Und was dann nachher kam, ich meine das vorige Jahr, nun, das weiß der Herr Pastor. Von Unschlitt und Schimmelbrot will ich leben, wenn ich's dem Kerl verzeih, daß er mich belauert und an die Grenzaufseher verraten hat und daß sie mich nach Jauer abgeliefert haben. Und warum? Um ein Stück Reichenberger Tuch, nicht der Rede wert! Immer hat er mir den Weg gekreuzt. Hol ihn der Teufel!«

Mannhardt beschloss, das Buch erst einmal wegzulegen und erst später weiterzulesen.

*

Dietmar Menz sollte am Montag kommender Woche sein Praktikum bei Thomas Wotzlaff beginnen, vorgestellt hatte er sich schon, und um nicht von vornherein als Dummkopf dazustehen, setzte er sich vorher an den Computer, um sich über das Forstrevier Müggelberge kundig zu machen.

Die Müggelberge (früher auch Müggelsberge genannt) sind ein bewaldeter Hügelzug mit Höhen bis zu 114,7 m ü. NN im Südosten Berlins im Bezirk Treptow-Köpenick. Sie werden durch den Kleinen Müggelberg (88,3 m) und den Großen Müggelberg (114,7) dominiert. Die Müggelberge umfassen eine Fläche von rund sieben Quadratkilometern. Entstanden ist der Höhenzug im Eiszeitalter. (…)

Im Bereich nördlich der Müggelberge in Richtung Müggelsee liegt der Köpenicker Teufelssee. (…)

Der Große Müggelberg ist die höchste natürliche Erhebung in Berlin. (…)

Auf dem Kleinen Müggelberg befindet sich der Aussichtsturm Müggelturm (Rundblick bis zu 50 Kilometer) und das Gebäude einer früher gut frequentierten Ausflugsgaststätte. (…)

Als Todesbahn wurde die künstlich angelegte Rodelbahn in den Müggelbergen bezeichnet. Sie führte vom Grat zwischen Großem und Kleinem Müggelberg bis zum Fuße des Teufelssees und wird in der Mitte von einer Holzbrücke überführt. (…)

Am 16. Oktober 1904 wurde auf dem Großen Müggelberg die 40 Meter hohe Bismarckwarte … eingeweiht. (…)

Kurz vor Ende des Zweiten Weltkriegs wurde die Bismarckwarte am 22. April 1945 von einer deutschen Volkssturmeinheit gesprengt, um den anrückenden sowjetischen Truppen keine weithin sichtbaren Punkte zur Orientierung beim Marsch auf Berlin zu geben. Heute liegen Überreste des Turmes am Nordhang des Berges.

Menz hatte dies alles in den entsprechenden Regionen seines Großhirns abgespeichert, wollte aber dennoch nicht darauf verzichten, sich alles einmal an Ort und Stelle anzusehen. Da das allein keinen rechten Spaß machte, fragte er seinen WG-Genossen Björn Görke, ob er Lust habe mitzukommen.

Der sah ihn skeptisch an. »Ja gern, aber ich habe keine Kletterschuhe, keine Klettergurte, keine Kletterseile und keine Karabinerhaken zu Hause.«

Menz lachte. »Macht nichts, kannst du von mir haben, auch eine Sauerstoffflasche. Aber wie kommen wir am besten an den Fuß des Mount Müggel?«

Das war eine knifflige Frage, und Neuberliner hätten mithilfe ihrer Computer eine geraume Weile gebraucht, die optimale Route herauszufinden, aber Björn Görke kam ja aus der besagten Gegend.

»Erst einmal müsste ich wissen, wo du den Aufstieg beginnen willst, den Einstieg?«, begann er. »Vom Müggelheimer Damm aus, Bushaltestellen Rübezahl oder

Müggelseeperle, von Krampenburg aus, wohin eine Fähre von Schmöckwitz geht, oder von Wendenschloss aus, Straßenbahnlinie 62?«

Menz überlegte. »Losen wir aus oder nehmen die Route, die am schnellsten geht.«

»Okay.« Björn Görke bemühte den BVG-Fahrinfo-Routenplaner, wobei ihr Ausgangspunkt der Wismarplatz war, gleich vor ihrer Haustür. »Das mit der Fähre scheidet von vornherein aus, weil wir da anderthalb Stunden unterwegs sind. Die anderen beiden Wege sind von der Zeit her fast gleich lang: 50 bis 55 Minuten.«

»Dann losen wir halt.« Menz schrieb *Wendenschloss* auf den einen und *Rübezahl* auf den anderen Zettel, knüllte sie zusammen, nahm sie in jeweils eine Hand und ließ Björn Görke wählen.

»Rechts.«

»Wendenschloss!«

Am Sonntagmorgen machten sie sich auf den Weg. Mit dem 240er Bus ging es zum S-Bahnhof Rummelsburg, wo sie auf einen Zug der S3 nach Erkner zu warten hatten. Zeit genug für Björn Görke, einen kleinen Vortrag zu halten, schließlich wollte er einmal Dozent und dann Professor werden.

»Rummelsburg. Hier hat Heinrich Zille als junger Mensch gewohnt, Bolle aus dem Rummelsburger See das Eis zur Kühlung seiner Milch gewonnen, Knorr seine Bremsen gebaut und die DDR ein schönes Gefängnis unterhalten. Außerdem hat hier auf der Strecke nach Erkner Paul Ogorzow, der Berliner S-Bahnmörder, seine Opfer gesucht.«

Menz sah auf die Gleise hinunter. »Ein Sprung vor den einfahrenden Zug – und du bist auch ein Mörder, ein Selbstmörder.«

Björn Görke lachte. »Wirf dich lieber *hinter* den eingefahrenen Zug.« Dann fragte er Menz, wie denn in Eberswalde sein Kampf mit Professor Scharnick ausgegangen sei.

»Unser Duell ...« Menz suchte kurz nach den passenden Worten. »Remis sozusagen. Einer von meinen Kommilitonen hat den Gordischen Knoten durchschlagen, und wir beide konnten unser Gesicht wahren, also Scharnick und ich.«

»Was hat er denn gesagt?«

»Wir gehen jetzt alle – und zwar in den Wald, wir wollten uns doch schon lange einmal das Plagefenn ansehen.«

»Okay.«

Sie fuhren bis Köpenick, wo in die Straßenbahn umzusteigen war. Die 62 kam auch bald und brachte sie in 20 Minuten zu ihrer Endhaltestelle Wendenschloss, wobei sie auch am Rathaus Köpenick vorüberkamen und Björn Görke einen längeren Vortrag über Wilhelm Voigt halten konnte, den legendären Hauptmann von Köpenick. Später kam der »Teufel von Köpenick« an die Reihe.

»Das ist der Bruno Lüdke, auch ein Serienmörder, wenn du so willst, mit 85 Opfern. Sie haben sogar 1957 einen Film über ihn gedreht: *Nachts wenn der Teufel kam* mit Mario Adorf in der Hauptrolle. Der Witz daran ist nur, dass dieser Bruno Lüdke, ein armes etwas debiles Schwein, nicht einen einzigen Mord begangen hat, die haben ihm die Nazis alle in die Schuhe geschoben, um mit seiner Eliminierung die völkische Reinheit wiederherzustellen.«

Gegen Mittag erreichten sie Wendenschloss, eine hübsche Siedlung, die an die Dahme und die olympische Regattastrecke grenzte, und waren bald am Stadtforst angelangt.

»Vor uns das sind die Kanonenberge«, erklärte Björn Görke, der hier nahebei am Falkendamm aufgewachsen war.

»Kanonenberge?« Menz duckte sich. »Muss ich nun Angst haben?«

»Nee, das nicht, denn seit Ende des Ersten Weltkriegs gibt es da keine Schießübungen mehr. Hier war früher eine Grube, in der Sand abgebaut und mit einer Seilbahn zu den Kähnen auf der Dahme gebracht worden ist, und in der haben die Preußen wirklich ihre neuen Kanonen ausprobiert.«

»Mach mal einen Satz mit Kanone?«, bat Menz den WG-Genossen.

Björn Görke zuckte mit den Schultern. »Keine Ahnung.«

»Na: Ick kann ohne Kondom.«

Björn Görke konterte mit: »Mach mal einen Satz mit Referendar.«

»Da muss ich passen wie du …«

»Na: Die Äppel sind ja noch jrün, ham Se denn keene reeferen da?«

Sie wanderten leicht bergan und hatten nach einem Kilometer den Müggelturm erreicht. Der Turm selbst sah höchst sanierungsbedürftig aus, das Restaurant zu seinen Füßen, das schon seit Jahren leer stand, konnte nur als verwahrlost bezeichnet werden.

»Das ischt ja a hoiloase Schutthald«, hörten die beiden WG-Genossen eine Schwäbin zu ihrem Mann sagen. »Na, O'kraut brauchsch net giaßa.«

Der lachte nur. »D' Sau ond dr Dreck kennet enander.«

Menz hatte das gehört und kommentierte es mit den Worten. »Das haben die Berliner noch so gelassen, weil es typisch DDR ist.«

Kaum hatte er das gesagt, donnerte hinter ihm ein Mann in einer grünen Uniform: »Das ist nicht die Schuld der DDR, dass es hier so aussieht, Sie Naseweis, das ist typisch der Kapitalismus, weil sich hier kein Gewinn machen lässt und keiner investieren will.«

Als Menz sich umdrehte, erkannte er den Oberförster Thomas Wotzlaff.

VIER

Dietmar Menz freute sich auf sein Praktikum im Forsthaus Müggelberge etwa so wie bei der Mitteilung seines Zahnarztes, dass ihm zwei Weisheitszähne auf einmal gezogen werden sollten. Egal, es musste sein. Er quälte sich in aller Herrgottsfrühe aus dem Bett, trank nur eine Tasse Kaffee, da er keinen Appetit auf eine Stulle oder eine Schale Müsli verspürte, und machte sich auf den Weg zum Forsthaus Müggelberge. Wütend auf sich und die Welt knallte er die Wohnungstür hinter sich zu.

»Armleuchter!«, rief Lini, die aus tiefem Schlaf hochgefahren war.

Björn Görke versuchte es auch Sekunden nach dem Aufwachen mit einer fundierten Analyse. »Er ist nun einmal eine gleichermaßen tragische wie komische Figur, die gelebte Widersprüchlichkeit, halb Punk, halb Forstbeamter, ein gebrochener, aber dadurch auch ein unglaublich faszinierender Mensch.«

Menz wusste, dass es in der Nomenklatura der DDR eine regelrechte Punk-Phobie gegeben hatte und er Wotzlaff am besten reizen konnte, wenn er sein Praktikum mit viel Piercing, also mit Nasenring und Sicherheitsnadel in den Ohrläppchen, und zerschlissener schwarzer Lederkleidung antrat. Der Förster bekam auch in der Tat einen mittleren Wutanfall, als er vor ihm stand.

»Was denn: frisch von dieser Schwulenparty gekommen!?«

Menz, der – fast zu seinem Bedauern – ein Normalo war, fand es eine gute Idee, Wotzlaff den »Schwulibert« vorzuspielen, wie man die Schwulen früher abwertend genannt hatte, denn das brachte den mit seiner zu vermutenden Homophobie noch mehr auf die Palme.

»Sie meinen den Christopher Street Day, Herr Dr. Wotzlaff«, hauchte er. »Das ist jedes Jahr der Höhepunkt meines Lebens, Sie müssten uns einmal sehen, wie wir da auf unseren Wagen stehen …«

»Nein, danke, darauf kann ich gern verzichten!«, rief Wotzlaff. »Und einen Doktortitel habe ich nicht.«

Menz wusste das, aber diese kleine Gemeinheit wollte er sich nicht entgehen lassen, denn Wotzlaff glich noch viel mehr als Professor Scharnick in Eberswalde dem Typ von Mann, den er abgrundtief hasste. Und er besaß ein so hohes Maß an Empathie, dass er sofort wahrnahm, was in dem Revierförster vorging: Bürschchen, ich werde nicht eher ruhen, als bis ich dich vernichtet habe! Welch schöner Plot für ein Theaterstück, dachte Menz: Autoritäre Vaterfigur gegen rebellischen Sohn. Hatte es sicher schon x-mal auf der Bühne gegeben, aber trotzdem

Wotzlaff besann sich auf die Rolle, die ihm der Staat vorgegeben hatte: »Menz, Sie sind hier, um zu lernen, wie die Praxis eines Försters aussieht – und sollen sich dabei auch nützlich machen. Wissen Sie, was ein Eichenprozessionsspinner ist?«

Menz lachte. »Na, bestimmt keiner, der bei einer Prozession auf der Straße Unter den Eichen herumspinnt und glaubt, dass er der Heilige Franziskus ist. Nein, das ist ein Schmetterling, der großen Schaden anrichten, das heißt, alle Blätter eines Baumes abfressen kann.«

»In der Tat. Der lateinische Name lautet *Thaumetopoea processionea.* Wir haben es mit einem Nachtfalter aus der Familie der Zahnspinner zu tun. Ihre Aufgabe, Menz, ist es nun, in unserem Bereich die Eichen auszumachen, auf denen Eigelege der Eichenprozessionsspinner auszumachen sind oder schon Raupen da sind. Die können bis zu fünf Zentimeter lang werden und haben eine dunkle, breite Rückenlinie mit samtartig behaarten Feldern und rotbraunen, lang behaarten Warzen. Suchen Sie nach einzeln stehenden Bäumen oder solche am südlichen Waldrand, wo es besonders warm ist.« Wotzlaff überreichte ihm eine Generalstabskarte seines Reviers. »Hier tragen Sie alle befallenen Bäume ein, damit wir sie später mit dem Bacillus thuringiensis einsprühen können. Und vorher müssen wir noch Warnschilder aufstellen.«

»Damit die Waldbesucher nicht besprüht werden?«

»Lassen Sie Ihre dummen Scherze! Los, ab!«

Menz tat seine Pflicht und machte sich auf die Suche nach befallenen Eichen.

Am Abend klagte er über starke Rötungen, Quaddeln und Pusteln, die kleinen Insektenstichen und Ausschlägen ähnlich sahen, wie sie beim Berühren von Brennnesseln auftraten. Es juckte bestialisch. Zudem tränten seine Augen und waren stark gerötet. Er konnte gar nicht mehr richtig ins helle Licht schauen. Damit nicht genug, er bekam nur noch schwer Luft und hatte das Gefühl, an einer üblen Bronchitis erkrankt zu sein.

»Los, zum Arzt!«, rief Lini, als sie ihn auf dem Flur gesehen hatte.

»Na, siehste mal«, fügte Björn Görke hinzu. »Der Volksmund hat recht: Eichen sollst du weichen.«

Dietmar Menz war klar, warum ihn Wotzlaff zu den befallenen Eichen in seinem Forst geschickt hatte: Um ihn derart leiden zu lassen.

*

Der FC Müggelberge spielte in einer der untersten Ligen Berlins und traf dabei auf Mannschaften wie FSV Fortuna Pankow II, FC Karaburan Frohnau II, SC Schmargendorf, BSV Oranke II, Rixdorfer SV II, ESV Lok Schöneweide, FC Arminia Heiligensee 77 II, FFFF Jahn Hasenheide II oder Berlin Hilalspor II.

Trainer des FC Müggelberge war Thomas Wotzlaff, und heute war er zum Betriebsbahnhof Schöneweide gefahren, um dort den nächsten Gegner seines Vereins zu beobachten, den »FFFF Jahn Hasenheide II«. Wotzlaff war durch die Heroen des DDR-Fußballs zu dieser Sportart gekommen, als da waren: Vom »SC Chemie Halle« Klaus Urbanczyk, von »Vorwärts Berlin« Jürgen Nöldner, vom »FC Carl Zeiss Jena« Roland und Peter Ducke, von der »BSG Sachsenring Zwickau« Jürgen Croy, vom »1. FC Magdeburg« Joachim Streich, vom »1. FC Dynamo Dresden« Ulf Kirsten – und, und, und.

Der Platz von »Lok Schöneweide« lag nicht gerade in einem ruhigen Waldstück, sondern am vielbefahrenen Adlergestell und gegenüber eines S-Bahnhofs, auf dem alle naselang Züge hielten und anfuhren, obwohl kaum jemand aus- oder zustieg, da man den Betrieb auf dem Rangierbahnhof Schöneweide längst eingestellt hatte.

Auf dem Spielfeld gab es ein Foul nach dem anderen, da die Spieler schnell festgestellt hatten, dass die junge Schiedsrichterin sehr milde gestimmt war.

Wieder wälzte sich ein Spieler der Rot-Schwarzen mit einem Schmerzensschrei am Boden. Übel gefoult hatte ihn der linke Außenverteidiger vom »FFFF Jahn Hasenheide«, den alle »Bulle« nannten. Warum das so war, lag auf der Hand. Wotzlaff hatte sich die Mannschaftsaufstellung der Jahn-Leute besorgt, und da stand Kevin Stier. Das war also keiner mit dem berühmten Migrationshintergrund, sondern ein echter Germane. »Bulle« Stier musste noch einige Fouls begehen, bis er die Rote Karte zu sehen bekam. Das aber auch nur, weil man seinen Gegenspieler auf einer Bahre vom Platz trug.

Wotzlaff schmunzelte, und es war ihm anzusehen, was er dachte: Wenn wir gegen Jahn Hasenheide spielen, dann stelle ich Menz gegen ihn …

*

Dietmar Menz hatte von seinem zwölften bis zu seinem 17. Lebensjahr immer mit Inbrunst gesungen: *Fußball ist unser Leben, / denn König Fußball regiert die Welt. / Wir kämpfen und geben / alles, bis dann ein Tor nach dem andern fällt.* Es war sein großer Traum gewesen, einmal einer dieser umjubelten Millionaros zu sein, und er hatte auch in den Jugendmannschaften namhafter Hauptstadtvereine gespielt und als Riesentalent gegolten. Dann aber: Kreuzbandriss. Eine konservative Therapie hatte nichts gebracht, und auch eine Operation hatte den alten Zustand nicht wiederherstellen können. Da hatten sie ihn erst bei »Hertha BSC« aussortiert, dann bei »Union« und schließlich auch bei »Viktoria 89«. Kameraden von ihm hatten es bis in die U18 und in die Bundesliga geschafft, er konnte nur noch mit Abba singen: *So the winner takes it all /*

And the loser has to fall …

Nun hatte Wotzlaff unglücklicherweise mitbekommen, über welche Ballkünste er noch immer verfügte, als er mit dessen Sohn auf dem Rasen hinterm Haus ein wenig gekickt hatte.

»Mensch, Menz, in welchem Verein spielen Sie denn?«

»Bei Chelsea London. This is also the reason for my wonderful English. Nein, im Ernst, ich war bei Hertha, Union und Viktoria 89, und ohne mein kaputtes Knie, da …«

»Ach, das wird schon gehen! Sie müssen unbedingt zu mir in den ›FC Müggelberge‹ kommen, ich bin da Trainer und Vereinsvorsitzender. Wir stehen kurz vor dem Abstieg, und der Verein ist mein Ein und Alles.«

Menz zögerte mit einer Antwort, denn Fassmann und Lassmann hielten sich bei ihm für einen Augenblick die Waage. Machte er mit, riskierte er seine Gesundheit, lehnte er das Angebot des Revierförsters ab, dann hatte der ihn noch stärker auf der Abschussliste. Verhalf er aber dem FC Müggelberge zum Klassenverbleib, dann bekam er von Wotzlaff sicherlich eine hinreichend gute Note.

Letztendlich war er in den Verein eingetreten und war nun auf dem Weg nach Eichwalde. Da der eigene

Platz noch keinen bespielbaren Rasen hatte, war der FC Müggelberge beim SV Schmöckwitz-Eichwalde zu Gast, und der spielte in Eichwalde auf dem Sportplatz am Hirtenfließ. Da Menz kein Auto hatte, musste er mit der S8 von der Frankfurter Allee bis nach Grünau fahren und dort in die 68 umsteigen. Sein Kumpel Kevin Knüllwald, gerufen »Knülle«, holte ihn in Schmöckwitz mit seinem Wagen von der Straßenbahnhaltestelle Am Seeblick ab.

»Wie biste so druff?«, fragte er Menz, als der ausgestiegen war. »Wo de so lange nich jespielt hast?«

Menz lachte. »Messi bleibt Messi – und ein Messie bin ich schon immer gewesen.«

Knülle verstand das kleine Wortspiel nicht und ging mit dem neuen Mitspieler zu seinem Wagen, den er nicht am viel befahrenen Adlergestell geparkt hatte, sondern weit hinten in der Straße Am Seeblick, von wo aus man schon die Wasser der Dahme glitzern sehen konnte.

»Da spielen wir ja fast in Sichtweite der Müggelberge«, sagte Menz.

»Nee, die liejen weita links, die siehste von hier nich«, stellte Knülle klar.

Sie stiegen ein und fuhren los. Als sie am Ortsschild von Eichwalde vorbeikamen, kratzte sich Menz unwillkürlich.

»Ich habe Eichenwald gelesen und dabei unwillkürlich an den Eichenprozessionsspinner denken müssen, dem ich ja meine mächtige Allergie zu verdanken habe.« Er zeigte Knülle die auf seinen Unterarmen verbliebenen Spuren.

»Echt krass! Ick hab bei det Schild eha an ›Borussia Dortmund‹ jedacht.«

»Wie denn das?«

»Na, schwarz-jelb!«

»Ah ja …«

Knülle hatte noch eine Frage. »Heuta spiel'n wa ja jejen den ›FFFF Jahn Hasenheide‹. Wat heißt dette eijentlich?« Und er gab sich auch gleich selbst die Antwort, bei der er sich halb totlachte: »Ficken, ficken, ficken, ficken!«

Menz konnte nur müde grinsen. »FFFF, das kommt von Ludwig Friedrich Jahns Devise: Frisch-fromm-fröhlich-frei.«

»Klar, det Friedrich-Ludwig-Jahn-Stadion, det kenn ick. Da müssten wa spiel'n.«

Da Knülle kein Navi hatte und nur so ungefähr wusste, wo der Sportplatz Hirtenfließ lag, zu dem sie mussten (»noch hinta die S-Bahn!«) verfuhren sie sich einige Male, lernten dabei aber Straßen kennen, deren Namen auf ein hohes kulturelles Niveau der hier ansässigen Bürger schließen ließen: Beethoven, Wagner, Goethe, Bruno H. Bürgel, Johann Sebastian Bach und Humboldt. Schließlich hielten sie an und fragten einen Einheimischen nach dem Weg.

»Sportplatz am Hirtenfließ? Da müssen Sie wieder nach Berlin, hier sind Sie in Brandenburg, Landkreis Dahme-Spreewald.«

Schließlich erreichten sie ihr Ziel, aber so knapp vor dem Anpfiff, dass Wotzlaff sie gleich zur Brust nahm.

»Gute Nacht, die Herren! Mal was von Warmmachen gehört!?«

»Wir beide sind warm genug«, sagte Menz ostentativ und umarmte Knülle.

Der Trainer warf ihm einen Blick zu, der mehr als giftig war. »Dann geht zum ›Vorspiel‹!« Das war Berlins größter schwul-lesbischer Sportverein. »Los, hopp, hopp, umziehen!«

Inzwischen hatten sich an die zehn Zuschauer eingefunden, und das Spiel des »FC Müggelberge« gegen den »FFFF Jahn Hasenheide« konnte beginnen.

Menz ließ schon bei den ersten Ballkontakten erkennen, dass er nichts von seinen früheren Künsten verlernt hatte und hier bei den biederen Freizeitkickern der absolute Star war. Er dribbelte so perfekt und umspielte die Jahn-Leute der Reihe nach, als wären sie Slalomstangen. Einige riefen schon »Wahnsinn!«, und folgerichtig schoss er auch das 1:0 für den FC Müggelberge. Wotzlaff riss jubelnd die Arme hoch und gab sich so wie Jürgen Klopp beim Gewinn des ersten Meistertitels für den BVB Borussia Dortmund. Menz entging das nicht, und er ärgerte sich darüber, dem Trainer und Revierförster eine solche Freude gemacht zu haben. »Vor Wut kochen sollte der«, murmelte er.

Eckball für Jahn Hasenheide. Menz eilte nach hinten, wo man ihn als kopfballstarken Spieler brauchte, denn der Gegner aus Neukölln hatte einige Riesen in der Mannschaft, und insbesondere war der zu fürchten, denn sie »Bulle« nannten. Der Ball kam in den Strafraum gesegelt, und Menz setzte alles daran, um höher zu steigen als »Bulle«. Das schaffte er auch, aber er beförderte den Ball nicht ins Feld zurück, sondern köpfte ihn, um Wotzlaff eins auszuwischen, ins eigene Tor. Nur noch 1:1, und Wotzlaff tobte wirklich.

Dann kam die 23. Minute, und Menz stand allein vor

dem gegnerischen Tor. Der Jahn-Keeper lag ausgespielt am Boden, jeder Schüler aus der C-Jugend hätte nun das 2:1 gemacht, doch Menz schoss daneben. Absichtlich.

Das erkannte Wotzlaff ganz deutlich, und er gab an der Seitenlinie das Rumpelstilzchen. »Menz, du fliegst aus dem Verein raus, und du fliegst bei mir raus!«

Danach flüsterte er »Bulle« Stier etwas ins Ohr, Menz sah es ganz deutlich, und es dauerte keine zwei Minuten, dann bekam der Neuköllner für ein übles Foul die Rote Karte – und Dietmar Menz wurde halb besinnungslos auf einer Trage vom Platz geschafft und vom Notarzt mit dem Verdacht auf eine schwere Gehirnerschütterung ins nahe Krankenhaus Hedwigshöhe gebracht.

FÜNF

Es gehörte zu seinen Pflichten, mindestens einmal im Monat bei seinen Eltern im Hochhaus am Senftenberger Ring vorbeizuschauen. Ein jedes Mal verfluchte Menz diesen Tag und wünschte sich, im hintersten Neuseeland zu leben, fast 20.000 Kilometer vom Märkischen Viertel entfernt, aber er wohnte nun einmal noch immer in Berlin und war zu schwach, diesem zwanghaften Ritual nicht zu folgen. Wie er überhaupt zu allem zu schwach war. *Er* war der Schwachstrulli in der Familie, nicht sein Halbbruder Jonas. *Born to lose …*

Er hatte zu viele anrührende Serien und Kinofilme gesehen, um nicht zu erwarten, dass seine Mutter ihn mit einer herzlichen Umarmung begrüßte und ihm ein Küsschen auf die Wange gab. Doch als er mit dem Fahrstuhl oben angekommen war, blickte sie ihn nur böse an und giftete auch schon los.

»Kaffeetrinken ist um halb vier bei uns, jetzt isses aber schon gleich sechs!«

Menz schüttelte den Kopf. »Nein, ich hatte keinen Sex, aber die S3 war wieder einmal gestört. Auf dem Bahnhof Köpenick: Feuerwehreinsatz. Einer war vor den Zug gesprungen. Kann ich reinkommen?«

»Ja, aber der Kuchen ist alle und der Kaffee kalt.«

»Ist sowieso alles kalter Kaffee«, murmelte Menz, »denn ich …«

Weiter kam er nicht, denn aus dem Bad kam ein so fürchterliches Bohrgeräusch, dass er sofort Zahnschmerzen bekam.

»Das ist der Fliesenleger«, erklärte ihm die Mutter schreiend. »Die ganze Woche geht das schon so. Sie renovieren unser Bad.«

»Ja, so ist das nun mal: *bad* Bad.«

Das verstand die Mutter nicht und ging voraus ins Wohnzimmer, wo sein Stiefvater und sein Halbbruder schon am Tisch saßen und ihn beim Hereinkommen geradezu feindselig anstarrten.

»Hallo!«, rief er. »Haben wir uns nicht schon mal gesehen? Menz, mein Name.«

»Bei uns heißt det Juten Tach und nich Hallo«, merkte sein Stiefvater an.

»Ich esse nun mal öfter Halloumi«, entgegnete Menz. »Da kann ich nicht anders.«

»Wat isst du?«, wollte die Mutter wissen.

»Halloumi, das ist ein griechischer Käse«, erklärte ihr Menz.

Jonas lachte auf. »In Griechenland ist sowieso alles Käse!«

Jetzt schwiegen sie erst einmal, und für Menz wurde diese kleine Familienrunde immer mehr zur Folter. Eine Welle von Selbstmitleid trug ihn fort: Gott, warum bin ich nur in diese Familie hineingeboren worden!? Millionen anderer Kinder sind glücklich aufgewachsen, nur ich habe eine Mutter, die die reinste Giftspritze ist, und einen Stiefvater und einen Halbbruder, die komplette Arschlöcher sind. Er hatte Tränen in den Augen.

Es wurde an die Tür geklopft, und auf das »Herein!« der Mutter trat der Fliesenleger ein.

»Ich mach' nun Feierabend, Frau Gänsicke …«

»Sind Se denn endlich fertich jeworden, Herr Kunkendorf?«

»Nee, aber ich muss zu meiner Band … üben.«

Der Stiefvater lachte. »Wat für'n Instrument spielste denn: Schlagbohra, wa?«

»Nein, ich bin der Frontmann.«

»Wat denn: is schon wieda Kriech? An welcha Front kämpfste denn: anna Ost- oder anna Westfront?«

Menz klärte seinen Stiefvater auf. »Ein Frontmann oder *frontman* ist der Musiker einer Band, der bei Konzerten als Sänger im Vordergrund auftritt.«

Wolfgang Gänsicke fühlte sich durch diese Belehrung ein wenig gekränkt. »Ausjerechnet eena wie du muss komm'n, damit ick weeß, wat Sache is!«

Menz verlor die Contenance und keilte zurück. »Klar, du erlebst ja als U-Bahnfahrer alle anderthalb Minuten das, wonach sich Millionen Menschen sehnen: das Licht am Ende des Tunnels. Wenn der nächste Bahnhof kommt.«

Daraufhin wollte ihm der Stiefvater nach alter Gewohnheit eine scheuern, doch er konnte die Hand abfangen. Wahrscheinlich hätte es die schönste Prügelei gegeben, wenn der Fliesenleger nicht dazwischengegangen wäre.

»Break!«, schrie er in Nachahmung eines Ringrichters, der zwei Boxer trennen wollte.

Die beiden Kampfhähne fielen auf ihre Stühle, und die Mutter begann zu weinen. »Womit habe ich das nur verdient?«

Der Halbbruder feixte. »Seit der Eichenprozessionsspinner ihm … Und wenn einer D. Menz heißt …«

Menz zögerte nicht, Jonas eine derartige Ohrfeige zu verpassen, dass der vom Stuhl kippte. Und wenn sich Kunkendorf nicht abermals eingemischt hätte, wäre es womöglich blutig ausgegangen. Um Frieden zu stiften, begann er zu singen und Nicole zu parodieren: »*Ein bisschen Frieden, ein bisschen Sonne / für diese Erde, auf der wir wohnen. / Ein bisschen Frieden, ein bisschen Freude, / ein bisschen Wärme, das wünsch' ich mir.*«

Das half, und alle beruhigten sich wieder. Die Mutter fragte nun, wie es ihm im Praktikum bei Revierförster Wotzlaff gefiele.

»Überhaupt nicht. Der Wotzlaff, das ist ein Riesenarschloch! Wahrscheinlich war er mal bei der Stasi. Ich hasse den Mann irgendwie.« Dass Wotzlaff ihn noch mehr als der Professor Scharnick in Eberswalde an seinen Vater erinnerte, verschwieg er lieber.

Kunkendorf hatte aufgehorcht. »Meinen Sie den Wotzlaff in Müggelheim?«

»Ja.«

»Bei dem habe ich auch zu tun. Der hat mir schon ganz schön zugesetzt.«

Die Mutter sah Menz an. »Trotzdem musste da durchhalten! Irgendeinen Beruf muss jeder Mensch haben. Oder willste bei Hartz IV landen?«

»Was soll ich denn machen? Ich bin nun mal so, wie ich bin.« Es klang sehr verzweifelt, aber das nahm keiner wahr.

*

Menz quälte sich aus dem Bett und schleppte sich wie ein Schwerkranker in die Küche, wo Björn Görke und Pauline schon frühstückten.

»Morgen! Kann einer von euch mal bitte im Forsthaus Müggelberge anrufen, dass ich heute nicht kommen kann?«

»Was hast du denn?«, fragte Pauline.

»Sagste einfach: 'n Norovirus, Übelkeit, Erbrechen, Durchfall.«

Pauline tat ihm den Gefallen, und während sie mit Müggelheim telefonierte, fragte Björn Görke den WG-Genossen, was er denn wirklich habe.

»Ich kann den Wotzlaff nicht mehr ertragen.«

»Erinnert der dich auch wieder an deinen abgetauchten Vater?«, hakte Björn Görke nach.

»Ja, schon … Ach, mein ganzes Leben ist versaut.«

»Dietmar, du musst unbedingt in die Therapie. Die berühmte ›professionelle Hilfe‹, wie die Ärzte im Fernsehen immer sagen in der Serie *In aller Freundschaft*. Und in aller Freundschaft rate ich dir das auch, weil du selber nicht …«

»D. Menz, ich weiß …«

Björn Görke lächelte. »Wenn's nur das wäre, aber bei dir gibt's einiges, was ein ›Seelenklempner‹ mal reparieren müsste.«

»Ich warte noch ab, bis du ’ne eigene Praxis eröffnet hast.«

»Klar, und dann schickst du mir diesen Wotzlaff.«

Menz ging wieder in sein Zimmer und legte sich ins Bett, weil er merkte, dass ihr Gespräch immer weiter versandete. Im Einschlafen hörte er noch, wie Björn Görke und Pauline die WG verließen.

*

Ulf Kunkendorf hatte es bei Dieter Bohlen und *Deutschland sucht den Superstar* ebenso versucht wie beim Format *The Voice of Germany*, war aber immer schon weit vor dem Finale ausgeschieden. Was blieb ihm da, als jedes Wochenende mit seiner Band in angesagten Lokalen und bei Geburtstagspartys aufzutreten und sich mit dem Beifall von maximal 50 Zuhörern zufriedenzugeben. Aber der Traum vom großen Starsänger, der blieb. Auch des Geldes wegen, denn er war hoch verschuldet. Blieb nur der große Trost: Die Hoffnung stirbt zuletzt.

Und sie schien wirklich neu aufzukeimen, als bei einer Geburtstagsfeier in der Moabiter »Buchkantine« einer der Gäste auf ihn zukam und sich vorstellte.

»Mein Name ist Huteland, ich bin Musikproduzent, und Ihre Songs haben mir gefallen. Haben Sie die selbst geschrieben?«

»Ja, so nach dem Motto: Ich bin Fliesenleger / Und der tollste Feger!«

Huteland lachte. »Ja, das kommt bei denen an, die Mario Barth lieben und Dostojewski für den Mittelstürmer von Bayer Leverkusen halten. Und wenn Sie einmal

Zeit haben, dann kommen Sie doch einfach in mein Tonstudio in der Schönhauser Allee. Hier mein Kärtchen.«

Kunkendorf nahm es cool entgegen, hätte aber vor Freude einen Jubelschrei ausstoßen können, der meilenweit zu hören gewesen wäre. Sie machten einen Termin aus, und pünktlich stand er vor dem Mikrofon, um seinen Hit vorzutragen: *Bier her!*

Bier her, Bier her,
für den Verlierer!
Jahrelang hab ich's Boxen trainiert
Und alle Gegner K.o. geschlagen,
Doch nun lieg' ich selbst am Boden,
Das Leben ruiniert,
Mit Krebs am Hoden.
Bier her, Bier her,
für den Verlierer!

Als er den Refrain zum vierten Mal wiederholt hatte, winkte Huteland ab.

»Nee Schluss, aus, Herr Kunkendorf, das wird nichts, bleiben Sie bei Ihren Fliesen.« Und als hätte dies als Ablehnung nicht ausgereicht, verhöhnte er Kunkendorf auch noch, indem er ihn parodierte. »Ob ich im Bett bin mit Kathrin oder Liesen, / ich liebe doch nur immer heiß und innig meine Fliesen.«

*

Dietmar Menz streifte wie in Trance durch Berlin. Hätte er ein Tagebuch, dann wäre in ihm folgender

Satz zu finden gewesen: *Liebes Leben, ich gebe dir noch fünf Stunden Zeit, und wenn in diesen fünf Stunden nicht etwas eintritt, was mich noch aus dem Sumpf zieht, dann will ich dich nicht mehr, dann entsorge ich mich.* Er sah es als ein Ultimatum an, das er Gott gestellt hatte, wenn es den denn gab. Doch, den gab es, denn er sprach jetzt zu ihm.

»*Du hast drei Versuche, mein Sohn, deinem Leben eine Wende zu geben. Denke dir was aus! Alles, was Odem hat, lobe den Herrn! Halleluja*!«

Den ersten Versuch startete er im Bergmannkiez. Das war die Gegend zwischen Geisenaustraße, Südstern, Platz der Luftbrücke und dem Mehringdamm, die seit Jahren als angesagt galt, weil hier noch prächtige Häuser aus der Gründerzeit mit ihren reich verzierten Fassaden, Treppenhäusern und Innenhöfen zu finden waren. Die Bergmannstraße verströmte südländisches Flair, und Alteingesessene wie Neuberliner trafen sich hier, jung und alt, Leute jeder Façon und jeder Couleur. Eine besondere Rolle spielten der Chamissoplatz und der Marheinekeplatz mit seiner Markthalle.

Menz war mit der U7 gekommen und hatte auf dem Bahnhof Mehringdamm den Impuls verspürt, hier auszusteigen. Er war den Mehringdamm in Richtung Platz der Luftbrücke hinaufgegangen und hatte sich erinnern können, dass hier einmal Seifenkistenrennen stattgefunden hatten. Lust, daran teilzunehmen, hatte er nie gehabt. Nach rund einem Kilometer Fußmarsch war er an der Bergmannstraße angekommen. Sie ging links ab. Er versuchte sich zu erinnern. War er schon einmal hier gewesen? Ja, mit Vanessa. Scheiße! Was hatte ihn ausgerechnet hierher getrieben? Warum lief er jetzt nicht am Tegeler Fließ entlang und dachte an die glücklichen Momente, da er dort geangelt hatte. Seine inneren Monologe setzten wieder ein: *Idiot du. Du hast in deiner Kindheit keine glücklichen Momente gehabt, da machst du dir was vor. Deine Kindheit war ein einziger Leidensweg.* Überall gab es hier in der Bergmannstraße Restaurants und kleine Läden, die Tische, Stühle und Bänke auf den Bürgersteig gestellt hatten – und überall saßen glückliche Menschen, gemachte Leute, Männer und Frauen, die etwas darstellten, die wer waren und über die man im Internet erfuhr, wie großartig sie waren. Und er dagegen, er war ein Nichts hoch drei. *Du kannst nichts, du hast nichts, du bist nichts und du wirst auch nie etwas sein.* Obwohl er mit der Nazi-Ideologie nun wirklich nichts am Hut hatte, definierte er sich selbst als »unwertes Leben«, einer, der die Volksgemeinschaft schädigte, weil er nicht in der Lage war, deren nützliches Mitglied zu werden. Diese Arschlöcher von Scharnick und Wotzlaff hatten ihm den Beruf des Forstwirts ein für alle Mal vergällt. Er wollte nie mehr in seinem Leben nach Eberswalde und in die Revierförsterei Müggelberge erst recht nicht.

Menz kam bei einem Italiener vorbei, bei dem sich so viele Gäste eingefunden hatten, dass nur ein Kellner bei Weitem nicht ausreichte, zumal der auch nicht mehr der Jüngste war. Rufe wie »Kommt denn hier nie einer?« oder »Wenn wir nicht umgehend bedient werden, dann gehen wir wieder!« waren zu hören. Das war die Chance für Menz. Er eilte zum Wirt, der die Stellung hinter dem Tresen tapfer hielt.

»Hallo, ich bin der Dietmar! Ich kann hier gerne aushelfen, ich habe als Schüler schon oft gekellnert. Der Mindestlohn spielt keine Rolle.«

Der Italiener sah ihn mit großen schwarzbraunen Augen an. »Siamo spiacenti, non abbiamo bisogno di un cameriere.« Und als er merkte, das Menz ihn nicht verstand, fügte er auf Deutsch hinzu: »Meine Tochter, sie kommt gleich hier. Wir niemanden brauchen.«

Menz zog bedrippt von dannen. Sein erster Versuch war gescheitert. Wieder zog er ziellos durch die Stadt. Kam er an einer Bushaltestelle vorbei, an der gerade ein großer Gelber hielt, dann stieg er ein, sah er ein weißes U auf blauem oder ein weißes S auf grünem Grund, dann stieg er zu einem U-Bahnhof hinunter oder zu einer S-Bahnstation hinauf. War nichts von alledem in Sicht, dann lief er nur die Straßen hinunter, ohne Einzelheiten wahrzunehmen.

So kam er auch zum Bahnhof Friedrichstraße und zur Weidendammer Brücke. Er versuchte, sich an Wolf Biermanns Ballade vom preußischen Ikarus zu erinnern, bekam aber nur die ersten Zeilen zusammen: *Da, wo die Friedrichstraße sacht / den Schritt über das Wasser macht / da hängt über der Spree / die Weidendammer Brücke.* Das klang nach dem ersten Gedicht eines wenig begabten Oberschülers, und er verstand den Hype nicht, den es um Biermann gegeben hatte. Ohne das ganze politische Trara hätte ihn wohl niemand zur Kenntnis genommen. Menz merkte selbst, wie verbittert er war, dass andere vom Schicksal nach oben katapultiert worden waren, und er dazu verdammt war, immer unten zu bleiben. Dieser Gedanke schmerzte ihn ebenso wie der Anblick der vielen Liebesschlösser, die am Gefieder des preußischen Adlers hingen. Weiter! Auf der Spree unten fuhren die Sightseeing-Schiffe Bug an Heck, und auf allen saßen fröhliche Menschen. Menz wünschte sich in die Karl-Bonhoeffer-Nervenklinik oder in die Intensivstation der nahen Charité, in der Sterbende lagen, am besten in eine Friedhofskapelle, jedenfalls dorthin, wo Menschen zu finden waren, die traurig und verzweifelt waren. Das hätte ihn vielleicht wieder aufleben lassen, der Anblick glücklicher Menschen aber machte ihn krank.

Vor ihm tauchte der gewaltige Komplex eines Museums auf. »Bode-Museum« las er über dem Eingang. Es gab eine große Ausstellung: *EIN GOTT – ABRAHAMS ERBEN AM NIL.* Das interessierte ihn wenig. Er kannte nur Vader Abraham mit dem Lied der Schlümpfe. Für einen Augenblick hatte er die Idee, ins Museum zu gehen und dort irgendeine Reliquie des Damals-war's zu zerstören. Dann hätte sein Leben auch eine ganz bestimmte Wende genommen. Unsinn, lass es!

Er blickte über die Spree zum Monbijou-Park hinüber, wo es zwischen dem südlichen Rand der Grünanlage und dem Fluss einen schmalen Fußweg und die »Strandbar Mitte« gab. Auf einer Tanzfläche übten Männer und Frauen aller Altersklassen und Schönheitsligen das Tangotanzen. Dieser Anblick löste einen Aggressionsschub in ihm aus, und hätte er in diesem Augenblick eine Kalaschnikow gehabt, dann … Bin ich unglücklich, dann soll es der Rest der Menschheit ebenfalls sein!

Er beruhigte sich wieder und schritt über die Brücken, die Kupfergraben und Spree überspannten. Und da saß an einem Vierertisch einsam und allein eine junge Frau, die, so hätte es Björn Görke ausgedrückt, voll seinem »Beuteschema« entsprach: zierlich und schwarzhaarig mit den geschmeidigen Bewegungen einer Wildkatze. Er zögerte nicht lange.

»Ich bin der Dietmar, hallo! Darf ich mich zu dir setzen? Woanders ist ja alles besetzt …«

Sie musterte ihn kurz und lächelte dann gewinnend. »Ja klar, Johanna.«

»Hanna, ah ja«, murmelte er und begann ein wenig altbacken zu flirten. »Ein schöner Name … Hanna Arendt, Hanna Schygulla Du hast aber nicht bei Fassbinder mitgespielt? Nee, da bist du ja viel zu jung zu, und du kommst auch nicht aus Schlesien, sondern aus …? Lass mich raten, München?«

»Na, wenn das bei Jauch die 25.000-Euro-Frage gewesen wäre, dann … Ich komme aus Jever.«

Menz staunte. »Was, da kommt doch nur was Blondes her, ein blondes Pils.«

»Ausnahmen bestätigen die Regel. Und du, bist du auch als Tourist hier?«

»Nee, ich bin ’n ganz seltenes Exemplar hier – ein Einheimischer.«

»Oh my God! So was gibt’s noch in Berlin! Und was machst du so?«

Da er gerade an Rainer Maria Fassbinder gedacht hatte und in ihren Augen einen hohen Stellenwert haben wollte, sagte er, dass er vom Film sei. »Ich hab ’n Job bei der Weidendamm-Film.« Die gab es seines Erachtens nicht, aber das konnte sie ja nicht wissen. Und in der Tat biss sie an.

»Dann kannst du mir ja mal eine kleine Rolle verschaffen. Ich hab mir schon oft als Kleindarstellerin ein paar Euro verdient.«

Menz strahlte. »Klar, Mensch! Wir müssen uns nur noch 'n paar Mal treffen, damit ich besser einschätzen kann, als was wir dich besetzen können.«

Alles schien gelaufen. Doch in diesem Augenblick setzte sich ein Mann von der Statur eines Kugelstoßers zu ihnen an den Tisch. Es war Johannas Verlobter, der nur mal eben im Vorraum des Bode-Museums gewesen war.

Auch sein zweiter Versuch war gescheitert.

Und wieder irrte Menz ziellos umher, stieg in Busse und Bahnen, die ins Nirgendwo fuhren, und kam schließlich zum Bundesplatz. Diesen Kiez kannte er nicht, konnte sich aber daran erinnern, dass in der Bundesallee, früher Kaiserallee, eine Episode in Kästners *Emil und die Detektive* gespielt hatte. Trautenaustraße, Ecke Kaiserallee, war Herr Grundeis aus der Straßenbahn gestiegen, der 177. Diesen Mann hatten die Jungen in Verdacht, Emil im Zug nach Berlin den Umschlag mit den 140 Mark für die Großmutter gestohlen zu haben.

Diebe stehlen … Das löste bei Menz sonderbare, aber auch wiederum ganz logische Gedanken aus: Begehe ich ein Verbrechen, komme ich in den Knast. Dort habe ich Zeit, mein Leben zu überdenken. Und wenn ich entlassen werde, dann habe ich als Vorbestrafter erst recht keine Chance, irgendwo einen Job zu finden. Dann erfüllte sich erst recht das, was Björn Görke einmal eine *self-fulfilling prophecy* genannt hatte. *Du kannst nichts, du hast nichts, du bist nichts und du wirst auch nie etwas sein.* Seine Mutter hatte dies von ihm erwartet, und er tat nun zwanghaft alles, um ihren Erwartungen gerecht zu werden. Am besten, er brachte jemanden um, möglichst so spektakulär, dass er damit für immer berühmt wurde, siehe den Serientäter Fritz Haarmann, den noch heute jeder kannte. Die Älteren hörte man immer wieder singen: *Warte, warte nur ein Weilchen, / bald kommt Haarmann auch zu dir, / mit dem kleinen Hackebeilchen, / macht er Hackefleisch aus dir. / Aus den Augen macht er Sülze, / aus dem Hintern macht er Speck, / aus den Därmen macht er Würste / und den Rest, den schmeißt er weg.* Andere waren zu ewigem Ruhm gekommen, ohne dass sie jemanden ermordet hatten, dieser Herostratos zum Beispiel, der weit vor Christi Geburt den Artemis-Tempel in Ephesos, eines der Sieben Weltwunder der Antike, in Brand gesteckt hatte, um dadurch unsterblich zu werden. Was ihm ja auch gelungen war.

Menz stutzte, denn er las auf einem der Schilder »Menzer Straße«. Wie herrlich das gewesen wäre! Da stand aber nur »Mainzer Straße«. Er lief weiter und sah am Rande des Fahrdamms einen Container stehen, der mit Bauschutt gefüllt war. Da machte es Klick bei ihm, denn wo Handwerker ein und aus gingen, da standen stets alle Türen offen, und die Mieter waren wegen des höllischen Lärms ins Büro oder ins nächste Café geflüchtet. Und richtig, in einem der Altbauten war es so. Er kam in eine Wohnung im Hochparterre, wo das große Zimmer total ausgeräumt war und offenbar die Dielen geschliffen werden sollten.

»Hallo!«, rief er. »Ist hier jemand?« Kam ein Ja, dann wollte er sagen, er sei der neue Fliesenleger, Kunkendorf sei sein Name. Doch es antwortete niemand. Was ließen Einbrecher für gewöhnlich mitgehen? Den flachen Fernseher und den Computer. Aber beides konnte er nirgendwo entdecken. Dafür sah er auf der Kommode ein Portemonnaie liegen. Es sah ziemlich prall gefüllt aus. Vielleicht war es mit einigen 50-Euro-Scheinen gefüllt? Er riss es hoch und schaute hinein. Nichts, nur Bons und Quittungen von Restaurants. »Scheiße!« Wenn doch jetzt wenigstens einer käme und die Polizei alarmierte! Doch nichts geschah.

Auch sein dritter Versuch: gescheitert, nichts!

Du hattest drei Versuche, mein Sohn, deinem Leben eine Wende zu geben, hörte er die Stimme aus den Wolken. Und er antwortete: *Meine drei Versuche haben nichts gebracht, o Herr, ich nehme das als Gottesurteil.*

Und in dieser Sekunde fasste er den Entschluss, sich das Leben zu nehmen, und nun kam alles so, wie es kommen musste: Er fuhr in seine WG, um seinen Abschiedsbrief zu schreiben:

Hallo Björn & Pauline,
sucht nicht nach mir. Ich bin ein so kleines Licht und so ein loser, dass sich das nicht lohnt. Was soll ich auf dieser Welt, ich bin nur ein Irrtum und keiner braucht mich. Ich verurteile mich hiermit selbst zur Todesstrafe.
Dietmar

Dann lief er zum U-Bahnhof.

(Ende der Rückblende und der Rückbesinnung.)

SECHS

Sie hatten Menz einige Tage zur Beobachtung im Krankenhaus behalten, vor allem, wegen der Gefahr von Subduralblutungen im Gehirn, und da hatte er Zeit gehabt, sein bisheriges Leben Revue passieren zu lassen. Nun war er in sein WG-Zimmer zurückgekehrt und offiziell krankgeschrieben, aber auch als gesunder Mensch wäre er nicht wieder zur Absolvierung seines Praktikums im Forsthaus Müggelheim erschienen, denn er gab dem Revierförster Thomas Wotzlaff die Hauptschuld an seinem Selbstmordversuch. »Der hat das Fass zum Überlaufen gebracht.« Und nun sann er auf Rache. »Du hast *mich* fertiggemacht, nun mache ich *dich* fertig, du blödes Schwein!« *Wie du mir, so ich dir!*

*

Der pensionierte Kriminalkommissar Hansjürgen Mannhardt hatte wieder einmal Fontanes *Quitt* aus dem Regal gezogen, um endlich mit seiner Lektüre voranzukommen. Er setzte an der Stelle an, wo Lehnert Menz mit dem alten Pastor Siebenhaar zusammentrifft:

Es war des Alten Studierstube, die Lehnert von seinen Kindertagen her kannte. Das Christusbild, mit Friedrich Wilhelm III. und dem Kronprinzen zur Linken und

Rechten, hing noch geradeso schief wie vor 14 Jahren, als er hier, wöchentlich zweimal, auf einer wackligen Konfirmandenbank gesessen hatte. Alles genau wie damals, und nur die Dielen noch etwas ausgehöhlter.

Lehnert hatte so seine Betrachtungen, kam aber nicht weit damit, denn in der nächsten Minute schon trat der Alte, der mittlerweile seinen Talar abgelegt und einen Imbiss genommen hatte, von der Nebenstube herein und ließ sich in einen vor seinem Schreibtisch stehenden Polstersessel nieder.

»Ja, Lehnert«, hob er an, »es ist das alte Lied. Deine Mutter hat sich wieder über dich beklagt.«

»Ach, Herr Prediger …«

»… Und dass du wieder deine Tobsucht hast und nichts wie bittere Worte sagst und ihm, ich meine natürlich deinen Nachbar Opitz, den Tod an den Hals wünschst und fluchst und dich verschwörst, dass er dran glauben solle. Lauter gotteslästerliches dummes Zeug, für das du viel zu klug und, ich muss dir das nachsagen, auch eigentlich viel zu gut bist. Ich begreife dich nicht. Du hast doch einen guten Verstand und hast die gute Schule gehabt, und wenn ich auch weiß, dass man nicht immer nach dem Worte Gottes lebt, so kennst du's doch und darfst nicht so sprechen, als ob du's nicht kenntest und als ob es gar nicht da wäre. Du weißt recht gut, dass es da ist, und weißt auch recht gut, dass Gottes Wort heilig ist und dass es das Klügste und Beste ist, seine Gebote zu halten. Aber du redest drauflos wie ein Heide und Türke …«

»Ach, Herr Prediger …«

*

Dietmar Menz zerbrach sich den Kopf, wie er Wotzlaff am besten den entscheidenden K.o.-Schlag verpassen konnte: Acht! Neun! Aus! Traf es ihn mehr, wenn er ihn verprügelte und auf ihn einstach, oder wenn er seine Frau oder eines seiner Kinder entführte? Nein, dazu war er zu schwach und zu unerfahren. Schließlich kam er auf zweierlei: Er konnte in das Forsthaus eindringen und Wotzlaffs Computer mit Trojanern versehen beziehungsweise die Festplatte zerstören – oder er besorgte sich einen Brandbeschleuniger und steckte das Forsthaus Müggelberge an. Herostratos hatte seinen Weltruhm auch mit einer Brandstiftung begonnen. Bald war also klar, wie er vorgehen wollte. Doch ganz ohne Waffe wollte er nicht ins Forsthaus eindringen, denn wenn Wotzlaff ihn erwischte und eines seiner Gewehre in die Hand nahm … Menz hatte einmal mit Drogendealern im Görlitzer Park zu tun gehabt, und als er die ansprach, bekam er auch die Adresse, wo er eine Pistole kaufen konnte. Schließlich hielt er eine tschechische Neun-Millimeter-Pistole in der Hand, die CZ75 Automatic. Als Brandbeschleuniger beschaffte er sich eine Packung Grillanzünder. Es konnte losgehen. Er wartete, bis die Dämmerung hereingebrochen war, dann zog er los. Einen Rucksack brauchte er nicht, und wenn er sich die Kapuze seines Pullis über den Kopf zog, würde ihn keiner erkennen. Dass ihn unterwegs jemand sah, erschien ihm ohnehin unwahrscheinlich. Und so viel Zufall gab es nur in einem Hollywoodfilm, dass er nun ausgerechnet Professor Scharnick begegnete, aber nicht in der Realität. Die richtige Route war mithilfe des BVG-Fahrinfo-Routenplaners schnell gefunden.

Mit der U-Bahn von der Samariterstraße zur S-Bahn Frankfurter Allee, dann mit einmal Umsteigen in Ostkreuz nach Köpenick und von dort mit dem Bus bis zum Ludwigshöheweg. Von dort waren es 750 Meter Fußweg bis zu Wotzlaffs Haus Am Müggelberg 27a. Fahrtdauer eine Stunde, fünf Minuten. Mit der Taxe zu fahren oder sich ein Auto zu mieten, erschien ihm zu riskant.

Er verließ die WG und war sich sicher, endlich den großen Coup zu landen, der sein Leben einmalig werden ließ.

*

Als Thomas Wotzlaff an diesem Nachmittag in seinen Heizungskeller kam, der endlich gefliest werden sollte, erkannte er schnell, dass Kunkendorf auch heute nicht fertig würde.

»Ich hoffe, dass Sie es vor Wintereinbruch noch schaffen«, blaffte er los.

Der Handwerker sah auf und begann zu singen: »*Ach ja, die Fliesenleger, / Die werden auch mit jedem Tage träger / Darum: Bier her, Bier her für den Verlierer*!«

»Mir ist nicht zum Lachen zumute!«, herrschte der Revierförster ihn an.

»Dann weinen wir eben.«

Wotzlaff hätte dem vor ihm knienden Mann am liebsten eine gewaltige Ohrfeige verpasst, konnte sich aber gerade noch beherrschen. »Wo waren Sie eigentlich gestern?«

»Da habe ich im Bett gelegen. Sommergrippe.«

»Lügen Sie doch nicht so frech!«, brüllte Wotzlaff.

»Ich weiß genau, dass Sie auf einer anderen Baustelle waren!«

»Was sind denn das für Stasimethoden?«, erregte sich nun auch Ulf Kunkendorf.

Wotzlaff nahm eine drohende Haltung ein. »Wollen Sie damit sagen, dass ich auch …?«

»Wer weiß …«

Da verlor Wotzlaff jede Selbstbeherrschung und trat dem vor ihm knienden Mann kräftig in den Hintern. Kunkendorf fiel nach vorn und kam mit den Handflächen und dem Gesicht auf dem kakifarbenen Fliesenkleber zu liegen, mit dem er den Betonboden vor sich schon reichlich eingestrichen hatte. Die klebrige chemische Masse auf den Lippen zu haben, war nicht nur eklig, sondern wegen der toxischen Stoffe auch so gefährlich, dass er außer sich vor Wut aufsprang, um das Ganze an Wotzlaff' grünem Jägerrock abzuwischen. Der wehrte sich natürlich gegen diese Attacke, und im Nu prügelten sich die beiden Männer unter lautem Geschrei.

Erst als Christine Wotzlaff mit ihrem Sohn in den Keller gestürzt kam, ließen sie wieder voneinander ab.

Wotzlaff tobte. »Ich kann mir nun eine neue Uniform kaufen!«

Kunkendorf war nicht minder wütend. »Und ich kann in die Charité fahren, um mein Gesicht behandeln zu lassen.«

»Die haben da auch eine gute psychiatrische Abteilung«, trat Wotzlaff nach.

»Sie müssen das ja am besten wissen, Herr Rotzlaff!«

Die beiden wären erneut übereinander hergefallen, wenn Leonhard nicht einen Spaten genommen und zwischen sie geschoben hätte, beide damit zurückdrängend.

»Thomas, soll ich die Polizei holen?«, fragte Christine Wotzlaff.

»Nein, das wäre nur peinlich. Aber Kunkendorf, Sie verschwinden hier auf der Stelle.«

»Nichts lieber als das! Aber Sie hören noch von mir!«

Der Fliesenleger ließ alles stehen und liegen, was an seinen Materialien und Werkzeugen im Keller lag, lief nach oben, setzte sich in seinen Kombi und raste Richtung Innenstadt davon.

Wotzlaff schluckte eine Beruhigungstablette und zog sich um. Als er danach auf die Terrasse trat, war der Abendbrottisch schon gedeckt. Er vermied es, über sein Recontre mit Kunkendorf zu reden, und von seiner Familie wagte es niemand, darauf zu sprechen zu kommen. Man redete lieber über die bevorstehende Urlaubsreise und ob man doch noch umbuchen sollte.

»Ich möchte unbedingt an die Olympische Riviera«, sagte Christine Wotzlaff und las aus dem alltours-Flyer vor, der neben ihr auf dem Tisch lag. »*Die Olympische Riviera beherbergt einen der schönsten Strände von Griechenland. Der herrliche Sandstrand ist 70 Kilometer lang und reicht im Süden von Stomio bis in den Norden nach Paralia. Die Olympische Riviera liegt östlich des beeindruckenden und sagenumwobenen Olymps, dem höchsten Gebirge des Landes. Sie ist ein idealer Ausgangspunkt für Ausflüge in die Umgebung. Genießen Sie in Ihrem Urlaub an der Olympischen Riviera gemütliche Wanderungen und fantastische Ausblicke in dem Naturpark des Olymps. Kulturbegeisterte haben zudem die Möglichkeit, archäologische und historische Stätten im Hinterland zu besichtigen. Auf diese Weise kommen Sie während Ihres Urlaubs an der Olympischen Riviera der langen und faszinierenden Geschichte Griechenlands näher. Entdecken Sie während Ihres Pauschalurlaubs zum Beispiel das beeindruckende Felsenkloster Meteora oder das faszinierende Königsgrab Vergina. Diese Entdeckung gilt in der Archäologie als eine Weltsensation.*«

»Griechenland ist echt cool!« Leonhard teilte die Begeisterung seiner Mutter. »Wenn wir da hinfahren, kriege ich in meinen Leistungskursen Geschichte und Philosophie eine Eins.«

»Und ich in Sport«, fügte seine Schwester hinzu. »Weil ich da im Mittelmeer jeden Tag Langstrecke schwimmen kann.«

»Griechenland kommt nicht infrage!«, donnerte da Thomas Wotzlaff. »Keinen Euro für diese großkotzigen Erpresser Tsipras und Varoufakis! Wir bleiben im Lande!«

Die anderen schwiegen nun und zogen es vor, den Abend nicht zu Hause zu verbringen. Seine Frau verabredete sich mit einer Freundin zu einem Kinobesuch am Alexanderplatz, und die Kinder fuhren mit Freundinnen und Freunden in eine Disco in Köpenick.

Thomas Wotzlaff setzte sich in seinen Lehnstuhl, sein geliebtes Erbstück, und widmete sich einem Fachartikel zur Problematik eines Quarantäneschaderregers anhand der Kiefernholznematode (Bursaphelenchus xylophilus). *Der Kiefernholznematode (Abb. 14) wurde erstmals 1999 in Portugal nachgewiesen. Er kann mit Holzprodukten in andere EU-Staaten eingeschleppt werden. Die Nematoden benötigen Temperaturen von 20 Grad Celsius im Tagesmittel der Monate Juli und August. Dann können befallene Bäume innerhalb weniger Monate absterben.*

Bald war Wotzlaff eingeschlafen.

*

Auf dem Display seines Busses leuchtete es groß und breit: »Nächster Halt Ludwigshöheweg«. Menz drückte auf den Knopf, der dem Fahrer den Haltewunsch anzeigte. Er war zwar der Einzige, der hier ausstieg, war sich aber einigermaßen sicher, nicht besonders aufgefallen zu sein. Das konnte ihm auch egal sein, denn wenn ihn die Polizei später erwischen sollte, war ihm das ja nicht ganz unrecht. Obwohl, na ja. Wenn ihm einmal etwas glückte, und war es auch nur ein Verbrechen wie die Brandstiftung, dann hatte er endlich das ersehnte Erfolgserlebnis.

Menz sprang an der Haltestelle Müggelheimer Damm, Ecke Ludwigshöheweg aus dem Bus. Er hatte die Karte von Müggelheim soweit im Kopf, dass er genau wusste, wie er zu laufen hatte. Es war ganz einfach: Den Ludwigshöheweg bis zum Ende, da ging dann rechts die Straße Am Müggelberg ab. Als er ein paar Hundert Meter gelaufen war, kam er zum Hornbacher Weg. Das war kein gutes Omen, wenn man an das Hornbacher Schießen dachte … Björn Görke kam aus der Nähe von Hornbach, und in seinem Zimmer hing ein Poster mit der Inschrift:

Jedwedes Kind auf der weiten Erd v. Hornberger Schießen schon hat gehört, das Pulver ging aus zur schönsten Stund, sodass man nicht mehr schießen kunnt! Anno 1564

Ludwigshöheweg, Ecke Hornbacher Weg gab es ein in hellem Ocker gehaltenes und eher unscheinbares Haus, in dem ein Restaurant untergebracht war: die »Zie-Bel Gastronomie«. Offenbar gab es dort asiatische Spezialitäten. Er lächelte. Die einzigen asiatischen Spezialitäten, die ihn derzeit interessierten, waren Aikido, Judo, Kendo und Karate aus Japan, Wing Tsun aus China und Tae-Kwon-Do aus Korea. Falls es zu einem Faust- und Ringkampf mit Wotzlaff kam.

Als er das Grundstück Am Müggelberg 27a erreicht hatte, waren alle Fenster dunkel. Offenbar war Wotzlaff mit seiner Familie ausgeflogen. Na wunderbar, das konnte ihm nur recht sein, denn er wollte zwar das Haus abfackeln, aber niemanden töten. Ein Gedanke, der ihm wohltat: Der Revierförster kam nach Hause und sah nur noch rauchende Trümmer. *Durch dich ist mein Leben ein Trümmerhaufen, und nun, mein Lieber, stehst du auch vor einem Trümmerhaufen. Rache ist süß.*

Wenn Menz von seinem Stiefvater, diesem Schwachmaten hoch zwei, auch nichts weiter gelernt hatte, so doch einiges Handwerkliche, und so hatte er wenig Mühe, lautlos die Terrassentür aufzuhebeln und bei Wotzlaff einzusteigen. Durch das Wohnzimmer, wo auf dem Tisch noch die Reste des Abendessens zu erkennen waren, ging er im Licht seiner Taschenlampe in Richtung Diele. Hier den Brand zu legen, war am logischsten. Er tastete in den Hosentaschen nach Grillanzünder und Streichhölzern. In weniger als einer Minute war die Sache erledigt.

Doch kaum hatte er sich gebückt, da flog eine Tür auf. Und im Schein einer im angrenzenden Arbeitszimmer brennenden Deckenlampe tauchte Wotzlaff auf. Und der brauchte nur Sekundenbruchteile, um ihn zu erkennen.

»Menz, sind Sie verrückt geworden, was machen Sie da?« Und gleichzeitig hatte er begriffen, was hier im Gange war. »Ich rufe jetzt 110 an! Sie gehören in den Knast, und dafür sorge ich!«

Menz blieb cool wie James Bond. »Bitte. Dorthin zu kommen, ist schon lange mein Herzenswunsch.« Und er hielt dem Revierförster die ausgestreckten Hände hin. »Wo sind die Handschellen?«

Wotzlaff war zu einfach gestrickt, um ein solches Handeln auch nur im Entferntesten zu verstehen. Er deutete die Geste als Teil einer asiatischen Kampftechnik, mit der er in eine Falle gelockt werden sollte, und da er bei der NVA eine vorzügliche Ausbildung in der Unschädlichmachung eines Gegners genossen hatte, warf er sich nun auf den Eindringling. Menz blieb einen Augenblick bewusstlos auf den Dielenbrettern liegen, und Wotzlaff eilte zur Besenkammer, in die er vorhin sein Jagdgewehr gestellt hatte. In diesem Augenblick kam Menz wieder zu sich und sein Fluchtinstinkt war stärker als sein Wunsch, im Knast zu sich selbst zu finden. Er stürzte zur Haustür, riss die Kette, mit der sie gesichert war, aus der Verankerung. Und war im Nu im Vorgarten und auf der Straße. Erst jetzt merkte er, dass er sich irgendwie in der rechten Wade etwas gezerrt hatte, und jeder Schritt schmerzte. Er hatte sich die Karte von Müggelheim so gut eingeprägt, dass er genau wusste, in welche Richtung er zu laufen hatte, um möglichst schnell im Wald zu sein. Zwar hatten sie Vollmond, und keine Wolke war zu sehen, doch dass ihn Wotzlaff bei diesem diffusen Licht des Nachts im Wald aufspüren konnte, erschien ihm unmöglich. Und wenn der nun ein Nachtsichtgerät und eine Wärmebildkamera hatte? Egal. Von der Straße Am Müggelberg zweigte ein breiter Weg ab, der keinen Namen hatte und direkt in den Wald und zum Teufelssee führte. Als er den Rand des Berliner Stadtforstes erreicht hatte, drehte er sich um und sah, dass Wotzlaff nicht mehr als 200 Meter hinter ihm war. Und da der beim FC Müggelberge manche Trainingseinheit mitmachte, war der kaum langsamer als er, auch wenn er sein Jagdgewehr in der rechten Hand hielt.

Das mit der Zerrung in der Wade wurde immer schlimmer, sodass Menz nach einigen Minuten keine andere Chance mehr sah als stehen zu bleiben, seine Pistole aus der Tasche zu reißen und es auf einen Schusswechsel mit Wotzlaff ankommen zu lassen. Er hatte sich vor Wochen schon im Internet über die Reichweite einer Pistolenkugel kundig gemacht, und da waren maximal 156 Meter angegeben, was er aber bezweifelte. Mit Gewehren aber konnte man x-mal so weit schießen. Also blieb er stehen und wartete, ehe er seine Pistole zog und zielte, bis Wotzlaff nahe genug herangekommen war. Als der Menz' Waffe sah, hob er sein

Gewehr und legte die Waffe an. Es war ein Duell ohne Sekundanten, sodass nicht festgelegt war, wer den ersten Schuss abgeben durfte.

So drückten beide gleichzeitig ab, und zwei Schüsse hallten durch den nächtlichen Wald. Aber nur eine Kugel war tödlich.

SIEBEN

Gunnar Schneeganß hätte bei seiner verkorksten Kindheit und Jugend nach den einschlägigen Theorien der Soziologen und der Psychologen eigentlich im Knast sitzen müssen, aber nun war er Kriminalhauptkommissar und brachte andere dorthin. Er kam aus einer total zerrütteten Familie. Sein Vater war Alkoholiker, andauernd arbeitslos und schlug, wenn ihn die große Wut überkam, auf alles ein, was in seiner Nähe war. Die Mutter hatte immer wieder in ein Frauenhaus flüchten müssen, mal mit ihm, mal ohne ihn, wenn ihn die Leute vom Jugendamt gerade in ein Heim gesteckt hatten. Zudem hatte es Schneeganß in seinem Schöneberger Kiez als Deutscher ungemein schwer gehabt, zu groß war die Dominanz von Klassenkameraden nichtdeutscher Herkunft. Aber er hatte es geschafft, sich durchzuboxen und war nach Abschluss der Hauptschule von der Polizei genommen worden, denn sein IQ lag weit über dem Durchschnitt, seine Allgemeinbildung war besser als die vieler Abiturienten, und sportlich war er auch. In allen seinen Stationen war er glänzend beurteilt worden, hatte sich von Besoldungsgruppe zu Besoldungsgruppe hochgearbeitet und sich durch seine Mitgliedschaft in der Polizeigewerkschaft und der SPD ein ansehnliches Netzwerk aufgebaut, sodass man ihn schließlich, nachdem er in der Abendschule das Abitur gemacht hatte, als

Kommissarsanwärter zum Studium an die Fachhochschule für Verwaltung und Recht schickte. Nach drei Jahren hatte er es geschafft, war nun Beamter des gehobenen Dienstes und zur Kripo gekommen.

Wie viele Aufsteiger auch, neigte er dazu, sich für den Größten zu halten, für ein einzigartiges Exemplar der Gattung Homo sapiens, und bei jeder Handlung inszenierte er sich: immer schnoddrig, immer witzig, immer Alphatier. Prächtig gestylt war er, gab ständig den Macho, wenn auch selbstironisch, und glaubte, ein legitimer Erbe des großen Ernst Gennat zu sein.

Selbstverständlich lebte ein Mann wie er nicht in einer popeligen Mietwohnung in der Innenstadt, sondern im eigenen Haus draußen im Grünen, und zwar in der Krokusstraße in Rudow, von den Berlinern spöttisch auch »Bad Rudow« genannt. Dafür hatte er nicht einmal selbst sparen müssen. Seine Ehefrau Silke, Physiotherapeutin von Beruf, hatte das »Anwesen« von ihrem ersten Mann »geerbt«, als der nach München geflohen war.

Heute hatte man sich wieder einmal wie jedes Jahr im Frühsommer mit den Nachbarn links und rechts und einigen befreundeten Ehepaaren am Grill zusammengefunden, um zu feiern. Obwohl es immer wieder derselbe Film war, mitunter sogar die Gespräche fast aufs Wort genau dieselben waren, machte die Sache allen großen Spaß. Schneeganß hatte in der FH einmal das Buch *Die Kraft der Rituale* von Catherine Herriger lesen müssen und dabei dessen Botschaft verinnerlicht, dass Rituale unentbehrlich waren, um dem eigenen Leben eine Struktur zu geben und soziale Systeme wie die Familie, die Nachbarschaft und die Arbeitsgruppe auf Dauer zusammenzuhalten.

»Gunnar, ein Bier?«

Schneeganß wehrte ab. »Nein, ich darf nicht, ich hab Bereitschaftsdienst.«

Ein Freund lachte. »Na, du darfst ja sowieso kein Bier trinken.«

»Wieso denn das?«

»Na darum …« Der Freund begann zu singen. *»Ein Bier her, ein Bier her, für den Verlierer …* Und du bist ja nun wahrlich keiner.«

»Wo hast du denn das her?«, wollte Schneeganß wissen.

»Haben sie bei mir in der Kneipe gesungen.«

Witze wurden erzählt. »In den *Mitternachtsspitzen* beim WDR ist ein Comedian aufgetreten und der hat erzählt, wie er einmal mit seiner Gruppe mächtig gekifft hatte. Dabei waren sie auf die Idee gekommen, mit ihrem Auto im Kreisverkehr rückwärtszufahren. Crash! Da kommt auch schon die Polizei, und sie haben Angst, dass ihnen eine hohe Strafe droht. Sagt der Polizist aber: ›Der Fahrer, mit dessen Wagen Sie kollidiert sind, behauptet, Sie seien im Kreisverkehr rückwärtsgefahren, aber der Mann hat 2,0 Promille im Blut!‹«

Man berichtete von Episoden aus dem Berliner Alltagsleben.

»Früher hat bei der U- und bei der S-Bahn das Prinzip gegolten: ›Erst aussteigen lassen, dann einsteigen.‹ Heute ist es umgekehrt.«

»Ich bin mit der Taxe vom Bundesplatz nach Moabit zum Bundesratsufer gefahren und nachher wieder zurück. Hin habe ich dem Fahrer gesagt, wie er fahren soll, das hat 15 Euro gekostet, zurück habe ich nichts gesagt, und da hat es 17 Euro gekostet. Das sagt alles.«

»Ich habe gestern im Supermarkt einen Wutanfall bekommen, weil eine Frau ewig in ihrem Portemonnaie gekramt hat, um der Kassiererin ihre 5,56 passend zu geben.«

»Noch länger hätte es gedauert, wenn sie das mit ihrer EC-Karte bezahlt hätte.«

Silke brachte die ersten Würste vom Grill, und Schneeganß wurde gefragt, ob die ihn nicht an die Finger verbrannter Leichen erinnerten.

Schneeganß lachte. »Ja sicher, und die Weißwürste in München an Wasserleichen.«

»Kinder, könnt ihr nicht das Thema wechseln?«

»Werde doch Vegetarier oder Veganer!«

»Nee, ich liebe die Fleischeslust!«

Es wurde so laut gelacht, dass Schneeganß fast den Klingelton seines iPhones überhört hätte. Erst im letzten Augenblick riss es er aus der Hosentasche und meldete sich. Oh Gott, nein, am Apparat war der Koordinator aller Mordkommissionen.

»Hallo, Gunnar! Entschuldige die Störung, aber: Toter in der Nähe des Teufelssees.«

»Gut, dann mache ich mich auf in den Grunewald.«

»Nein, es handelt sich um den Teufelssee in den Müggelbergen.«

Schneeganß stöhnte auf. »Auch das noch!«

»Hör auf zu jammern, da ist doch für dich viel näher.«

»Aber in Ostberlin, da kenne ich mich noch immer nicht so richtig aus.«

Der Kollege riet ihm, das endlich nachzuholen. »Und nimm dir die Jessica Schamp mit, die ist ja ein genuines Kind der DDR.«

»Okay!«

*

Jessica Schamp war im Ostberliner Marzahn aufgewachsen, wohnte aber jetzt in West-Berlin, und zwar im Bezirk Tempelhof-Schöneberg, Akazienstraße. Die lag in der Nähe des Kaiser-Wilhelm-Platzes, reichte von der Grunewald- bis zur Hauptstraße und war ziemlich angesagt. Benannt war sie nach einem Akazienwäldchen, an dessen Stelle heute die Apostel-Paulus-Kirche stand. Die Akazienbäume, so hieß es, sollten von dem in Schöneberg wohnenden preußischen Kultusminister Karl von Altenstein gestiftet worden sein.

Für eine Kriminalbeamtin hatte Jessica Schamp ziemlich viel zu verbergen. Vor allem ihre ungewöhnliche hohe Allgemeinbildung und ihre wache Intelligenz, aber auch die Tatsache, dass sie lesbisch war und Mitglied der SED, Quatsch: PDS, Quatsch: Die Linke. Wäre sie von Gunnar Schneeganß durchschaut worden, hätte es wieder einmal geheißen: »Gerissen!« Diesen Ausruf kannte sie von ihrer Zeit als Leichtathletin her, Hoch- und Stabhochsprung. Im weithin queeren Berlin wäre sie als Lesbe wohl nicht offen gemobbt worden, höchstens auf sehr subtile Art und Weise, aber es gab viele Möglichkeiten, sie bei anstehenden Beförderungen ganz legal zu übersehen. »Gerissen!« Dieses Urteil war sozusagen das Damoklesschwert, das über ihr schwebte. Mit

15 Jahren hatte sie mit dem Stabhochsprung begonnen, orientiert an der großen Jelena Issinbajewa, die drei Jahre älter war als sie. Als junge Himmelsstürmerin war sie angetreten, die Welt zu erobern. 2005 hatte sie deutsche Meisterin werden wollen, war aber schon an der Einstiegshöhe gescheitert. Dreimal gerissen. Diesen Schock hatte sie nie überwunden. Verletzungen waren dazugekommen, und so hatte sie schließlich aufgegeben. Doch sie hatte nicht nur auf die Karte Stabhochsprung gesetzt – mit anschließender Karriere als Fernsehreporterin und -moderatorin, sondern nach dem Abitur auch begonnen, Jura zu studieren. Immer so nebenbei und nach dem Prinzip des *muddling through*, des sich Durchwurstelns. Nun, beim Jurastudium kam es nicht so sehr auf die Höhe des IQ an, sondern auf die Fähigkeit, stumpfsinnig seinen Stoff zu pauken, ohne dabei krank zu werden oder an Selbstmord zu denken. Und diese Gabe hatte ihr die Natur nicht mitgegeben, sodass sie beim ersten Staatsexamen gescheitert war. »Gerissen!« Ein Freund aus der Leichtathletikabteilung ihres Vereins hatte ihr geraten, sich um einen Studienplatz an der Hochschule für Wirtschaft und Recht (HWR) zu bewerben, und so hatte sie dort Kriminologie und Kriminalistik studiert. Diesmal war es ihr gelungen, jede geforderte Höhe zu überspringen. Pech allerdings, dass sie nach bestandenem Examen ausgerechnet Gunnar Schneeganß zugeteilt worden war. Der schien ihr von seiner politischen Einstellung her, obwohl er in der SPD war, rechts von der CSU angesiedelt zu sein, jedenfalls sah sie ihn als leicht faschistoiden Macho, kurz: einen Mann von gestern. Eine weltoffene Frau

von heute wäre ihr lieber gewesen. Aber man konnte sich seine Vorgesetzten nicht backen, nicht einmal wählen, und musste ohne Murren hinnehmen, was einem vor die Nase gesetzt wurde. Schade, dass der Mannhardt schon pensioniert war, denn mit dem wäre sie besser ausgekommen.

Kaum hatte sie an ihn gedacht, da rief er auch schon an.

»Hallo und Guten Abend! Ich hoffe, du springst jetzt vor Freude in die Höhe, ohne Stab, also nur 2.10 Meter.«

Sie lachte. »Sehr schön, das wäre immerhin Weltrekord.«

»Den hältst du doch selber!«

»Nein, das ist leider die Stefka Kostadinowa aus Rumänien mit einem Zentimeter weniger. Aufgestellt 1987.«

»… als die Dopingkontrollen noch nicht so streng waren«, ergänzte Mannhardt.

»Das ist üble Nachrede.«

»Okay. Was anderes – ich soll dich fragen, ob du im nächsten Semester an der HWR nicht wieder ein Projekt im Modul K1 Gewaltkriminalität anbieten willst?«

»Ja gern, etwas über meine Erfahrungen beim Auftauchen am Tatort. Überschrift: ›Über Fehler beim Sicherungs- und Auswertungsangriff.‹ Ich schicke denen in den nächsten Tagen ein Papier.«

»Gut, damit habe ich meine Pflicht erfüllt und wünsche dir noch einen gemütlichen Abend vor dem Fernseher.«

Jessica Schamp bedankte sich, aber schon zehn Minuten später erschien ihr dieser fromme Wunsch als Hohn und Spott, denn da war Gunnar Schneeganß am Apparat.

»Hallo! Schön, dass du jetzt einen eigenen Wagen hast und ich dich nicht extra abholen muss. In den Müggelbergen hat ein junges Paar einen Toten gefunden. Wir treffen uns am Müggelheimer Damm, Parkplatz Bushaltestelle Rübezahl. Bis gleich!«

Jessica Schamp lief nach unten und sprang in ihren Wagen, der im Hof geparkt war. Bevor sie losfuhr, schaltete sie ihr Navi ein. Das zeigte ihr drei mögliche Routen an. Am schnellsten ging es über die Autobahn 100 bis zur Ausfahrt Ernst-Ruska-Ufer, dann über Adlershof nach Köpenick und auf den Müggelheimer Damm. Etwas mehr als eine halbe Stunde würde sie unterwegs sein.

*

Schneeganß wusste, dass seine Kollegin etwas länger brauchen würde als er, und ließ sich Zeit. Seine Frau wollte ihn so lange wie möglich beim Grillfest haben und sagte: »Deine Leiche läuft dir doch nicht weg, und der Madenfraß setzt auch erst später ein.«

Er gab sich noch zehn Minuten, dann musste er los. Er brauchte weder Google Maps noch sein Navi, die optimale Route hatte er im Kopf: Eisenhutweg, über die Rudower Chaussee zum S-Bahnhof Adlershof, dann über die Dörpfeldstraße nach Spindlersfeld und durch Köpenick hindurch zum Müggelheimer Damm.

Als er auf dem Parkplatz angekommen war, den er Jessica Schamp genannt hatte, war die Kollegin noch nicht zu entdecken. Er nutzte die Zeit, um sich auf seinem iPhone über den Teufelssee kundig zu machen. Bei Wikipedia war zu lesen:

Der See misst von Nordost nach Südwest knapp 150 m und ist maximal 100 m breit. (…). Am See unterhält die Waldschule Teufelssee einen drei Kilometer langen Naturlehrpfad … (…) In der Nähe des Teufelssees endet die Rodelbahn der Müggelberge, die im Volksmund Todesbahn genannt wird (gesperrt).

Da kam Jessica Schamp. Beide stiegen aus und begrüßten sich per kollegialer Umarmung, die in Berlin so normal geworden war wie früher das schwedische »hej!«

»Wie finden wir nun den Tatort?«, fragte Jessica Schamp.

Schneeganß lachte. »ARD einschalten.«

»Haha! Hast du noch keinen Trassologen angerufen?«

»Wen?« Immer, wenn Schneeganß diesen DDR-spezifischen Ausdruck hörte, reagierte er etwas ungehalten. »Die bauen doch keine Eisenbahn- oder Stromtrassen, bei uns heißt das Spurensicherung. Nein, habe ich noch nicht. Jetzt aber.« Er holte sein iPhone aus der Tasche und wählte die Nummer eines Kollegen. »Du, die Jessica und ich sind jetzt am Parkplatz an der Bushaltestelle Rübezahl. Wie können wir euch finden?«

»Ihr fahrt zum Teufelssee hinauf, bis es nicht mehr weiter geht. Dann westlich um den See herum, da sind wir dann. Ganz in der Nähe der ehemaligen Rodelbahn, der Todesbahn.«

»Wie passend.«

»Unsere Scheinwerfer könnt ihr nicht übersehen.«

»Okay! Bis gleich!«

Knapp fünf Minuten später standen sie bei den Kollegen und bekamen erste Informationen.

»Der Tote ist zwischen 50 und 60 Jahre alt. Papiere und Handy haben wir bei ihm nicht gefunden. Der Fundort ist nicht der Tatort, es gibt Schleifspuren. Wo die beginnen, haben wir in der Dunkelheit noch nicht herausfinden können.«

Schneeganß hakte nach. »Ist er mit dem Wagen hergebracht worden?«

»Sieht nicht so aus.«

Schneeganß nickte und wandte sich an den Gerichtsmediziner, der auch schon vor ihnen an Ort und Stelle gewesen war. »Und die Todesursache?«

»Wahrscheinlich ist ihm eine Kugel durch das linke Auge ins Gehirn gedrungen, aber Genaueres wird erst die Obduktion ergeben«, antwortete ihm Dr. Christian Viellechner.

Dass der Gerichtsmediziner so hieß, empfand Schneeganß als außerordentlich witzig, denn er hatte kaum einen Menschen kennengelernt, der weniger lächelte. Viellechner war die personifizierte Verbitterungsstörung. Den Grund kannten sie alle: Er hatte seine medizinische Laufbahn als Chirurg begonnen und zu großen Hoffnungen Anlass gegeben. Bis ihm dann mehrere Patienten als Folge gravierender Kunstfehler »auf dem Tisch geblieben« waren und der erboste Klinikchef geschrien hatte: »Viellechner, lassen Sie die Hände von den Lebenden und schneiden Sie nur noch Tote auf!«

Jessica Schamp waren die beiden jungen Menschen aufgefallen, die am Rande der Absperrung standen und zu ihnen herübersahen.

»Sind die schon von meinem Kurs über die praktische Arbeit am Fund- oder Tatort?«, fragte sie den Kriminaltechniker, der sie bei ihrer Ankunft begrüßt hatte.

»Nein, das sind die beiden, die den Toten entdeckt und 110 angerufen haben. Ein Liebespaar: Svea Sawitzky und Finn Nieswand.«

Jessica Schamp ging zu ihnen, begrüßte sie und stellte sich vor. »Wie haben Sie den Mann denn entdeckt? Der liegt doch ziemlich abseits vom Weg und versteckt in einer Kuhle.«

»Werden wir jetzt verdächtigt, dass wir ihn …?« Svea war etwas blass geworden.

Finn lachte. »Ja, das ist wie bei den Blähungen: Wer'n zuerst gerochen, dem ist er aus dem … gekrochen. Nein, Frau Kommissarin, ich kannte diese Kuhle von früher her … Vom Spielen … Und nun wollten wir da … Na, ist der Mai warm und trocken, kann man schon im Freien bocken. Die Lust ist uns dann aber schlagartig vergangen.«

»Kann ich mir vorstellen.« Sie hielt die beiden jungen Menschen für absolut vertrauenswürdig. »Haben Sie den Mann schon irgendwo gesehen?«

Beide verneinten das.

»Gut: Dann danke ich Ihnen, ein Funkwagen wird Sie nach Hause fahren. Vorher möchte ich mir nur noch schnell für den Staatsanwalt, der da gerade kommt, Ihre Daten aufschreiben. Wenn Sie zufällig Ihre Personalausweise zur Hand haben, dann geht das schneller.«

Das war bald erledigt, und Svea und Finn zogen ab.

»Was nun?«, fragte Jessica Schamp.

»Man sollte jedem Menschen einen Chip unter der Haut implantieren«, sagte Dr. Viellechner. »So wie bei Rennpferden oder ausgewilderten Tieren auf dieser Farm da in Namibia, Harnas. Dann bräuchten Sie jetzt nur Ihren Scanner herausholen, lieber Schneeganß, und alles wäre klar.«

Jessica Schamp lachte. »Wir in der DDR haben bei der Frage, wie man hinter die Identität eines Toten kommt, immer an die BILD-Zeitung gedacht.«

»Wie denn das?«

»Na, BILD sprach als Erste mit der Leiche! Und da kann man ja auch nach dem Namen fragen.«

»Und nach dem Namen des Mörders, falls ihn der Ermordete erkannt hat«, fügte Schneeganß hinzu. »So aber sind wir auf die übliche Routine angewiesen: Foto des Toten in den Zeitungen und im Fernsehen, dann die Vermisstenmeldungen durchgehen.«

»Und darauf warten, dass sich der Mörder selber stellt«, fügte Jessica Schamp hinzu.

Schneeganß winkte ab. »Meistens kommen bei Selbstanzeigen welche, die auch mal in der Zeitung stehen wollen.«

»Wenn es ein echter Serientäter war, der hier zum ersten Mal zugeschlagen hat, bekommen wir sicher einen Profiler an die Seite gestellt«, sagte Jessica Schamp.

Schneeganß fuhr auf. »Ja, einen Klugscheißer, der uns sagt, dass der Mörder alle Männer gehasst haben muss, weil die ihm die Frauen weggenommen haben, er aber keine abbekommen hat. Also haben wir nach einem heterogenen Junggesellen zu suchen.«

»Warum gucken Sie mich so an?«, sagte Dr. Viellechner und gähnte ostentativ. »Ich entbiete der 12. Mordkommission ein herzliches Gute Nacht! Und ich kann Ihnen auch nur empfehlen schlafen zu gehen.«

Das taten Gunnar Schneeganß und Jessica Schamp dann auch.

*

Wer im Internet »kriminalpolizei berlin mordkommission« eingab, stieß schnell auf die Seiten mit dem »LKA 1 – Delikte am Menschen« und auf ein Foto mit dem Eingang zum Dienstgebäude 10787 Berlin, Keithstraße 30. Dann konnte er lesen:

Wir sind zuständig für die Bearbeitung
von Delikten am Menschen.

Unsere derzeit etwa 260 Mitarbeiterinnen und Mitarbeiter sind spezialisiert und besonders geschult. Gerade die hier bearbeiteten Delikte erfordern ein hohes Maß an Professionalität, Menschlichkeit und Einfühlungsvermögen. Die tägliche Arbeit ist oft psychisch sehr belastend, für Betroffene und Ermittler gleichermaßen – gehören doch Delikte am Menschen oft zu den abgründigsten Straftaten.

In Fällen der Krisenintervention und der Vernehmungsunterstützung steht eine Psychologin zur Seite. (…)

Man erfuhr auch, dass das Dezernat LKA 11 »Tötungsdelikte, Entführungen, erpresserischen Menschenraub und ärztliche Kunstfehler mit Todesfolge« zu bearbeiten hatte.

Gunnar Schneeganß und Jessica Schamp versuchten nun mit einem hohen Maß an Professionalität, Menschlichkeit und Einfühlungsvermögen herauszufinden, wer der Tote vom Teufelssee war, und sie wussten, dass es eine ungemeine Belastung für sie sein würde, seine Angehörigen, so er denn welche hatte, von seinem Ableben in Kenntnis zu setzen.

Als sie am Morgen im Büro saßen, hatten die Kollegen von der Spurensicherung noch nichts herausgefunden, was sie weiter gebracht hätte, und von Dr. Viellechner war auch noch keine E-Mail gekommen.

»Wenn es ein Außerirdischer ist, dann müssen wir sowieso sehr lange auf eine Nachricht warten«, sagte Jessica Schamp. »Unter Umständen mehrere Millionen Jahre.«

Schon nach fünf Minuten aber meldete sich eine Kollegin ihrer Vermisstenstelle (LKA 124).

»Ich habe vorhin im Radio gehört, dass ihr ein Mordopfer in den Müggelbergen habt, und eben nun ist aus der Revierförsterei Müggelberge angerufen worden, von der Frau des Försters Wotzlaff, dass ihr Mann seit gestern Abend spurlos verschwunden ist. Die Straße heißt Am Müggelberg. Die Türen waren nicht abgeschlossen und standen noch halb offen. Kein Abschiedsbrief. Sein Jagdgewehr ist auch verschwunden.«

Schneeganß bedankte sich und sah zu Jessica Schamp hinüber. »Dann muss ich ja wohl da anrufen.« Er stöhnte laut, dann suchten sie beide im Internet die Telefonnummer der Revierförsterei. Als sie gefunden war, zögerte Schneeganß. Er hatte Angst vor Anrufen dieser Art.

»Lass mich das machen«, sagte Jessica Schamp. »Wozu hat man Frauen bei der Kripo.« Dann hatte sie Christine Wotzlaff am Apparat.

»Liebe Frau Wotzlaff, Sie hatten sich bei unserer Vermisstenstelle gemeldet …«

»Haben Sie Thomas gefunden!?«, wurde sie sofort unterbrochen. »Meinen Mann?«

Die Frau war so außer sich, dass Jessica Schamp aus dem Takt kam und herumstotterte. »Nein, ja, das heißt unter Umständen … Es kann sich auch um eine Entführung handeln. Oder er ist einfach davongelaufen. Das Berufsleben heute …«

»Nein, unmöglich, dazu ist er ein zu harter Kerl.«

Jessica Schamp zögerte. Jetzt hätte sie der armen Frau sagen müssen, dass sie doch bitte in die neuen Räumlichkeiten des Gerichtsmedizinischen Instituts auf dem Gelände des ehemaligen Krankenhauses Moabit in der Turmstraße 21 kommen möge, um zu sehen, ob der Tote aus den Müggelbergen ihr Mann sei. Schneeganß sah sie mit hochgezogenen Augenbrauen an und flüsterte: »Soll ich jetzt …?«

Jessica Schamp schüttelte den Kopf und setzte erneut an. »Frau Wotzlaff, Ihnen ist das nicht zuzumuten, aber könnten Sie einen Mann oder eine Frau mit starken Nerven zu uns schicken, damit er …«, wieder kam sie nicht weiter und flüchtete sich auf weniger gefährliches Terrain, »... damit wir das Gesicht Ihres Mannes zeichnen lassen können.«

Schneeganß schlug die Hände über dem Kopf zusammen und flüsterte. »Sie soll jemanden in die Gerichtsmedizin schicken, der Ihren Mann genau gekannt hat.«

Jessica Schamp wiederholte das wortwörtlich, und nachdem Christine Wotzlaff, die die Wahrheit ahnen mochte, einen Weinkrampf erlitten hatte, sagte sie, gerade sei ein alter Freund ihres Mannes gekommen, der Professor Scharnick aus Eberswalde, und der könne ja ...

»Selbstverständlich, wir erwarten ihn dann in der Turmstraße. Und Ihnen sei die Kraft gewünscht, alles durchzustehen.«

Als auf Jessica Schamps Display das »Anruf beendet« erschien, war sie derart schweißgebadet, dass sie erst einmal auf die Toilette eilte, um sich kaltes Wasser über das Gesicht laufen zu lassen. Anschließend machten sie sich auf ins Gerichtsmedizinische Institut. Sie hatten nur auf der Hofjägerallee und dem Spreeweg den Tiergarten zu durchqueren, dann hatten sie, es waren gerade einmal zehn Minuten vergangen, den alten Backsteinbau in der Turmstraße erreicht und traten in einen weiß gekachelten Raum, wo der Kopf des Toten aus den Müggelbergen gerade am stählernen Obduktionstisch von Dr. Viellechner mit einer Säge geöffnet wurde. Man musste als Kriminalbeamter schon ganz schön »leichenfest« sein, um diesen Anblick ertragen zu können, ohne zu kollabieren. Schneeganß und Jessica Schamp schafften das. Man begrüßte sich mit knappen Worten.

»Hier sitzt sie.« Der Gerichtsmediziner zog die Kugel mit einer Pinzette aus dem Gehirn. »Wie ich schon am Fundort gesagt habe: Sie ist durch das linke Auge eingetreten.«

»Kann es auch ein Selbstmord gewesen sein?«, wollte Schneeganß wissen. »Kann ja sein, obwohl wir gestern in der Dunkelheit keine Waffe gefunden haben.« Kaum hatte er das gesagt, fasste er sich an den Kopf. »Unsinn, Fundort ist ja nicht gleich Tatort – und wie sollte er sich da als Toter von A nach B geschleppt haben.«

»Es kann noch ein bisschen Leben in ihm gewesen sein«, kam Jessica Schamps Einwand. »Meine Großeltern hatten einen Bauernhof, und wenn man da einem Truthahn den Kopf auf dem Hauklotz abhackte, dann lief der auch noch eine Weile ohne Kopf auf dem Hof herum.«

Dr. Viellechner musste einen Augenblick nachdenken. »Im Prinzip schon, aber mit einer Pistole schießt man sich in die Schläfe, vielleicht auch in den Mund, aber nicht ins Auge. Und Schmauchspuren habe ich auch nicht entdecken können. Meiner Meinung nach ist der Schuss aus einiger Entfernung abgegeben worden, aber da sollten Ihre Spezialisten noch einmal nachhaken.«

In diesem Augenblick dudelte bei Schneeganß in der Hosentasche das Handy, und mit einem »Sorry!« drückte er auf den Annahmeknopf. Es war eine Kollege vom LKA. Sie hatten bei Durchsuchung des Waldes an der »Todesbahn« ein weggeworfenes Jagdgewehr gefunden.

»Danke«, murmelte Schneeganß und wandte sich dann nach Ende des Gesprächs an Jessica Schamp und

Dr. Viellechner, um sie von diesem Fund zu informieren. »Das deutet ja voll und ganz auf Wotzlaff hin. Doktor, ist die Kugel im Kopf wirklich aus einer Pistole abgeschossen worden – oder kann es auch ein Gewehr gewesen sein?«

Dr. Viellechner war sich da nicht so 100-prozentig sicher. »Ich bin kein Waffentechniker, da müssen Sie schon Ihre Leute im LKA befragen.«

»Wie war denn das bei Hemingway?«, fragte Jessica Schamp.

»Der hat sich mit einer Schrotflinte erschossen«, antwortete ihr Dr. Viellechner.

Jessica Schamp griff sich einen Besen, der in der Ecke des Raumes stand, und hielt sich den, als wäre sein Stiel ein Gewehrlauf, mit ausgestreckten Armen vor ihr Gesicht. »Das ginge schon …«

Ehe sie weiter über Sinn und Unsinn dieser Hypothese diskutieren konnten, erschien ein Mitarbeiter in der Tür und meldete, dass draußen auf dem Flur ein Professor Scharnick warte, der gekommen sei, den Toten auf dem Obduktionstisch zu identifizieren.

»Scheiße!«, entfuhr es Schneeganß. »Das ist ja so was von bekloppt, unser Timing. Wenn der seinen Freund mit geöffnetem Schädel sieht, kriegt der doch einen Herzinfarkt.«

Dr. Viellechner wusste einen Ausweg. »Wir haben genügend Fotos vom Kopf gemacht. Soll er sich die ansehen.«

Schneeganß nickte. »Okay. Ich komme mit raus, um selbst zu hören, was der Mann sagt.« Er ließ sich drei Fotos vom Gesicht des Revierförsters geben. Es sah immer noch schrecklich aus, obwohl es im Vergleich zu dem Kopf auf dem Obduktionstisch harmlos war. »Dann bringen Sie mich bitte zu Professor Scharnick.«

Der Freund aus Eberswalde hockte so auf der Bank, wie man es beim autogenen Training als »Kutschersitz« lernt. Er schreckte hoch, als er Schneeganß hörte. Der stellte sich kurz vor und sagte, dass er von der 12. Mordkommission käme.

»Und Sie sind ein enger Freund von Herrn Wotzlaff, Professor Scharnick?«

»Ja.«

»Das ist alles sehr schrecklich, aber Sie wissen, warum wir Sie hergebeten haben?«

»Ja.«

Schneeganß wollte schnell zur Sache kommen. »Ich habe hier drei Fotos vom Gesicht unseres Opfers. Erschrecken Sie nicht. Sein linkes Auge …«

»Zeigen Sie her!« Scharnick riss ihm die Fotos aus der Hand. Dann sank er auf die Bank und begann zu weinen. »Ja, das ist er.«

Obwohl Schneeganß wenig Neigung zu Weicheier-Berufen wie Pfarrer, Psychiater oder Sozialarbeiter verspürte, setzte er sich doch neben Scharnick auf die Bank und legte einen Arm um die Schultern des Hochschullehrers. »Das muss furchtbar für Sie sein, ich weiß … Aber da müssen wir durch. Lassen Sie sich von den Ärzten hier ein Beruhigungsmittel geben oder spritzen, und dann fahren wir gemeinsam zur Frau Ihres Freundes nach Müggelheim raus, um ihr Gewissheit zu verschaffen.«

Es war ein schwerer Gang, aber Christine Wotzlaff wirkte nun schon etwas gefasster. Schneeganß musste auch die These bedenken, dass sie ihren Mann erschossen haben könnte, doch er falsifizierte sie sofort. Wenn sie ihn wirklich aus dem Wege hätte schaffen wollen, dann hätte es viel einfachere und bessere Möglichkeiten gegeben.

Sie nahmen am Wohnzimmertisch Platz, und Schneeganß wollte ihr mit seinen Fragen nicht allzu sehr zusetzen. Den ganzen psychologischen Kram, wie er das nannte, schenkte er sich erst einmal und fragte nur nach den Feinden ihres Mannes. »Mit wem hat er denn zuletzt eine ernst zu nehmende Auseinandersetzung gehabt?«

Christine Wotzlaff musste da nicht lange nachdenken. »Eigentlich nur mit diesem Fliesenleger, dem Kunkendorf. Die haben sich regelrecht geprügelt und sich gegenseitig Rache geschworen.«

Gerade hatte sich Schneeganß den Namen Kunkendorf notiert, da gab sein Handy abermals Laut. Er presste das kleine Ding ans Ohr. Es war ein Mann vom Verfassungsschutz.

»Ich habe im Radio vom Mord an dem Revierförster Müggelberge gehört«, begann er. »Und wollte Ihnen nur die Mitteilung machen, dass dieser Thomas Wotzlaff zu DDR-Zeiten IM gewesen ist und mehr wusste, als manchen Politikern und Prominenten heute lieb sein konnte. Wenn er ausgepackt hätte, wären viele aufgeflogen.«

ACHT

Hansjürgen Mannhardt war auch nach seiner Pensionierung Frühaufsteher geblieben. Sein Enkel Orlando scherzte immer, das sei die präsenile Bettflucht, und Mannhardt reagierte darauf stets mit den Worten seines Großvaters: »Die meisten Menschen sterben im Bett.« Mannhardt kannte keine wissenschaftliche Untersuchung, die diese Hypothese verifiziert hätte, als ehemaliger Leiter der 12. Berliner Mordkommission hatte er allerdings die wenigsten Opfer im Bett liegen sehen, eher schon auf dem Küchenfußboden, insbesondere bei Beziehungstaten. Er hatte sogar für eine Fachzeitschrift einen Artikel mit der Überschrift *Die Küche als no go area* verfasst. Dennoch wagte er sich auch an diesem Morgen in die eigene Küche, wo schon Heike am Frühstückstisch saß, seine langjährige und erheblich jüngere Gefährtin des Lebens. Heike Hunholz war Journalistin und arbeitete sowohl für Printmedien als auch für Deutschlandradio Kultur.

»Was liegt heute bei dir an?«, fragte er, während er sich Kaffee eingoss.

»Was soll schon sein: Kali mera! Ich soll Griechen befragen, wie sie sich hier in Berlin so fühlen, wenn sie an ihre Verwandten zu Hause denken.«

Mannhardt begann reflexhaft zu singen. »*Griechischer Wein ist so wie das Blut der Erde. / Komm', schenk dir ein / und wenn ich dann traurig werde, / liegt es daran, dass ich immer träume von daheim …«*

Heike klatschte Beifall. »Sehr schön, auch wenn ich nie begriffen habe, was bei Udo Jürgens mit dem Blut der Erde gemeint ist. Das ist doch eigentlich das rot glühende flüssige Magma?«

»Ich kenne nur Magmaha Gandhi.« Je älter Mannhardt wurde, desto mehr liebte er das Blödeln.

»Mahatma Gandhi«, korrigierte ihn Heike.

»Danke. Vielleicht hat sich Udo Jürgens auch nur versungen und eigentlich gemeint: *Griechischer Wein ist so wie die Glut der Erde.* Was ja auch Sinn ergäbe.«

Die Frage ließ sich nicht ausdiskutieren, denn in diesem Augenblick erschien Silvio in der Küche, beider Sohn, und der war wie jeden Morgen etwas maulig.

»Alles streikt – die Charité, die Post – und nur die Schule nicht, diese ganzen Eimerfüller.«

Das war bei ihm zu einem stehenden Begriff für langweilige und leicht inkompetente Lehrerinnen und Lehrer geworden, seit seine Mutter ihm ein Zitat von Heraklit auf den Tisch gelegt hatte: *Lehren heißt, ein Feuer entfachen, und nicht, einen leeren Eimer füllen.*

Mannhardt war zu sehr Beamter, als dass er nicht die Irgendwie-Kollegen in Schutz genommen hätte. »Das ist mir zu pauschal, ihr habt auch andere Lehrer bei euch auf der Schule.«

Auch Heike wurde etwas spitz. »Gott, Silvio, du kannst ja selber Lehrer werden.«

Der Sohn zuckte mit den Schultern. »Warum nicht: *Die Wege des Herrn sind unergründlich.*«

Mannhardt lachte. »Also Religionslehrer!«

»Na zur Mordkommission gehe ich bestimmt nicht, ich kann kein Blut sehen, und Journalist*in* wie meine liebe Mutter kann ich ja ohne Geschlechtsumwandlung auch nicht werden.«

»O my God!«, rief Mannhardt, die Jugendsprache parodierend. »Echt cool. Und krass auch noch. Isch geh gleich HWR.«

»HWR?«, fragte Silvio. »Ins Hinterwäldlerressort? Wo is'n das?«

Mannhardt musste zugeben, dass das gut gekontert war. Mit HWR war die Hochschule für Wirtschaft und Recht gemeint, an der auch Kriminalbeamte des gehobenen Dienstes ausgebildet wurden, und an der er fast in jedem Semester einen Lehrauftrag bekam.

Kaum hatte sich der Sohn in Richtung Schule verabschiedet, klingelte es, und sein Enkel Orlando stand vor der Tür.

»Oh, wie das?«, fragte Mannhardt, nachdem man sich herzlich begrüßt hatte. »Heute nicht bei deinen Uhren?«

»Bei meinen Huren? Nein, ich habe ja jetzt eine neue Freundin, die Deborah.«

Mannhardt tat höchst erstaunt. »Was denn: die Deborah Kerr – *Quo vadis, Verdammt in alle Ewigkeit, Bonjour Tristesse?* Aber die ist doch viel zu alt für dich, abgesehen einmal davon, dass sie schon seit fast zehn Jahren tot ist.«

»Nein, Deborah Krause aus Eisenhüttenstadt.«

»Na wenigstens nicht mehr Stalinstadt. Aber ich meinte ja nicht die Huren, sondern die Uhren?«

»Was für Uhren?«, fragte Orlando leicht genervt.

»Deine Klaus-Uhren.«

»Oh Mann, Opa, wo sind deine Medikamente?«

Orlando verdiente sich derzeit sein Geld mit dem Korrigieren und Benoten von Klausuren. Er hatte sich nach Bestehen der Ersten Juristischen Staatsprüfung mit einem »vb« um ein Referendariat beim Berliner Kammergericht und beim Brandenburgischen Oberlandesgericht beworben, aber noch keine Zusage erhalten. Jura-Absolventen, das wusste Mannhardt, waren Sklaven der Noten. Nur ein Prädikatsexamen berechtigte zu den schönsten Berufshoffnungen. Ein Prädikat, das war mindestens ein »Vollbefriedigend«, kurz »vb«. Aber auch wer das hatte, konnte sich nicht sicher sein, irgendwo im Öffentlichen Dienst eine gut besoldete Stelle zu bekommen, denn es gab halt zu viele Juristen und Juristinnen in Deutschland.

»Jetzt chille ich erst einmal«, verkündete Orlando.

Mannhardt tat so, als sei er schon schwerhörig, indem er beide geöffneten Hände hinter die Ohren hielt. »Wie, bei Otto Schily willst du anfangen? Ich habe den selbstverliebten Kerl nie gemocht, obwohl er mein Genosse ist.«

»Wo willst du denn heute abhängen?«, wollte Heike wissen.

Orlando überlegte kurz. »Keine Ahnung.«

»Wie wär's mit einer Dampferfahrt auf der Spree, eine Stunde durchs Regierungsviertel. Da will ich einen Bericht drüber schreiben.«

Mannhardt war begeistert von dieser Idee. »Überschrift: Statt auf hoher See nur die Spree!«

Orlando hatte eine Zeitung gekauft und schlug sie nun auf. »Warum nicht in die Müggelberge fahren? Hier: Das Opfer lag neben der Todesbahn.«

»Todesbahn?«, fragte Mannhardt. »Fährt denn da die S-Bahn lang?« Der Berliner S-Bahnmörder war ihm in den Sinn gekommen, der im Zweiten Weltkrieg acht Frauen ermordet hatte.

»Nein, das ist die ehemalige Rodelbahn. Bei dem Toten soll es sich um den Oberförster vom Revier Müggelberge handeln.«

»Da wird der Schneeganß schon am Ball sein«, sagte Mannhardt. »Wir mischen uns erst ein, wenn er auch den dritten Elfer verschossen hat.«

Heike stand auf. »Dann ab zur Friedrichstraße und aufs Wasser!«

Da es hirnrissig gewesen wäre, am Tage mit dem Auto durch die stets verstopfte Berliner Innenstadt zu fahren und auch noch nach einem Parkplatz zu suchen, wollten sie lieber die U-Bahn nehmen, die von Alt-Tegel bis S+U Friedrichstraße nur 20 Minuten brauchte.

Orlando war schnell im Internet und fand unter »Der Spreekaiser« dieses:

Entdecken Sie Berlins Herzen
mit einer einstündigen City-Spreefahrt.

Sie starten vom Berliner Dom und nehmen zuerst Kurs auf das Nikolaiviertel, wo vor 800 Jahren Berlins Geschichte begann. Nach der Wendung sehen Sie den aktuellen Zustand der Baustelle zum Berliner Schloss sowie die Museumsinsel.

Weiter geht es an der Friedrichstraße vorbei zum Regierungsviertel, welches vom Wasser besonders beeindru-

ckend wirkt. Das Reichstagsgebäude, das Paul-Löbe-Haus sowie das Kanzleramt sind imposante Bauwerke, welche direkt am Spreeufer stehen.

Hinter dem Haus der Kulturen der Welt erreichen Sie den Berliner Tiergarten und können die »Goldelse«, die Siegelsäule erspähen. Auf dieser Höhe wendet das Schiff erneut, und Sie fahren – nochmals an allen Sehenswürdigkeiten vorbei – zurück zur Anlegestelle.

Das erlebten sie nun wirklich alles und liefen, nachdem sie wieder an Land gegangen waren, zurück zum Bahnhof Friedrichstraße, wo direkt gegenüber dem östlichen Ausgang in der Georgenstraße ihr vietnamesisches Lieblingsrestaurant gelegen war, das »Chinco«. Im Sommer konnte man dort im Innenhof speisen, einer Oase der absoluten Ruhe im ansonsten lärmenden Berlin. Die umliegenden Häuserblöcke hatten einen zauberhaften Patio entstehen lassen. Man erreichte ihn, nachdem man das ganze Restaurant durchquert hatte.

Alle jubelten, als man das Ziel erreicht hatte, nur Mannhardt nicht, denn wen sah er da an einem der Tische sitzen: Gunnar Schneeganß, seinen Nachfolger. Mannhardt hatte ihn noch nie so richtig gemocht, warum auch immer. Aber der Zufall macht vor keinem halt, wie er immer sagte.

Man begrüßte sich kollegial, und natürlich fragte Mannhardt sofort nach dem Mordfall Wotzlaff.

Schneeganß gab sich einsilbig. »Wir wissen nur, dass wir noch nicht mehr wissen, als in der Zeitung steht.«

Man merkte ihm deutlich an, dass er Mannhardt zum Teufel wünschte. Zu oft hatte ihn der Alte schlecht aussehen lassen, das heißt, einen Fall aufgeklärt, bei dem er selbst nicht weitergekommen war.

*

Schneeganß und Jessica Schamp hatten warten wollen, was ihre Spezialisten im Hinblick auf die Kugel herausfinden würden, die bei Thomas Wotzlaff im Kopf gesteckt hatte. Nun lag die Analyse vor: Sie war aus einer tschechischen Neun-Millimeter-Pistole abgefeuert worden, der CZ 75 Automatic.

»Sehr schön«, kommentierte Schneeganß dieses Ergebnis. »Davon werden wir illegal mehrere Hundert in Berlin haben, und wer immer mit den Dingern handelt, der wird nicht bei uns anrufen und sagen, wem er gerade eine verkauft hat.«

Ein paar Minuten später meldete sich ein Kollege aus den Müggelbergen. Man hatte die Stelle gefunden, wo Wotzlaff erschossen worden war, aber nicht nur das.

»Das Jagdgewehr, das wir schon vorher entdeckt haben, hat ganz eindeutig Wotzlaff gehört, und wir haben jetzt auch eine Patronenhülse gefunden, die …«

»Mensch!«, unterbrach ihn Schneeganß. »Dann hat da ein richtiges Duell stattgefunden.«

»In der Tat.«

Jessica Schamp hatte, als sie das erörterten, eine Idee. »Vielleicht hat Wotzlaff auch getroffen, wenn es auch kein tödlicher Schuss war, und sein Mörder liegt nun in einem Krankenhaus.«

Da Schneeganß das für nicht ausgeschlossen hielt, telefonierten sie die beiden Kliniken in der unmittelbaren Umgebung ab, das Krankenhaus Köpenick und das Krankenhaus Hedwigshöhe in Bohnsdorf, aber auch das Unfallkrankenhaus Marzahn und die Charité. Aber nirgendwo war ein Mann mit einer Schussverletzung eingeliefert worden.

»Also: der berühmte Schuss ins Leere«, kommentierte Schneeganß ihr Tun.

»Aber irgendwo müssen wir doch ansetzen«, beharrte Jessica Schamp. »Nehmen wir uns doch einmal diesen Kunkendorf vor, diesen Fliesenleger, mit dem sich Wotzlaff geprügelt haben soll. Wo kann man den wohl finden?«

»Einfach im Internet nachgucken!«

»Danke.« Jessica Schamp setzte sich an ihren Computer und gab »Kunkendorf« ein. Das, was auf ihrem Bildschirm erschien, verwirrte sie ein wenig, denn es verwies sie nach Ostpreußen:

Kalis – Kunkendorf

Hier hat sich ein architektonisch interessantes und noch sehr ansehbares Gutshaus im Jugendstil vom Anfang des 20. Jhs. erhalten. Im Innern gibt es originale Jugendstil-Holzarbeiten.

Das Gut gehörte in den 1920er-Jahren mit 307 ha einem Joseph Hoenig. Der Gutspark ist etwas tiefer angelegt.

Sie probierte es mit »berlin fliesenlegen Kunkendorf« und hatte nun mehr Erfolg:

Fliesenleger Ulf Kunkendorf, 12347 Berlin, Johannisthaler Chaussee. Wir sind Ihr kompetenter Ansprechpartner, wenn es um fachgerechte Fliesen- und Steinarbeiten in Berlin und seinem Umland geht.

Sie möchten eine freundliche Küche und helle Bäder mit eingefliesten Sanitärobjekten? Dann sind Sie bei uns richtig. Wir beraten Sie gern. Eine umfassende Fliesenauswahl unserer Partner gewährleistet ein flexibles Handeln im Einkauf.

»Na, vielleicht sind wir bei ihm wirklich richtig«, sagte Schneeganß, als sie ihm alles vorgelesen hatte.

Gerade wollten sie sich nach Britz-Buckow-Rudow auf den Weg machen, da war Professor Scharnick aus Eberswalde am Apparat. Schneeganß stöhnte zwar innerlich, hörte aber zu.

»Entschuldigen Sie die Störung, aber mir ist da noch jemand eingefallen, mit dem Thomas Wotzlaff im Clinch gelegen hat«, begann der Mann von der HNE. »Ein fürchterlicher Querulant, ein Anarchist, der auch mich dauernd angegriffen hat, mehr noch aber meinen Freund in Berlin, bei dem er Praktikant im Forsthaus Müggelberge gewesen ist. Sein Name Menz, Dietmar Menz.«

Schneeganß bedankte sich, informierte die Kollegin kurz, schrieb den Namen Menz auf einen Zettel und legte ihn in den Ablagekorb, auf dem geschrieben stand ERLEDIGEN. Bei Jessica Schamp war die entsprechende Ablage mit TO-DO-LISTE beschriftet, aber Schneeganß hasste alles Englische da, wo es auch deutsche Worte gab.

Jessica Schamp sah sich den Google-Routenplaner an. »Mit dem Auto 15,7 Kilometer und 27 Minuten, mit der U-Bahn 47 Minuten. Was machen wir da?«

»Und zu Fuß?«

»12,8 km gleich zwei Stunden und 40 Minuten.«

Schneeganß freute sich. »Zu Fuß also. Das ist ja bloß ein Viertelmarathon, das schaffen wir spielend.«

»Zum Glück haben wir nicht Mai 1945«, sagte Jessica Schamp. »Wer von uns soll fahren?«

»Keiner, wir nehmen die U-Bahn, da ist es schön kühl drin im Tunnel.«

Sie liefen zum Bahnhof Nollendorfplatz, fuhren mit der U12 zur Möckernbrücke, wo in die U7 umzusteigen war, und standen eine halbe Stunde später vor dem Fliesenlegerbetrieb Ulf Kunkendorf. Schnell hatten sie sich zum Chef durchgefragt. Als sie sich vorgestellt hatten, hielt ihnen Kunkendorf, ohne dass sie etwas vom Grund ihres Besuches erzählt hätten, die ausgestreckten Hände hin.

»Ich hoffe, Ihre Handschellen sind nicht zu klein für meine kräftigen Unterarme. Ich weiß genau, warum Sie hier sind, Stichwort: Thomas Wotzlaff. Ich gebe ohne Weiteres zu, dass wir uns heftig geprügelt haben.«

Jessica Schamp sah ihn etwas ungläubig an. »Zwei erwachsene, zwei gestandene Männer …? Worum ging es denn?«

Kunkendorf suchte nach den passenden Worten. »Nun – er hat mich fürchterlich angefahren, weil ich bei ihm im Keller noch nicht fertig war, und herausbekommen hat, dass ich zwischendurch auf einer anderen Baustelle war. Da ist mir so rausgerutscht, dass er wohl bei der Stasi war, und er hat mir in den Hintern getreten, worauf ich mit dem Gesicht in meinen Kleber gefallen bin. Da bin ich dann auch wütend geworden und habe das Zeug an seinem grünen Rock abgewischt. Anschließend haben wir uns geprügelt wie früher auf dem Schulhof. Gut, dass wir keine Messer hatten.«

Schneeganß fixierte ihn mit seinem besten inquisitorischen Blick. »Und als Frau Wotzlaff dazwischengegangen ist, da haben Sie sich gegenseitig Rache geschworen?«

Kunkendorf schwieg, obwohl er ahnte, wie sehr ihm das zu seinem Nachteil ausgelegt werden konnte. Worauf ihm Schneeganß die Frage stellte, wo er denn am Tattag zur Tatzeit gewesen sei. Obwohl Jessica Schamp die entsprechenden Daten zweimal wiederholte, brauchte Kunkendorf für seine Antwort viele Sekunden.

»Da war ich zu Hause. Hier in der Johannisthaler Chaussee. Ich habe über der Werkstatt eine kleine Wohnung.«

»Allein?«

»Ja leider.«

*

Hansjürgen Mannhardt liebte es, im Hörsaal zu stehen. Hier nahm man ihn ernst, hier hörte man ihm zu und schrieb das Wichtigste mit. Bei Familienfeiern war ihm das noch nie widerfahren.

An der HWR waren die Fachgebiete des Fachbereichs Polizei und Sicherheitsmanagement im Campus Lichtenberg angesiedelt, genauer gesagt in der Straße

Alt-Friedrichsfelde in 10315 Berlin. Das war nahe dem Tierpark und dem Schloss Friedrichsfelde gelegen und in einem Maße mit hohen Plattenbauten aus DDR-Zeiten umgeben, dass Mannhardt immer lästerlich von Berlin-Swerdlowsk sprach. Von Tegel aus brauchte er eine Stunde, wobei er auf seiner innerstädtischen Weltreise zwei U-Bahn-Linien, eine S-Bahn und eine Buslinie in Anspruch nehmen musste, was dreimaliges Umsteigen bedeutete. Die beiden großen Umsteigebahnhöfe waren S+U Wedding und S+U Frankfurter Allee, und auf beiden konnte man nur überleben, wenn man jahrelang American Football gespielt oder bei der Polizei im Nahkampf geschult worden war.

»Das mörderische Gehirn« war Thema der heutigen Sitzung. »Bringen wir uns gegenseitig um, weil es in unserem Gehirn ungute Botenstoffe gibt?«, begann Mannhardt. »Solomon Snyder von der Johns Hopkins University in Baltimore jedenfalls meint: ja. Er hat bei Mäusen herausgefunden, dass die sich wie im Rausch gegenseitig töten, wenn ihnen der Biokatalysator nNOS, die neuronale Stickoxidsynthase, fehlt, also ein ganz bestimmter Enzym-Verlust vorliegt.«

Sofort kam der Einwand, dass Menschen keine Mäuse seien.

Mannhardt lachte. »Doch, doch! Wie viele graue Mäuse gibt es doch überall.« Und dann fiel ihm ein Theaterstück ein, in das ihn Orlando einmal mitgeschleppt hatte. »Und dann sehen Sie sich doch mal das Stück von John Steinbeck an: *Von Mäusen und Menschen.*«

Wieder klinkte sich ein Scherzbold ein. »Mausen ist ja auch ein anderes Verb für Stehlen.«

Mannhardt kam nun auf eine Arbeit von Volker Faust zu sprechen, in der es unter anderem um den Zusammenhang dessen ging, was der das »Frontalhirn-Syndrom« nannte und »kriminelle Tat-Situationen«. Mannhardt zitierte: »*In solchen Situationen können die Betreffenden nicht nur alles ›falsch verstehen‹, sondern auch ihre aufschäumenden Gefühle wie Ärger und Wut nicht regulieren, zumal sie oftmals aufgrund mangelnder verbaler und strategischer Fähigkeiten auch nicht in der Lage sind, situationsangemessen zu reagieren. Die Folge sind meist heftige Diskussionen, vielleicht sogar unklare Bedrohungs-Reaktionen. Waffen oder waffenähnliche Gegenstände wären zwar nicht grundsätzlich zu befürchten, doch durchaus als Waffen ge- bzw. missbrauchte Gegenstände, die überall problemlos herumliegen wie Brieföffner, Messer, Gabeln, Gläser, Flaschen, Vasen (vor allem im abgeschlagenen Zustand gefährlich).*«

Mannhardt wollte nun auf die Störungen im Temporallappen zu sprechen kommen.

Der Scherzbold meldete sich erneut: »Und was ist mit den Putz- und den Waschlappen?«

»Die kann man Leuten als Knebel in den Mund stopfen, um sie zum Schweigen zu bringen.« Damit hatte er die Lacher auf seiner Seite, und die Stunde ging mit einer Mischung zu Ende, die Mannhardt gern hatte: Wissensvermittlung plus Entertainment.

Auf dem Weg zur Mensa, wo er einen Kaffee trinken wollte, stieß er mit Jessica Schamp zusammen, die gerade als Beisitzerin von einer Prüfung kam.

Mannhardt lachte. »Du als Stabhochspringerin solltest doch über Menschen hinwegfliegen können, zumal ich nur 1,75 hoch bin.«

»Die schaffe ich auch ohne Stab.«

Mannhardt lachte. »Das wäre doch die Lösung bei allem Gedrängel auf den Straßen und den Bahnhöfen: Wir springen wie die Kängurus übereinander hinweg.«

Sie wurden beide aber schnell wieder ernst, als Mannhardt sie fragte, ob sie denn im Mordfall Wotzlaff vorangekommen seien.

»Nein, nur dass jetzt noch ein Forsteleve ins Spiel gekommen ist, der mit Wotzlaff über Kreuz lag, ein gewisser Dietmar Menz. Die beiden sollen auch auf dem Fußballplatz aneinandergeraten sein, beim FC Müggelberge, wo Wotzlaff Trainer und Menz Spieler gewesen ist.«

Damit eilten beide in verschiedene Richtungen davon. Auf dem Heimweg kaufte sich Mannhardt eine Berliner »Fußball-Woche«, wo auch über die Spiele der untersten Ligen ausführlich berichtet wurde. Zu lesen war da, dass sich der FC Müggelberge durch D. Menz (früher Hertha-Jugend) verstärkt habe, und man, bis der neue Rasen auf dem eigenen Platz im Köpenicker Salvadore-Allende-Viertel bespielbar sei, beim SV Eichwalde-Schmöckwiz zu Gast sei (Sportplatz am Hirtenfließ). Mannhardt rief nun Orlando an.

»Du, ich bin da an einem jungen Mann interessiert, der auch im Clinch mit dem ermordeten Revierförster gelegen hat.«

Der Enkel lachte. »Ah, da hat wieder einer Blut geleckt!«

»Kann sein … Dietmar Menz heißt der Betreffende.«

»D. Menz also. Kann sein, dass der so aggressiv geworden ist, weil man ihn gemobbt hat.«

»Weiß ich nicht. Ich will aber mal seine Mannschaftskameraden vom FC Müggelberge fragen, die in Eichwalde trainieren. Hast du Lust mitzukommen?«

»Ja, sofern es im Walde der Eichen keine Eichenprozessionsspinner gibt.«

»Gut. Also in einer Stunde auf dem S-Bahnhof Eichwalde. Es wäre Quatsch, wenn ich von Friedrichsfelde erst nach Tegel fahre und dann wieder …«

»Ich verstehe … Ich steige Bundesplatz in die S46 und bin vielleicht eher da als du.«

Nein, war er nicht, denn sie kamen mit demselben Zug an und hatten nur in verschiedenen Wagen gesessen. Mannhardt blieb einen Augenblick auf dem Bahnsteig stehen und blickte in Richtung des nahen Schmöckwitz. Der Bahnhof hatte auch einmal, wie jüngst in der Zeitung zu lesen gewesen war, den Namen Eichwalde-Schmöckwitz getragen.

»Schmöckwitz«, sagte Mannhardt. »Da muss ich noch immer an unseren Fall mit den Fledermäusen im dortigen eingestürzten Bunker denken.«

Orlando nickte. »Eingebunkert, ja. Wenn man sich in strategischen Positionen eingebunkert hat, wie die Linken beispielsweise oder der Herr Tsipras.«

Mannhardt lachte. »Ich bin offen für alles, auch wenn du von deiner Deborah umsteigst auf Conchita Wurst.«

Sie liefen zum Sportplatz am Hirtenfließ und entdeckten dort tatsächlich die dunkelgrün gekleideten Männer des FC Müggelberge. Man war beim Lauftraining, und so hatte der Trainer wahrscheinlich etwas Zeit für sie.

Orlando stellte sich vor. »Mein Name ist Orlando Mannhardt. Ich bin Jurist und soll im Auftrag des Bezirksamtes Friedrichshain-Kreuzberg wegen einer Vaterschaftsklage mit einem gewissen Dietmar Menz sprechen. Ist der hier bei Ihnen zu finden?«

Mannhardt zuckte zusammen, denn was sein Enkel da betrieb, war Amtsanmaßung, Paragraf 132 StGB: *»Wer unbefugt sich mit der Ausübung eines öffentlichen Amtes befasst oder eine Handlung vornimmt, welche nur kraft eines öffentlichen Amtes vorgenommen werden darf, wird mit Freiheitsstrafe bis zu zwei Jahren oder mit Geldstrafe bestraft.«* Aber nun gut. Sie handelten ja quasi im Namen der 12. Mordkommission.

»Dietmar Menz, ja, der hat bei uns gespielt, ist aber nicht mehr aufgetaucht, seit Thomas Wotzlaff … Das war mein Vorgänger. Schrecklich alles. Ich bin der neue Trainer, Knüllwald mein Name, Hans-Werner Knüllwald. Ich habe den Menz kaum gekannt, aber mein Sohn war mit ihm befreundet.« Er legte die Hände wie einen Trichter vor den Mund und schrie über den ganzen Platz: »Knülle, kommst du mal!«

Kevin Knüllwald konnte ihnen dann tatsächlich etwas über Menz erzählen. »Ja, er war schon etwas durch den Wind und hat sich andauernd mit den Leuten angelegt, die ihm etwas sagen wollten, Autoritätspersonen. Um Wotzlaff zu ärgern, hat er sogar absichtlich ein Selbsttor geschossen, worauf der einen Killertypen vom FFFF Jahn Hasenheide auf ihn angesetzt hat. Das endete dann damit, dass sie Dietmar mit einer Gehirnerschütterung vom Platz getragen haben.«

Mannhardt und Orlando fanden diese Information mehr als interessant: Menz hätte also ein schönes Motiv für eine blutige Rache gehabt. Und wenn er dann noch das »Frontalhirn-Syndrom« aufwies … *Die Folge sind meist heftige Diskussionen, vielleicht sogar unklare Bedrohungs-Reaktionen.* Hm …

Mannhardt ließ sich die Adresse von Dietmar Menz geben.

NEUN

Ein immer helles Licht beleuchte deinen Weg – die Pflicht. Diesen Spruch hatte jemand vor Jahren bei ihm im Büro an die Wand geheftet, und auch Schneeganß hatte es nicht gewagt, ihn abzureißen und in den Papierkorb zu werfen. Man hätte es den Oberen berichten können, und das hätte womöglich seine Beförderungschancen gemindert.

Auch an diesem frühen Morgen streifte er den Spruch mit einem bösen Blick. »Die Kür wäre mir lieber als die Pflicht.«

»Und was wäre die Kür?«, wollte Jessica Schamp wissen.

»Eine filmreife Beziehungstat: Ein Mann kommt nach Hause, erwischt seine Frau mit ihrem Liebhaber im Bett – und erwürgt sie.«

Jessica Schamp lachte. »Warum nicht sie ihn?«

Schneeganß überlegte kurz. »Meinetwegen auch umgekehrt. Der Ermittlungserfolg wäre auch so sicher. Aber so diffuse Fälle wie den Mord an Thomas Wotzlaff …«

»Vielleicht ist es auch eine Beziehungstat«, gab Jessica Schamp zu bedenken. »Im weiteren Sinne jedenfalls, denn auch die Herren Menz und Kunkendorf haben ja in einer gewissen Beziehung zu ihm gestanden.«

Schneeganß sah aus dem Fenster. »Dann kämen ja

auch der Professor Scharnick und Wotzlaffs Frau infrage und vielleicht auch sein Führungsoffizier bei der Stasi.«

»Warum nicht? Du musst mehr Kriminalromane lesen.«

»Eher würde ich mich aufhängen!«, rief Schneeganß.

»Dann schenke ich dir einen zum Geburtstag.«

Schneeganß stand auf. »Los ab, wir müssen in die WG in der Boxhagener Straße, sonst haben sich Menz und seine Mitbewohner schon verdünnisiert, bevor wir da sind.«

Da die Gegend um den Boxhagener Platz von der Keithstraße aus mit dem ÖPNV nur sehr umständlich zu erreichen war, setzten sie sich diesmal in einen Dienstwagen. So standen sie in relativ kurzer Zeit vor der WG mit den drei Namensschildern: BJÖRN GÖRKE, PAULINE GROSSMANN und DIETMAR MENZ. Auf ihr Klingeln hin öffnete ihnen ein junger Mann.

Schneeganß freute sich schon. »Guten Morgen, Herr Menz.«

»Sorry, ich bin der Björn Görke.«

»Oh Pardon!«, rief Schneeganß.

»Ist der Herr Menz auch zu Hause?«, fragte Jessica Schamp.

»Nein, der ist schon seit mehreren Tagen hier nicht mehr aufgetaucht«, antwortete ihr Björn Görke.

»Seit dem Tag oder der Nacht, in der man seinen Praxisanleiter ermordet hat?«, hakte Schneeganß nach. »Den Revierförster Wotzlaff.«

Björn Görke rechnete kurz nach, dann nickte er. »Ja, aber wenn Sie da einen Zusammenhang sehen …« Er stutzte. »Jetzt habe ich erst richtig gecheckt, dass Sie von der Mordkommission sind. Stimmt's?«

»Erraten!«

»Nicht erraten, sondern intuitiv gespürt«, korrigierte ihn Björn Görke.

»Sind Sie Psychologe?«, wollte Jessica Schamp wissen.

»In der Tat.«

Schneeganß freute sich ein weiteres Mal. »Dann dürfen wir sicher eintreten und ein wenig über Dietmar Menz mit Ihnen plaudern. Mordverdacht.«

»Okay, kommen Sie.« Björn Görke führte sie in die gemeinsame Küche. »Nehmen Sie bitte Platz und schießen Sie los.«

»Das wünschen Sie sich lieber nicht«, sagte Jessica Schamp. »Wir haben regelmäßig unser Schießtraining.«

Björn Görke wurde ein klein wenig blass. »Heißt das, dass Sie mich der Mittäterschaft verdächtigen?«

»Sollen wir?«, fragte Jessica Schamp.

Björn Görke setzte sich nun auch. »Ach wissen Sie, ein wenig mitschuldig fühle ich mich auch, wenn Dietmar den Revierförster wirklich …«

»Warum denn das?«

»Ich hätte dafür sorgen müssen, dass er sich nach seinem Suizidversuch in stationäre Behandlung begibt«, erklärte ihnen Björn Görke ein wenig förmlich.

Schneeganß merkte auf. »Hat der Selbstmordversuch vor oder nach dem Mord an Wotzlaff stattgefunden?«

»Vor. Dietmar hat meiner Meinung nach unter einem gewissen Verneinungswahn gelitten, das heißt, er hatte wohl mitunter das Gefühl, dass er tot sei, überhaupt nicht mehr existierte. Nein, vielleicht war es auch etwas, das ich Verkleinerungswahn nennen möchte, die dauernde Selbstdiminuierung: Ich bin nichts, ich habe nichts, ich kann nichts. Dazu kommt bei ihm ein starker anarchistischer Impuls: Macht kaputt, was euch kaputtmacht – und das sind alle Autoritäten, alle Vaterfiguren. Sein Vater hat die Familie verlassen, als er noch Kind gewesen ist. Er hat seinen Vater deswegen gehasst, aber auch, das ist ambivalent, als Identifikationsfigur gesucht.«

Jessica Schamp nickte. »Und deswegen hat er womöglich Krieg gegen Wotzlaff und Professor Scharnick geführt?«

»Könnte sein. Aber noch etwas …« Björn Görke deutete auf ein Exemplar der Zeitschrift PSYCHOLOGIE HEUTE, das vor ihm auf dem Tisch lag. »Er kann aber auch das haben, was hier beschrieben wird: ein ›katastrophisches Gehirn‹. Das ist ein Begriff von Martin Seligmann. Menschen, die damit geschlagen sind, sind immer auf das Schlimmste gefasst und konzentrieren sich auf das, was schiefgehen kann. Auch ein ›Freudemangelsyndrom‹ kann bei ihm vorliegen, wie Paul Pearsall das nennt, eine Traurigkeit, die durch einen Verlust von Lebensfreude ausgelöst wird.«

Schneeganß fixierte ihn. »Okay, Herr Görke, Sie haben das Zeug zu einem psychiatrischen Gerichtsgutachter. Menz könnte also Ihrer Meinung nach durchaus einen Mord begangen haben?«

Björn Görke machte eine hilflose Geste. »Was soll ich als Freund dazu sagen?«

»Und Sie haben keine Ahnung, wo er stecken könnte?«

»Nein, das schwöre ich Ihnen!«

»Nun gut.«

Sie ließen sich von Björn Görke noch die Adresse von Menz' Mutter geben, dann verließen sie die WG wieder. Ihre Lust, ins Märkische Viertel zu fahren, hielt sich in Grenzen, doch das war unvermeidlich, denn a) konnte sich Dietmar Menz bei seinen Eltern aufhalten, und b) waren von denen sicherlich wichtige Einzelheiten über ihn zu erfahren.

»Aber erst am späten Nachmittag«, sagte Schneeganß. »Die Dame ist ja sicherlich noch nicht in Rente, und am Arbeitsplatz will ich sie nicht stören.«

Als sie dann um 17 Uhr am Senftenberger Ring bei M. Menz / W. Gänsicke klingelten, war aber noch immer keiner zu Hause. Schneeganß fluchte leise vor sich hin, Jessica Schamp schlug vor, erst einmal einen Kaffee trinken zu gehen. Während sie noch überlegten, kam eine Nachbarin die Treppe hoch, und Jessica Schamp fragte sie nach Frau Menz.

»Na, die Moni wird noch bei Edeka anne Kasse sitzen, und wat ihr Mann is, der fährt noch seine U-Bahn spazier'n.«

»Können Sie uns denn sagen, wo Frau Menz arbeitet?«

»Ja, det kann ick, ooch noch in meim Alta, ick bin ja nich dement, wa.«

Fünf Minuten später standen Schneeganß und Jessica Schamp in der Edeka-Filiale, die man ihnen genannt hatte, und fragten eine der Frauen, die beim Einräumen frischer Ware waren, wer von den drei Kassiererinnen an den Kassen denn Monika Menz sei.

»Die mit die rötlichen Haare da.«

Jessica Schamp ging hin, tippte der besagten Kassiererin auf die Schulter und sagte leise: »Entschuldigung, Frau Menz, wir möchten Sie gern wegen Ihres Sohnes Dietmar sprechen. Könnten Sie Ihre Kasse für ein paar Minuten schließen und mit uns in einen Raum gehen, wo wir ungestört miteinander reden können?«

»Ja, wenn ick mit die Kunden hier fertig bin, die inne Schlange stehen, komme ick.« Sie stellte das Schild VORÜBERGEHEND GESCHLOSSEN auf ihr Band, und Schneeganß und Jessica Schamp warteten, bis sie die fünf Kundinnen und Kunden in ihrer Schlange abgefertigt hatte. Anschließend ging man in den Frühstücksraum, wo man ungestört war.

»Sie kommen sicha wegen dem Första sein Tod«, begann Monika Menz das Gespräch und legte auch gleich heftig los. »Aba da komm' Se umsonst, denn wenn unsa Dietmar ooch 'n Filou jewesen is, umjebracht hatta keen'n!«

»Und warum ist er nach dem Mord an Wotzlaff so plötzlich verschwunden?«, fragte Jessica Schamp.

»Na warum wohl?«, herrschte Monika Menz sie an. »Weil a Angst hatte, det se ihm det anhängen wer'n! Und so isset ja ooch jekomm'n!«

Jetzt griff Schneeganß ein. »Damit geben Sie aber indirekt zu, dass er Streit mit Wotzlaff hatte?«

Monika Menz lachte. »Der Dietmar hatte Streit mit allet, wat männlich is! Da müssta Dutzende umjebracht ham.«

Jessica Schamp nickte. Das deckte sich mit dem, was sie von Björn Görke gehört hatten. »Wie sieht denn das Verhältnis zu seinem Vater aus?«

»Keene Ahnung, der is ab nach Amerika, als Dietmar noch in de Windeln jekackt hat. Und mein zweeta Mann, sein Stiefvata also, mit dem issa nie klar jekomm'n, den hasst a richtich. Wenn a jemals jerne een'n Menschen umjebracht hätte, denn Wolfjang. Aba niemals den Första da inne Müggelberje.«

*

Einer von Orlandos guten alten Freunden war der Schriftsteller Martin Nehmer. Sie hatten zusammen Abitur gemacht, dann hatten beide an der FU Berlin studiert – Orlando Jura und Martin Germanistik. Im Hauptberuf war er Lektor bei einem mittelständischen Verlag, schrieb aber daneben auch Romane und Theaterstücke. Mit seinem Horrorroman *ICE-Eskalation* hatte er einiges Aufsehen erregt, und nun stand die Premiere seiner Fontane-Verwurstung an, wie er das nannte, einer Revue mit dem Titel *Fontane Reloaded.* Natürlich hatte Orlando eine Einladung erhalten. Mit Anhang. Der bestand aus seinem Großvater, seiner Quasi-Oma Heike und seiner neuen Freundin. Deborah studierte Medizin im zweiten Semester, war an der Berliner Kreativszene nicht sonderlich interessiert und wollte nicht mitkommen.

»Schäme dich!«, rief Orlando. »Was würde wohl Gottfried Benn dazu sagen!«

»Wer?«

»Mensch! Der war Arzt und Dichter zugleich.« Er fand auch noch ein Gedicht Benns, das er einmal im Gymnasium vorgetragen hatte:

Ich trage dich wie eine Wunde
auf meiner Stirn, die sich nicht schließt.
Sie schmerzt nicht immer. Und es fließt
das Herz sich nicht draus tot.
Nur manchmal plötzlich bin ich blind und spüre
Blut im Munde

»Das hat Gottfried Benn nach dem Tod seiner Mutter geschrieben, an der er sehr gehangen hat. Brustkrebs.«

»Das ist wohl das Schlimmste für einen Arzt«, sagte Deborah. »Wenn einem die Eltern und enge Freunde wegsterben und man machtlos ist.«

»Na dann hoffe ich nur, dass noch viele Jahre vergehen, bis ihr bei mir den Stecker ziehen müsst«, sagte Mannhardt.

Sie machten sich von Tegel auf den Weg und fuhren mit der U2 bis zur Station Märkisches Museum, von wo sie nur einen kurzen Fußweg hatten, um pünktlich am Ziel zu sein.

Martin Nehmers Stück wurde an einem Ort uraufgeführt, wie er sich alternativer kaum denken ließ: Auf dem oder besser im Bauch des »Kulturkahns Helene«, der im »Historischen Hafen Berlin« vertäut war, gegenüber der alten Fischerinsel und erreichbar über das Märkische Ufer. Betrieben wurde er von Kapaulke, einem Berliner Original aus Prenzlauer Berg, das sich als Liedermacher und Sänger mit berlinischen Texten einen Namen gemacht hatte. Der Kulturkahn war auf der Saale unterwegs gewesen, maß 52 Meter in der Länge und 6,20 Meter in der Breite und barg in seinem Innern neben einer Bar gleich am Eingang eine Bühne mit

99 Sitzplätzen und -bänken für Kleinkunst, Kabarett, Songwriter, »Pianöre« und Liedermacher.

Nehmers Revue bestand auf sieben Bildern und einem Prolog, in dem der alternde Fontane auf einen Literaturkritiker traf, der eine Karikatur auf existierende Vorbilder war, kein richtiges S sprechen konnte, schmatzende Laute von sich gab und außerdem unter einem vokalen Tic litt: der Palilalie, also dem krankhaften Zwang, eigene Sätze und Wörter zu wiederholen.

»Herr Fontane, Zie haben fürrr die ›Gartenlaube‹ gechrieben, Kriminal- und Fortsetßungsgechichten … Izt Ihnen daz im Nachhinein nicht peinlich? Kein grozer Ztil … Kein grozer Ztil …«

Fontane donnerte los: »*Was heißt großer Stil? Großer Stil heißt so viel, wie vorbeigehen an allem, das die Menschen eigentlich interessiert*!«

»Ez zind doch aberrr die Bildungzbürgerrr, die ein Buch in die Hand nehmen, in die Hand nehmen …«

Fontane schlug mit der Faust auf den Tisch: »… *die verfluchte Bildung hat alles natürliche Urteil verdorben; jeder quatscht nach.* Was sage ich immer: *Die trivialsten Sätze sind immer die richtigsten.* Ich stimme da Horst Bosetzky zu, der einmal gesagt hat: Lieber Hertha BSC als Herta Müller.«

Der Literaturkritiker, immerhin eine Kultfigur in Deutschland, hatte an diesen Aussagen schwer zu schlucken. »Da kann ich Ihnen, Herrr Ex-Apotheker, nurrr Ihre eigenen Zätze entgegenchleuderrrn: *Kleine Verhältnisse machen klein.* Und Zie haben zich ja nicht entblödet, ich muzz es zo zagen, Kriminalromane zu chrrreiben: *Unterm Birnbaum, Quitt, Ellernklipp … Unterm Birnbaum, Quitt, Ellernklipp.*«

»Nun ja: *Der Mensch ist eine Bestie und seiner Niedertracht muss mit Mitteln aus demselben Arsenal begegnet werden.* Und ich darf hinzufügen: *Es ist fast, als ob die Triebkraft mehr im Schlechten als im Guten der menschlichen Natur läge.*«

»Den *Hamlet* lazze ich mirrr ja in diezerrr Hinzicht noch gefallen, aberrr … Nun, James Joyce hat einmal gesagt: ›Nurrr Gott ist grözerrr als Shakespeare‹ … ›Nurrr Gott ist grözerrr als Shakespeare.‹«

Fontane lachte: »*Man muss sich darin finden, dass immer wer da ist, der einem vorgezogen wird.* Und was die Hochkultur betrifft: *Ich schiebe mein leidliches Zuhausesein in Welt, Leben und Geschichte darauf, dass ich mich immer nur vom unterhaltlichen Stoff (…) genährt habe.*«

Der Literaturkritiker strahlte: »Aha, Zie geben alzo zu, nur Unterhaltungzliteraturrr prrroduziert zu haben, nur Unterhaltungzliteraturrr prrroduziert zu haben.«

Fontane lächelte. »Ja. *Man muss nicht mehr wollen, als man kann.* Und was das große Publikum will, da zitiere ich einmal aus Goethes *Faust: Greift nur hinein ins volle Menschenleben! / Ein jeder lebt's, nicht vielen ist's bekannt, / und wo ihr's packt, da ist's interessant.* Und von mir aus darf ich hinzufügen: *Skandal ist immer das Süßeste.* Oder um es mit Horst Bosetzky zu sagen: *Ein bisschen Hollywood muss immer dabei sein.* Was ich Ihnen nun auch beweisen will – *quod est demonstrandum* für Sie auf Lateinisch. Ausgewählte

Schauspieler werden Ihnen nun in sechs Bildern die Highlights meines Schaffens vorführen.«

Es erschien ein Nummerngirl mit dem Schild:

1. Die Rache der Grete Minde

Auf der Leinwand am Ende der Bühne sah man schreckliche Bilder von einer Altstadt, über die eine Feuerwalze hinwegfegte. Ein Gestell, das einen Kirchturm darstellen sollte, wurde hereingeschoben. Auf ihm stand eine Frau mit einem kleinen Kind auf dem Arm.

Der alte Fontane war jetzt aus dem OFF zu vernehmen.

»Die Stadt, die da brennt, ist Tangermünde, und die Frau mit dem Kind im Arm die Grete Minde. Sie hat die Stadt angesteckt. Aus Rache, aber auch, weil ihr die ganze Bourgeoisie so verhasst ist, als hätte sie gerade Günter Wallfaffs *Ihr da oben, wir da unten* gelesen. Das Kind in ihren Armen ist nicht ihres, sondern gehört Gerdt, ihrem Halbbruder, und Trud, seiner Frau, von der sie gehasst wird. Grete ist von zu Hause ausgerissen und mit einer bettelarmen Puppenspielerschar durch die Lande gezogen. Als Valentin, ihr Geliebter, stirbt, kehrt sie noch einmal nach Tangermünde zurück. Ihr Vater war ein hochgeehrter Ratsherr und wohlhabender Kaufmann, und als Grete sich nun vor ihrem Halbbruder niederwirft, der jetzt auch Ratsherr ist, und ihn anfleht, sie und ihr Kind wieder im Haus Minde aufzunehmen, lehnt der das brüsk ab, und es kommt zu folgender Szene zwischen ihr und Gerdt … Aber da Bilder oft mehr sagen als Worten, sehen sie sich das einmal an.«

Der Film lief an: Grete liegt Gerdt zu Füßen, der aber greift zu einem Aktenbündel und macht eine Handbewegung, dass er der Störung leid sei und sie sich bitte entfernen solle. Grete springt auf, und ein Blick unendlichen Hasses trifft ihren Halbbruder, doch mühsam kann sie sich noch einmal beherrschen.

GRETE: *Es ist gut, Gerdt. Aber noch ein Wort. Du hast mich nicht erhören wollen in meiner Not, so höre mich denn in meinem Recht. Ich bin als Bittende gekommen, nicht als eine Bettlerin. Ich bin des reichen Jacob Minde Tochter. Und so will ich denn mein Erbe. Hörst du, Gerdt, mein Erbe.*
GERDT (lachend): Erbe! Woher Erbe, Grete? Was brachte deine Mutter mit? Erbe! Du hast keins.
GRETE: Ist das dein letztes Wort?
GERDT: Ja, Grete.

Damit war der Film am Ende, und Fontane war wieder aus dem OFF zu hören.

»Grete zieht vor den Rat der Stadt und will ihr Recht, doch man weist sie ab, weil Gerdt argumentiert, Jacob Minde sei praktisch bankrott gewesen, und erst seine eigene Frau, Trud, habe den Reichtum ins Hause Minde zurückgebracht. Als Grete das Rathaus verlassen hat, irrt sie mit wirren Gefühlen durch die Stadt und steckt schließlich eine Scheune an. Starker Wind kommt auf, und bald steht die ganze Stadt in Flammen. Grete eilt zu ihrem Elternhaus, entdeckt dort Truds und Gerdts Kind, reißt es mit sich fort und schleppt es mit sich hoch auf den Kirchturm. Als sie nach unten blickt, entdeckt sie dort Gerdt. Sie hebt seinen Sohn hoch, damit man ihn im Widerschein des Feuers von unten sehen kann. Der Halbbruder sinkt auf die Knie und schreit um Hilfe, denn es scheint, als wolle ihm Grete das Kind vor die Füße werfen, doch da … Ach, einen *Cliffhanger* nennt man das, lesen Sie es bitte selber nach!«

Beifall brandete auf, und erneut erschien das Nummerngirl mit einem Schild:

2. Ein Brudermord im Hause Quitzow

Wieder ließ sich Fontane aus dem OFF vernehmen.

»Zwei Vorbemerkungen. Erstens: Die Quitzows sind eines der ältesten märkischen Adelsgeschlechter. Zweitens: Die Judenverfolgung hat in Deutschland eine lange Geschichte. So lauert Kuno Hartwig von Quitzow im Jahre 1517 Juden auf, die vom Kurfürsten Joachim I. verfolgt werden, presst ihnen einen Wegezoll ab und sperrt sie in den Turm seiner Burg, der Eldenburg, wenn sie nicht sogleich zahlen wollen. Dort haben sie auf der sogenannten ›Judenklemme‹ Platz zu nehmen … Hier …«

Das besagte Foltergerät wurde auf die Bühne geschafft, und man sah einen Juden im Kaftan auf einem überdimensionalen Hufeisen sitzen, das tief ins Mauerwerk eingelassen war. Auf seinen Knien lag eine Eisenstange, die links und rechts von ihm an der Wand befestigt war, und die gespreizten Arme des Unglücklichen waren mittels eines halbkreisförmigen Eisens an die Hinterwand gespannt.

Nun kam Fontane auf die Bühne, nahm am Rande Platz und setzte wieder ein: »*Dies alles hieß ›Judenklemme‹. Darin saß der willkürlich Verurteilte, musste hungern und dursten und sonstige Leibesqual aushalten, bis er sich zum Zahlen bereit erklärte. Die Qual war um so schrecklicher, als nur einmal am Tag ein Knecht oder Schließer erschien und nachsah, ob der Gefangene sich nun vielleicht bequemen werde, seinen Goldgulden zu zahlen.*«

Der Jude nickte bejahend, zog ein Goldstück aus seinem Kaftan, und ein Knecht erschien, ihn zu befreien. Die beiden gingen ab, und Fontane begann erneut. Zwei jüngere Männer kamen aus den Kulissen.

Fontane winkte ihnen zu. »Wir erleben nun die beiden Söhne des eben erwähnten ›Judenklemmers‹, nämlich Kurt und Hans, der der ältere der beiden war und den Silberring trug, mit dem der Kurfürst sie zu dem gemacht hatte, was sie waren. Aber sehen Sie selbst.«

KURT: Ah, da ist ja die ›Judenklemme‹, die uns der Vater immer vorenthalten hat. Mal sehen, wie es sich darauf sitzt. (Er nimmt auf dem »Hufeisen« Platz.) Schön sitzt sich's nicht drauf! Unser Vater hat es wirklich verstanden, die Juden so zu bespaßen, dass sie mit Lustschreien gezahlt haben. Willst du's nicht auch einmal versuchen, auf der ›Judenklemme‹ zu sitzen, wie sich das so anfühlt? (Damit steht er auf.)
HANS (geht auf den Scherz ein): Warum nicht?
Er setzt sich aber nicht nur auf das Hufeisen, sondern legt sich auch noch das Quereisen auf die Knie und verschließt es. Kurt springt hinzu, befestigt die Beine des Bruders an der Hinterwand und schlingt ihm eine lange

Kette um den Leib. Dabei zieht er heimlich den Schlüssel aus dem Schloss der Querstange. Beide lachen nun.
KURT: Wunderbar, da haben wir den Juden in der Klemme!
HANS: Jetzt reicht's, ich will wieder runter.
KURT: Gewiss, gewiss! Aber wo ist der Schlüssel? (Damit beginnt er, den Fußboden abzusuchen, findet aber den Schlüssel nicht.) Oh, sollte er womöglich vom Turm durch die Öffnung hier nach unten gefallen sein? Ich werde einmal nachsehen, ob er unten liegt.

Hier nun setzte Fontane wieder ein: »*Und bei diesen Worten stieg er hinab und nahm die Leiter und versteckte sie hinter Strauchwerk und Gebüsch und horchte, bis das leise Wimmern, das er vernahm, ihn von seiner Horcherstelle vertrieb. – Endlich, am dritten Tag, war Hans seiner Qual erlegen, und Kurt streifte kaltblütig den Silberring von der Hand des Toten, den Toten selbst aber begrub er im Sande nahe dem Turm. Und nun ließ er Boten ausreiten, die nach dem Verschwundenen suchen mussten. Als aber alle wieder daheim waren und den so nah im Sande Verscharrten auf ihrer Suche zu gewiss nicht gefunden hatten, tat er, was äußerlich Rechtens war, und meldete dem Kurfürsten, dass des Verschwundenen Siegelring in seiner Lade gefunden sei.* Der Kurfürst nun belehnt Kurt den Jüngeren mit der Eldenburg, und feierlich empfängt er seine Belehnungsakte. Von wegen: *Crime doesn't* pay!«

Nach einer kleinen Pause erschien das Nummerngirl mit dem Schild:

3. Ein Duell, das tödlich endet

Theodor Fontane gab nun abermals den Moderator: »Kommen wir zu einer Szene aus meinem Roman *Effi Briest*, dem man – ich weiß: Eigenlob ist etwas Anrüchiges –, dem man nachsagt, ich habe damit ein großes Frauenbild der Weltliteratur geschaffen. Die drei Protagonisten sind: Effi von Briest, ihr um Jahrzehnte älterer Ehemann, der höhere preußische Ministerialbeamte Geert von Innstetten, und der Major von Crampas, ein Mannsbild wie Hugh Grant und ein absoluter Frauenversteher.« Er machte eine Pause, weil die drei Genannten nacheinander die Bühne betreten hatten, nun aber wieder abgingen. »Tja … Das Ganze ist eine typische Dreiecksgeschichte, und als Effi mit ihrem Gatten in ein ödes Nest an der Ostsee zieht und ihr Mann ihr nicht das geben kann, was sie sich ersehnt, da geschieht, was geschehen muss.«

Es folgte nun ein Film, in dem zu sehen war, wie sich Effi und Crampas in den Dünen liebten.

Fontane kommentierte das Geschehene lakonisch: »*Leichtsinn ist das Beste, was wir haben. Alles ist Schicksal. Es hat so sein sollen.* Dann aber erfährt Innstetten von der Affäre seiner Frau, und das *tyrannisierende Gesellschafts-Etwas* zwingt ihn, Crampas zum Duell herauszufordern.«

Die beiden kamen nun mit jeweils einem Sekundanten an der Seite auf die Bühne zurück.

DER EINE SEKUNDANT: Wir sollten á tempo avancieren und auf zehn Schritte Distanz feuern.

DER ANDERE SEKUNDANT: Völlig d'accord!
Innstetten und Crampas nahmen ihre Pistolen in Empfang und bezogen ihre jeweilige Position.
DER EINE SEKUNDANT: Le pistolet à la main! Et le feu!

Die Schüsse fielen. Crampas' Kugel verfehlte ihr Ziel, Innstetten aber hatte getroffen. Der Major stürzte zu Boden und starb.

Fontane ergriff nun wieder das Wort. »Es gibt kein Happy End. Effi verlässt ihren Mann und spricht dabei Worte, die jeden modernen Menschen entzücken müssen: ›*Mich ekelt, was ich getan; aber was mich noch mehr ekelt, das ist eure Tugend. Weg mit euch.*‹«

Wieder gab es Beifall, der noch anwuchs, als das Nummerngirl mit einem neuen Schild aus den Kulissen kam:

Pause.

In der plauderten sie mit Kapaulke, der bürgerlich, so wurde geflüstert, ganz simpel Stobbe Lehmann hieß und in der DDR einigen Erfolg gehabt hatte.

»Jezeugt worden bin ick Berlin, uff die Welt jekomm'n aba uff'm Scharmützelsee. Da hat meine schwangere Mutta jerade uff dem Fahrjastdampfa ›Pieskow‹ 'ne Rundfahrt jemacht. Uffjewachsen bin ick bei mein'n Jroßeltern, jelernt hab' ick dann Schmied und wollte danach anfangen zu studieren .... als ›schreibenda Arbeta‹ am, wie heeßt det: Literaturinstitut Johannes R. Becher in Leipzig ...«

»Johannes der Erbrecher«, lachte Orlando.

»... aba da ham se ma nich jenomm'n wejen meina«, das sagte er nun auf Hochdeutsch: »protestantisch-unangepassten Eigenheiten.«

Weiter ging es mit der »zweiten Halbzeit«, wie Mannhardt sagte, obwohl das Fußball war und nicht Hochkultur. »Anpfiff!«

Es folgten nun noch in derselben Machart die Bilder 4. Karriere oder Spargelbeet, 5. Wie Katte geköpft wird und 6. Die Minuten vor Lewins Hinrichtung.

Im 4. Bild ging es um den Selbstmord des Rittmeisters Schach von Wuthenow, der schön, gesellschaftlich gewandt und »preußenstolz« ist, und die Witwe Josephine von Carayon ebenso liebt wie ihre Tochter Victoire, deren Gesicht aber durch Blatternarben ein wenig entstellt ist. Schließlich schläft er mit Victoire, und als die das ihrer Mutter beichtet, wird Wuthenow zur Heirat gezwungen. Statt einer großen Karriere in Berlin erwartet ihn ein langweiliges Landleben auf Schloss Wuthenow. Da erschießt er sich lieber in seinem Wagen.

Im 5. Bild zeigte Martin Nehmer, wie Hans Hermann von Katte, der Busenfreund Friedrich des Großen, vor dessen Augen am 6. November 1730 auf der Festung Küstrin hingerichtet wird, weil er dem Prinzen bei seiner missglückten Desertion geholfen hatte.

Im 6. Bild waren Szenen aus Fontanes Roman *Vor dem Sturm* zu sehen, der zur Zeit der französischen Besatzung im Oderbruch spielt, und wo Lewin von Vitzewitz nach einem gescheiterten Aufstand gefangen genommen wird und nun hingerichtet werden soll.

Das Publikum sah ihn in seinem engen Verlies, wie er rastlos auf und ab schreitet. Und zum letzten Mal gab es den O-Ton Fontane:

»… allmählich stieg die ganze furchtbare Wirklichkeit vor ihm herauf, und er lauschte, ob er nicht schon den Tritt eines ihn abholenden Wachkommandos hören könne. Wusste er doch, dass die Morgendämmerung die Zeit für solche Szenen sei.«

Jetzt wurde ein Film eingeblendet, die ein französisches Erschießungskommando in Aktion zeigte.

»Aber was war die Stunde? Er griff nach der Uhr und ließ sie repetieren. Fünf. Das war noch zu früh; es konnte nicht vor sechs geschehen. Also noch eine Stunde Leben, aber auch noch eine Stunde Tod, und er wünschte sich die Minuten weg, um Gewissheit zu haben. Das Letzte, das Schreckliche konnte nicht so schrecklich sein wie diese Qual. Und er sah wieder nach Hohen-Vietz hinüber, nach dem Fleckchen Erde, das ihm vor allem teuer war, und er winkte und grüßte mit der Hand. ›Lebt wohl, all ihr Geliebten.‹«

Damit kam Martin Nehmer auf die Bühne gesprungen und rief: »Schluss! Aus! Klippenhänger! Fast alle haben die Quittung für das bekommen, was sie getan haben. Ob auch Lewin von Vitzewitz, das bitte ich Sie selbst nachzulesen. Herzlichen Dank dafür, dass Sie zu *Fontane Reloaded* gekommen sind!«

Nun erschienen auch die Schauspieler, um sich zu verbeugen, und es gab *Standing Ovations.*

*

Jessica Schamp und Schneeganß hatten von Fontanes *Wanderungen durch die Mark Brandenburg* kaum etwas gelesen, weil für sie diese Art von Literatur zu verstaubt und viel zu langatmig war, doch wie alle eingeborenen Berliner hatten sie die Lust zu Ausflügen ins märkische Umland geerbt. Rheinsberg, Neuruppin, der Stechlin, der Scharmützelsee – das musste sein. Und wenn das nicht klappte, dann wenigstens das Schiffshebewerk Niederfinow am östlichen Ende des Oder-Spree-Kanals. Gerade war man dabei, ein neues Schiffshebewerk zu bauen. Aber Jessica Schamp und Schneeganß waren nicht gekommen, um die Baustelle zu besichtigen, sondern der herrlichen Aussicht auf das Oderland wegen. Eigentlich hatten sie ja nur Professor Scharnick in der HNE Eberswalde sprechen wollen. »Aber wenn wir schon einmal da sind …« Von Eberswalde bis Niederfinow waren es gerade einmal 15 Kilometer.

»Jetzt müssen wir aber«, sagte Schneeganß. Sie waren um zwölf Uhr mit Professor Scharnick in dessen Büro in der Hochschule verabredet. Wotzlaff war sein Freund gewesen, Menz einer seiner Studenten, da mussten sie unbedingt länger mit ihm reden.

»Erstaunlich, dass ihr in der DDR aus Eberswalde nicht Ebertswalde gemacht habt«, sagte Schneeganß, als sie ihren Zielbahnhof erreicht hatten. »Aus Neuhardenberg ist ja auch Marxwalde geworden.«

Jessica Schamp lachte. »Ja, wenn Ebert in der KPD und nicht in der SPD gewesen wäre …«

Schneeganß wurde eine Spur ernster. »Erinnerst du dich noch an den Anruf vom Verfassungsschutz? Ich habe ihn noch fast wörtlich auf meiner neuronalen Festplatte: ›… wollte Ihnen nur die Mitteilung machen, dass dieser Thomas Wotzlaff zu DDR-Zeiten IM war und mehr weiß, als manchen Politkern und Prominenten heute lieb sein kann. Wenn er ausgepackt hätte, wären viele aufgeflogen.‹«

Jessica Schamp wusste nicht, worauf er hinauswollte. »Ja und …?«

»Könnte nicht Scharnick einer sein, von dem sein angeblicher Freund Wotzlaff etwas zu viel gewusst hat?«

»Deine Fantasie möchte ich haben!«

»Nee, die kriegst du nicht, die will ich behalten.«

Als sie Scharnick dann in seinem Büro an der HNE Eberswalde gegenüber saßen, sah sich Schneeganß in seinem vagen Verdacht bestätigt, denn der Naturschutzexperte sah genauso aus wie die alten Stasi-Männer, die man ab und an in der Berliner U5 sah: graue Gesichter, verbittert, herabhängende Mundwinkel, eine Schirmmütze à la Ernst Thälmann auf dem Kopf, wuchtige Lederjacke.

»Sie sind sicher wegen Dietmar Menz gekommen«, begann Scharnick das Gespräch, nachdem sie vor seinem Schreibtisch Platz genommen hatte.

Schneeganß nickte. »Es gibt mehrere Tatverdächtige, darunter auch … Lassen wir das!« Er meinte, dass das genügen musste, um Scharnick gegenüber den nötigen Druck aufzubauen. »Auch Menz könnte es gewesen sein, der ja bekanntlich sein Praktikum bei Wotzlaff absolviert hat und wohl mit ihm gar nicht gut ausgekommen sein soll, als Forsteleve wie als Fußballspieler.«

»Mit wem ist dieser Menz wohl gut ausgekommen? Mit mir jedenfalls nicht. Keiner meiner Studenten hat mich so genervt wie er. Er hatte den Hang, sich mit allen anzulegen, die – wie heißt das bei den Linken? – die zum Establishment gehören. Irgendwie ist Menz so ein verspäteter 68er gewesen, wie der Herr Tsipras auch. Das haben wir ja im Großen wie im Kleinen.«

Jessica Schamp hatte aufgehorcht. »Gewesen? Das hieße, dass Menz nicht mehr ist, nicht mehr existiert?«

Scharnick blieb ruhig. »Mein *gewesen* hat sich lediglich auf das Verhalten von Menz in meinem Kurs bezogen, und der hat nun einmal vor Wochen stattgefunden, also in der Vergangenheit.«

Schneeganß hatte sofort eine Hypothese im Kopf: *Scharnick erschießt Wotzlaff, weil der von seinen Stasi-Verstrickungen weiß, Menz bekommt das mit und muss nun ebenfalls dran glauben.* Ein wenig hirnrissig war das, schlechter Krimi, aber unmöglich war nichts.

Da Schneeganß schwieg, sah sich Jessica Schamp gezwungen, das Gespräch weiterzuführen, doch eine sinnvolle Frage wollte ihr auch nicht mehr einfallen. Also flüchtete sie sich in den Small Talk. »Sie kommen auch aus Berlin?«

»Nein, aus Waldheim. Wie Thomas auch.«

»Thomas Wotzlaff?«

»Ja. Wir haben dort wunderschöne Wälder und Seen. Das hat uns auch zu unseren Berufen gebracht.«

»Und in die SED auch!«, stieß Schneeganß nach.

»Das allein ist doch wohl noch kein Verbrechen!«, fauchte Scharnick.

Schneeganß, der manchmal doch nicht so ungebildet war, wie er gerne scheinen mochte, lächelte maliziös. »Jaja, Goethes Mephisto auf den Kopf gestellt: *Ich bin ein Teil von jener Kraft, die stets das Gute will und stets das Böse schafft.*«

Scharnick sprang auf. »Wenn wir das Gespräch bitte beenden könnten!«

*

Martin Nehmers *Fontane Reloaded* hatte sie angesteckt und beschließen lassen, einmal wieder einen Ausflug zum Stechlinsee zu machen. Orlando hatte noch einmal in Fontanes Roman geblättert und im *Stechlin* die Passagen angestrichen gefunden, die ihm vor Jahren bei der Lektüre besonders gefallen hatten. Die las er nun vor, während sie in Heikes Wagen auf der B96 Richtung Norden fuhren.

»Fontane über Dubslav von Stechlin, den Major a.D.: ›*Er hörte gern eine freie Meinung, je drastischer und extremer, desto besser. Dass sich diese Meinung mit der Seinigen deckte, lag ihm fern zu wünschen. Beinah das Gegenteil. Paradoxen waren seine Passion.*‹«

»So einen Politiker habe ich mir immer gewünscht«, bekannte Mannhardt.

»Das gibt es nicht einmal bei Professoren in den Geisteswissenschaften«, sagte Orlando.

»Und in der Medizin auch nicht«, fügte Deborah hinzu. »Wer oben ist, hat immer recht!«

Orlando kam zu Tante Adelheid aus dem Kloster Wutz. ›*Was … den Verkehr mit ihr so schwer machte, das war die tiefe Prosa ihrer Natur, das märkische Enge, das Misstrauen gegen alles, was die Welt der Schönheit oder gar der Freiheit auch nur streifte.*‹«

»Die würde heute ganz sicher bei den Pegida-Leuten mitmachen«, vermutete Heike. »Oder bei der AfD von dieser Frauke Petry.«

Orlando kam nun zu den beiden Töchtern des Grafen Barby, der stillen und selten in Erscheinung tretenden Armgard, die Woldemar, der Sohn des alten Stechlin schließlich heiratet, und der gebildeten, humorvollen und sich gern selbst inszenierenden Melusine. »Hier etwas, was mir bei Armgard gefallen hat: ›… *wer immer unzufrieden ist, der taugt nichts. Immer Unzufriedene sind dünkelhaft und boshaft dazu, und während sie sich über andere lustig machen, lassen sie selber viel zu wünschen übrig.*‹«

Heike sah zu Mannhardt hinüber. »Siehst du, da landest du einmal, wenn sich das dauernde Meckern bei dir zu einer Verbitterungsstörung auswächst!«

Mannhardt nahm es gelassen. »Ick bin nu ma Berliner, und wir müssen meckern, sonst fühl'n wa uns nich wohl.«

»Zu Melusine«, fuhr Orlando fort. »Eine schöne Erkenntnis: ›*Sich abschließen heißt sich einmauern, und sich einmauern ist Tod.*‹«

Mannhardt lachte. »Darum haben wir ja heute auch diesen Ausflug gemacht, und darum trete ich immer noch in der HWR auf und helfe meinem Nachfolger im Amt, Fälle aufzuklären, an denen er sich die Zähne ausbeißt.«

Deborah klatschte Beifall. »Ich bin gerade in ein Projekt eingebunden: *Aktiv sein mit und trotz Demenz.* Auch wenn jemand dement ist, dann muss er Aktivitäten an den Tag legen, denn die sind ein wichtiger Baustein zum möglichst langen Erhalt ihrer Fähigkeiten und zur Steigerung ihrer Lebensfreude.«

Mannhardt, der neben Heike auf dem Beifahrersitz hockte, drehte sich nach hinten um, wo sein Enkel und dessen Freundin saßen. »Wer immer Sie sind, meine Dame, ich habe Sie noch nie gesehen, aber könnten Sie bitten aussteigen, ehe wir in St. Echlin angekommen sind.«

»Hansjürgen, damit spaßt man nicht!«, mahnte ihn Heike.

»Ich mannhardte nur.«

Orlando wollte Schlimmeres verhindern und wandte sich wieder Fontane zu. »Hier ein Dr. Pusch, wahrscheinlich ein Urologe: ›*Wer ängstlich abwägt, sagt gar nichts. Nur die scharfe Zeichnung, die schon die Karikatur streift, macht eine Wirkung.*‹«

Heike ließ nicht locker. »Dein Opa streift oft die Karikatur, da hast du recht.«

»Gut, werde ich immer ängstlich abwägen«, brummte Mannhardt.

Orlando fuhr fort. »Dann ein Superintendent Koseleger: ›*Unglücklich sind immer nur die Halben.*‹«

Dazu fiel Mannhardt ein Witz aus alten West-Berliner Tagen ein. »Die CDU hatte zwei klein gewachsene Männer in ihren Reihen: Heinrich Lummer, unseren Innensenator, und Norbert Blüm, der bei uns Senator für Bundesangelegenheiten war, bevor er bei Kohl Bundesminister für Arbeit geworden ist. Kommen die beiden in eine Kneipe und wollen kleine Schnäpse trinken. Sagt Blüm zum Wirt. ›Zwei Halbe!‹ – Lacht der Wirt: ›Det seh ick doch alleene!‹«

Da musste sogar Heike schmunzeln, und Deborah bewies, dass sie im Hörsaal auch beim Thema Kleinwuchs aufgepasst hatte. »Wir unterscheiden prä- und postnatale Ursachen. Erstere können sein Chromosomenanomalien und Genmutationen bei den Eltern aufgrund von Nikotin-, Alkohol- und Drogenkonsum bei ihnen, aber auch nur die bloße Vererbung, Letztere chronische Krankheiten beim Betroffenen selbst wie Anämien, Mangel an Wachstumshormonen oder Eiweiß oder Diabetes mellitus, aber auch psychosoziale Folgen.«

Mannhardt klatschte Beifall. »Danke sehr, Frau Doktor Kerr-Mannhardt, und warum ist Napoleon mit seinen nur 1,68 Meter Kaiser geworden?«

Ehe die werdende Ärztin das beantworten konnte, schrie Heike auf. »Wir sind in Menz!«

»Mensch!«, rief Mannhardt. »Den suchen Schneeganß und seine Jessica. Gleich festnehmen.«

Deborah gab »Menz« in ihr iPhone ein und fand bei Wikipedia: »*Menz liegt zwischen Rheinsberg und Fürstenberg / Havel unmittelbar am Roofensee und grenzt an das Waldgebiet der Menzer Heide mit dem Stechlinsee. Das Naturschutzgebiet Stechlin und das Landschaftsschutzgebiet Fürstenberger Wald- und Seengebiet grenzen direkt an die Ortslage. Das märkische Dorf mit seinen rund 650 Einwohnern liegt im Naturpark Stechlin-Ruppiner Land im nördlichen Teil des Landkreises Oberhavel, 80 Kilometer nördlich von Berlin.*«

»Haben sie ihr Dorf schon vorab nach ihrem prominentesten Sohn benannt«, stellte Orlando fest. »Krass!«

Mannhardt lachte. »Kein Kunststück: Berlin ist schließlich nach dem großen Irving Berlin benannt, London nach Jack London – *Wolfsblut*, *Abenteuer des Schienenstrangs*, *Südseegeschichten*, Hannover nach Heinrich Hannover, Jurist, Strafverteidiger, Sach- und vor allem Kinderbücher wie *Das Pferd Huppdiwupp*, dann Adorf im Vogtland nach Mario …«

»Und Adenau in der Eifel nach Konrad Adenauer«, ergänzte Deborah, und sogar Heike machte mit: »Nicht zu vergessen: Buchholz in der Nordheide, Kreis Harburg, nach Horst Buchholz – *Himmel ohne Sterne*, *Die Halbstarken*, *Monpti* und *Eins, Zwei, Drei*, Regie Billy Wilder.«

Endlich kam Orlando zu einer Lieblingsfigur Fontanes, dem Pastor Lorenzen und dessen Charakterisierung des alten Stechlin: »›*Er war das Beste, was wir sein können, ein Mann und ein Kind.*‹«

»Darin will ich ihm gern nacheifern!«, rief Mannhardt.

»Auf dem besten Wege dazu bist du ja«, murmelte Heike. »Aber Kinder, so süß sie sind, haben nun mal die Eigenschaft, ständig zu nerven.«

Damit erreichten sie Neuglobsow und mussten erkennen, dass das Schloss Stechlin gar nicht existierte, sondern nur eine Erfindung Fontanes war, ebenso gab es keinen Wald, der Stechlin hieß, kein Dorf dieses Namens und kein Adelsgeschlecht.

»Dann müssen wir eben nach Schiffmühle fahren«, sagte Mannhardt. »Da gibt es ein Haus, in dem Fontanes Vater bis zu seinem Tod gewohnt hat, und wo der Sohn ihn öfter besucht hat.«

Deborah sah bei Google -Maps nach. »Von Neuglobsow nach Schiffmühle sind es über die B167 knapp über 100 Kilometer, Fahrzeit eine Stunde und 49 Minuten.«

»Das schaffen wir doch spielend«, stellte Mannhardt fest.

Heike zeigte wenig Begeisterung. »Aber nur, wenn Orlando fährt!«

Der tat es denn auch seinem Opa zuliebe. »Wenn der unbedingt echte Fontane-Luft schnuppern will.«

»Was kann ich dafür, dass mich dein Freund Martin Nehmer mit seiner Fontane-Roulade sozusagen angesteckt hat.«

»O my God!«, hauchte Heike. »Fontane-Roulade ...«

Ganz zufällig hatte Mannhardt im Handschuhfach Fontanes autobiografischen Roman *Meine Kinderjahre* liegen, und aus dem las er nun aus dem 16. Kapitel einiges vor. So die Szene, in der Fontane im Sommer 1867 seinen Vater zum letzten Mal besucht:

»Er wohnte damals, schon zehn oder zwölf Jahre lang, in der Nähe von Freienwalde, und zwar in einer an der alten Oder gelegenen Schifferkolonie, die den Namen »Schiffmühle« führte und ein Anhängsel des Dorfes Neu-Tornow war. Vereinzelte Häuser lagen da, in großen Abständen voneinander, an dem träg vorüberschleichenden und von gelben und weißen Mummeln überwachsenen Flusse hin, während sich, unmittelbar hinter der Häuserreihe, ziemlich hohe, hoch oben mit einem Fichtenwalde besetzte Sandberge zogen. Genau da, wo eine prächtige alte Holzbrücke den von Freienwalde

heranführenden Dammweg auf die Neu-Tornow'sche Flussseite fortsetzte, stand das Haus meines Vaters.«

Am meisten rührten ihn aber, gestand Mannhardt, die letzten Zeilen im 16. Kapitel, wo Theodor Fontane von Schiffmühle wieder zurückfährt nach Berlin:

»Als fünf Uhr heran war, musst' ich wieder fort. »Ich begleite dich noch«, und so bracht er mich bis über die Brücke.

»Nun lebe wohl und lass dich noch mal sehen.« Er sagte das mit bewegter Stimme, denn er hatte die Vorahnung, dass dies der Abschied sei.

»Ich komme wieder, recht bald.«

Er nahm das grüne Käpsel ab und winkte.

Und ich kam auch bald wieder.

Es war in den ersten Oktobertagen und oben auf dem Bergrücken, da, wo wir von »Poseidons Fichtenhain« gescherzt hatten, ruht er nun aus von Lebens Lust und Müh.«

Als sie wieder in Berlin waren, rief Mannhardt Schneeganß an. Den zu foppen, wollte er sich nicht entgehen lassen.

»Du, wir haben Menz gefunden!«

*

Jetzt fühlte sich Dietmar Menz so frei, wie er sich das immer erträumt hatte, in Wahrheit aber war er nur vogelfrei, denn er stand unter Mordverdacht, und man fahndete nach ihm. Mit welchem Aufwand das geschah, konnte er nicht wissen, er glaubte aber, dass man ihn an den deutschen Auslandsgrenzen und auf den Flughäfen festnehmen würde, wenn er dort auftauchte und seinen Personalausweis vorlegen musste. In den Zeitungen, die er sich gekauft hatte, war ihm sein Gesicht schon begegnet, was blöd war, denn ab und an musste er sich ja doch etwas zu essen kaufen. Die Kirschen, die er von den Chausseebäumen pflücken konnte, reichten ihm doch nicht. Ein Bett fand er zumeist im Kornfeld, mitunter auch im Wald. Mit Vanessa zusammen, oder mit wem auch immer, wäre das romantisch gewesen, allein aber war es eher eine Qual. In einem Hotel oder einer kleinen Pension zu übernachten, wagte er nicht. Er hörte die Leute schon flüstern: »Das ist der, der den Förster erschossen hat. Schnell 110 anrufen!« Waschen konnte er sich ab und an am Ufer eines Gewässers, nicht aber rasieren, seit der Akku seines Geräts den Geist aufgegeben hatte. Immerhin nahm man ihm mit seinem Dreitagebart den Wanderer ab. Geld hatte er genügend. Von seinem Stiefvater. Nicht, dass der ihm an die 1.000 Euro geliehen oder geschenkt hätte, nein, Menz hatte Wolfgangs EC-Karte aus dessen Brieftasche gezogen. Die Pin-Nummer kannte er schon lange. Zweimal 500 Euro aus dem Automaten zu ziehen, war ohne Risiko zu machen gewesen. Diese »Geldentnahme« sah er als Schmerzensgeld für das an, was Wolfgang Gänsicke ihm alles angetan hatte. Jetzt waren sie quitt, wie auch Wotzlaff die Quittung dafür bekommen hatte, dass er ihn so mies behandelt hatte. Erst die Aktion mit dem Eichenprozessionsspinner und dem fürchterlichen Hautjucken, dann die auf dem Fußballplatz, als er den Totschläger von FFFF Jahn Hasenheide auf ihn gehetzt hatte. Und es war totaler Quatsch, wenn es hieß, er habe Wotzlaff erschossen, Irrtum, es war ein faires Duell gewesen. Wotzlaff hätte nur besser zielen und treffen müssen. Menz verstand noch immer nicht, warum es so gekommen war: Er war doch eigentlich der Loser, er hätte tot am Boden liegen müssen.

Und dann hatte er noch einmal unfassbares Glück: In der Kleinstadt Dahme / Mark fand er in der Jägerstraße einen Ausweis, der auf einen Henry Lehnertz ausgestellt worden war, und dieser Mann sah ihm zum Verwechseln ähnlich. Menz steckte den Ausweis ein und lief im Walking-Tempo weiter Richtung Osten. Er hatte die Karte der südlichen Mark Brandenburg soweit im Kopf, um zu wissen, dass er irgendwann auf die Bahnstrecke Elsterwerda – Berlin stieß, wahrscheinlich in Drahnsdorf, und dann, mit einmal umsteigen in Wünsdorf-Waldstadt am Flughafen Berlin-Schönefeld war. Dort bekam er sicherlich noch einen Platz in einem der Billigflieger nach Griechenland. War er erst einmal in Georgioupolis angekommen, dann war er gerettet, denn Yanis, ein alter intimer Freund aus seinen Bi-Zeiten, würde ihn mit Sicherheit vor aller Welt verbergen, bis Gras über die Sache Wotzlaff gewachsen war.

Am Ortseingang entdeckte er eine für Wanderer gedachte Karte der Umgebung und stellte mithilfe seiner Finger fest, dass er bis Drahnsdorf an die 15 Kilometer zu laufen hatte. »Scheiße!« Es als Anhalter zu versuchen, wagte er nicht. Also: Los, so weit die Füße tragen! Immer das Dahmetal entlang. Da er keinen Kompass bei sich hatte und auch die Sonne nicht schien, die ihm als Orientierung hätte dienen können, verlief er sich etwa auf halber Strecke und sah plötzlich eine Art Kulturscheune vor sich, einen ausgebauten Bauernhof. Auf der ehemaligen Tenne versuchte gerade eine Schlagersängerin, Melina Mercouri nachzuahmen. »Ein Schiff wird kommen …« Menz lachte. Schön wäre es gewesen, aber die Dahme war an dieser Stelle bestenfalls für Faltboote schiffbar. Was hier in Neue Mühle stattfand, las er auf einem Plakat, nannte sich »Kultursommer«, und gerade las ein Berliner Schriftsteller mit Namen Martin Nehmer. Menz blieb einen Augenblick stehen und lauschte.

»Am 7. Juli 1874 geht Theodor Fontane in Köpenick an Bord der ›Sphinx‹, und ich beginne mit einer Passage aus dem Band IV. der *Wanderungen durch die Mark Brandenburg*, dem Band *Spreeland*:

An der Brücke von Köpenick treffen zwei Flüsse beinahe rechtwinkelig zusammen: die eigentliche Spree und die wendische Spree, Letztere auch die »Dahme« geheißen. Die wendische Spree, mehr noch als die eigentliche, bildet eine große Anzahl prächtiger Seeflächen, die durch einen dünnen Wasserfaden verbunden sind. Ein Befahren dieses Flusses bewegt sich also in Gegensätzen, und während eben noch haffartige Breiten passiert wurden, auf denen eine Seeschlacht geschlagen werden könnte, drängt sich das Boot eine Viertelstunde später durch so schmale Defilees, dass die Ruderstangen nach rechts und links hin die Ufer berühren. Und wie die Breite, so wechselt auch die Tiefe. An einer Stelle Erdtrichter und Kra-

ter, wo die Leine des Senkbleis den Dienst versagt, und gleich daneben Pfuhle und Tümpel, wo auch das flachgehendste Boot durch den Sumpfgrund fährt. So diese Wasserstraße. An ihren Ufern hin, ähnlich wie im Spreewald, hielten sich, bis in unsere Tage hinein, die wendischen Elemente. Wer die Gegend kennt, nennt sie deshalb die »Wendei«. Sie hat wenig Dörfer, keine Städte; selbst der Eisenbahnzug geht nur wie eine Erscheinung durch sie hin.

Menz hörte das Wort »Eisenbahnzug« und hatte nur noch wieder den einen Gedanken: Wie komme ich schnellstmöglich zum Bahnhof Drahnsdorf? Da fiel sein Blick auf ein Fahrrad, das nicht angeschlossen war.

ZEHN

Der Friedhof Müggelheim, auf dem der Revierförster Thomas Wotzlaff beigesetzt werden sollte, war östlich des Ortes an der Gosener Landstraße gelegen. Er reichte weit in den Wald hinein und galt wegen seines parkartigen Charakters bei vielen als schönster Friedhof im Osten Berlins.

»Habt ihr nichts Besseres zu tun, als dort hinzufahren?«, erregte sich Heike. »Ihr habt den Wotzlaff doch gar nicht gekannt, und dass sein Mörder zur Beerdigung erscheint, ist wohl ein Ammenmärchen.«

»So ganz irrational kann das nicht sein«, kam Mannhardts Erwiderung im Ton des allen im Hörsaal überlegenen Dozenten. »Beim Heilbronner Polizistenmord haben die Kollegen das Grab von Michèle Kiesewetter auch engmaschig überwacht.«

Orlando sprang ihm bei. »Bei einem geisteskranken Täter kann ich mir vorstellen, dass er am Grab seines Opfers lustvolle Gefühle haben kann. Sein Sieg ist damit endgültig, welch Triumph, das muss er auskosten.«

»Es lebe die Küchenpsychologie!«, rief Heike.

»... die ja gerade bei euch Journalisten weit verbreitet ist«, konterte Orlando.

Man kabbelte sich noch eine Weile, dann zogen sie los in Richtung Müggelheim, und sie waren nicht im

Geringsten erstaunt, als sie vor der Friedhofskapelle Gunnar Schneeganß und Jessica Schamp trafen.

»Ihr auch?«, rief Schneeganß.

Mannhardt lächelte. »Na sicher! Orlandos Freund, der Martin Nehmer, sitzt gerade an einem Kriminalroman, wo ein Kommissar zum Serientäter wird, um die Welt vom Bösen zu reinigen, vor allem aber, um unglaublich hohe PR-Werte zu haben, ja unsterblich zu werden.«

Schneeganß nickte. »Gute Idee. Das werde ich auch mal machen und dabei mit Hansjürgen Mannhardt anfangen.«

Mannhardt verbeugte sich leicht. »Danke für die Ehre.«

»Oh, was sind wir heute wieder makaber«, merkte Orlando an.

»Ja, und da vorn im Sarg liegt ein Toter«, sagte Jessica Schamp. »Darum: Schluss jetzt und bitte etwas mehr Pietät.«

»Wir sind doch nicht in Leipzig«, murmelte Mannhardt, der im März mit Heike bei der dortigen Buchmesse gewesen war und mitbekommen hatte, dass die »Pietät« in Sachsen ein Synonym für ein Bestattungsunternehmen war.

»Der Menz ist nicht da«, sagte Schneeganß, nachdem er sich unauffällig umgesehen hatte. »Der muss sich irgendwie in Luft aufgelöst haben …«

»Er wird gar nicht der Mörder sein«, philosophierte Jessica Schamp. »Er wird den Tod von Wotzlaff nur zur Flucht ausgenutzt haben, raus aus diesem bescheuerten Deutschland, Tabula rasa.«

Die Zeremonie begann, und nach getragener Orgelmusik setzte ein junger Pfarrer zu einer längeren Rede an.

»Herr, unser Gott, ausgelöscht wurde hier ein Leben von fremder Hand. Herr, wir sind fassungslos und können nicht begreifen, was Menschen dazu treibt, einen anderen Menschen zu töten. Herr, lass du uns gerade in Augenblicken wie diesen unsere eigene Schuld vor dir erkennen, damit wir nicht maßlos werden in unserem Zorn, damit nicht der Gedanke an Rache jeden anderen Gedanken in uns erstickt.«

Dann ging er auf das Leben des Verstorbenen ein. »Wo anders konnte Thomas Wotzlaff am 29.4.1963 auf die Welt gekommen sein als in – Waldheim, einer wunderschönen kleinen Stadt am Ufer der Zschopau. Der Vater war Justizvollzugsbeamter im nahen Zuchthaus, die Mutter Lehrerin mit den Fächern Chemie und Biologie. Sie war es auch, die ihm die Liebe zu Flora und zur Fauna nahebrachte. Nach seiner Zeit bei der NVA begann dann Thomas Wotzlaff an der Universität Leipzig Biologie zu studieren, anschließend an der Uni Dresden Forstwirtschaft, Standort Tharant, und zwar bei dem berühmten Waldbau-Professor Harald Thomasius.«

»Tharant. Da wird er sein Ännchen kennengelernt haben«, murmelte Mannhardt.

»Das war Tharau und nicht Tharant!«, korrigierte ihn Heike.

Mannhardt wartete nun darauf, dass etwas über Wotzlaffs politisch-ideologische Einstellung gesagt wurde, von den Jungen Pionieren über die SED bis hin zur Stasi, doch darüber wurde der Mantel christlicher Nächstenliebe gebreitet.

Während er das dachte, ging sein Blick prüfend über die Gesichter der Trauergäste hinweg, und dabei fiel ihm einer der Männer auf, den er, warum auch immer, für ziemlich bösartig hielt. Er hatte ihn noch nie gesehen, stieß aber Schneeganß an und fragte flüsternd, ob der ihn kannte.

»Ja, das ist Professor Scharnick, einer der alten Freunde von Wotzlaff.«

*

Heike Hunholz hasste Klassentreffen, weil sie ihr auf unverschämte Weise klarmachten, wie alt sie geworden war. Außerdem war das Trash-TV pur. Alle waren glücklich, wohnten in eigenen Häusern mit Gärten von der Größe eines Fußballfeldes, hatten hochbegabte Kinder, trugen die schönsten Titel und waren bis in die Chefetagen ihrer Firmen aufgestiegen beziehungsweise Professor in Harvard geworden. Man führte die psychologische Volksweisheit »Unter jedem Dach wohnt ein Ach« spielend ad absurdum.

»Und warum gehst du trotzdem hin?«, hatte Mannhardt sie gefragt.

»Weil wir uns diesmal im ›Adlon‹ treffen.«

Da saß sie dann ein wenig verloren und hatte Mühe, mit den anderen ins Gespräch zu kommen, obwohl sie in ihrer Zeit beim »rbb« zig Leute interviewt hatte. Erheblich gehemmt war sie auch dadurch, dass ihr gegenüber an der langen Tafel genau der Mann saß, der einmal ihre große Liebe gewesen war: Ansgar von Malga. Schon allein der Name! Außerdem sah er aus wie Hugh Grant.

»Bist du verheiratet?«, fragte er sie.

Heike verfluchte sich, weil sie das Gefühl hatte, rot geworden zu sein wie eine Tomate, und außerdem fürchterlich herumstotterte. »Ja … Das heißt: nein. Wir leben aber schon seit … seit Jahren zusammen und … und haben einen Sohn, der langsam auch aufs Abitur zugeht: Silvester.«

Ansgar von Malga lachte. »Was denn: Silvester Abitur machen? Geht denn das bei euch in Berlin?«

»Wir haben ihn Silvester genannt, weil …« Weil sie ihn in einer Silvesternacht gezeugt hatten. Sie wurde nun knallrot. »Bei uns ist er Silvio.«

»Was denn: Du hattest auch was mit Berlusconi!?«

Endlich bekam sich Heike wieder in den Griff. »Ja, und er hat so viel dafür bezahlt, dass wir uns in Tegel das Humboldt-Schlösschen kaufen konnten. Und was machst du so?«

»Ich sorge dafür, dass die Deutschen nicht aussterben. Barbara und ich haben schon fünf Kinder.«

Heike gab sich alle Mühe, sich ihre Enttäuschung nicht ansehen zu lassen, und fragte schnell, was er denn beruflich so mache.

»Ich bin zurzeit noch Redakteur beim NDR in Hamburg, fange aber nächste Woche hier in Berlin an, bei Deutschlandradio Kultur. Da kannst du mich ja mal besuchen.«

»Ja, aber nur, wenn du mir einen schönen Auftrag verschaffst.«

Ansgar von Malga lächelte. »Ich werde sehen, was sich machen lässt.«

*

Da sie sich als Kriminalbeamte von Berufs wegen gewissenhaft über das kleine und große Verbrechen in Berlin und dem Rest der Welt informieren mussten, widmeten sich Gunnar Schneeganß und Jessica Schamp auch an diesem Morgen ausgiebig der Lektüre der Berliner Morgenzeitungen.

»Wieder gibt es kein anderes Thema als Griechenland«, stöhnte Schneeganß.

Jessica Schamp hatte einen Essay gefunden, wo der Anfangsmonolog von Goethes Schauspiel *Iphigenie auf Tauris* wiedergegeben war: *»Denn ach, mich trennt das Meer von den Geliebten, / Und an dem Ufer steh ich lange Tage, / Das Land der Griechen mit der Seele suchend.«*

»Warst du gestern beim Griechen um die Ecke essen und hast dessen Frau klagen gehört?«, fragte Schneeganß. »Wer mir am meisten imponiert, ist dieser Varoufakis. Der wäre was für Goethes Theater gewesen: Ist einer ein Bettler und tritt auf, als sei er ein reicher und ruhmbekränzter König und Feldherr, der Herrscher über ganz Europa.«

»Wie man Griechenland zum Sieger machen kann, hat doch der Fußball gezeigt«, stellte Jessica Schamp fest. »Kommt der Otto Rehagel aus Essen und macht aus biederen Balltretern Europameister.«

Schneeganß lachte. »Na vielleicht holen sie uns zum

Neuaufbau der griechischen Kripo nach Athen, und unser Vorgesetzter heißt dann Alexis Tamaras.«

Jessica Schamp war in ihrer Zeitung zu der Seite gekommen, wo sie Lebensweisheiten verklickerten, und las Schneeganß etwas von einem Willy Meurer vor: »*Sonnenaufgang. Ein neuer Tag in deinem Leben wird dir geschenkt – nach deinem Willen kannst du ihn verschwenden oder mit etwas Sinnvollem füllen. Was immer du tust – denke daran, dass du dafür einen ganzen Tag deines Lebens eintauschst. Morgen wird dieser Tag für immer vorbei sein und mit ihm das, was du in ihm zurückgelassen hast – lass es etwas Gutes sein!*«

Kaum hatte sie den letzten Satz zu Ende gebracht, wurde angeklopft, und auf ihr »Ja, bitte!« ging die Tür auf, und Ulf Kunkendorf stand vor ihnen.

»Nanu, Sie?«

»Ja. Ich bin gekommen, um ein Geständnis abzulegen. Ich war es, der den Förster Thomas Wotzlaff erschossen hat.«

*

In Mannhardts Familie waren sie alle bemüht, auch den neuen Tag mit etwas Sinnvollem zu erfüllen. Silvio eilte in die Schule und freute sich auf die nahenden Ferien, Orlando kämpfte sich durch den Berg seiner Klausuren zum Thema *Notwehr-Angriff durch Unterlassen*, Deborah beschäftigte sich mit dem Diabetes mellitus und der Wichtigkeit des HbA1c-Wertes in der Therapie, Heike war auf dem Wege zum Sender, und Mannhardt mühte sich in der HWR mit dem Thema *Ungelöste Fälle bei der Mordkommission.*

»In Deutschland«, begann Mannhardt, »zeigt die Statistik für das Jahr 2014 bei Mord eine Aufklärungsquote von 95,3 Prozent.«

»Und die Dunkelziffer?«, kam sofort ein Zwischenruf.

Mannhardt war darauf gefasst. »Hm … gleich.« Er zog einen Zeitungsausschnitt aus seiner Mappe. »Hier: Der Münchener Rechtsmediziner Wolfgang Eisenmenger meint, dass in Deutschland jährlich etwa 500 Morde unentdeckt bleiben. Dazu eine valide Zahl: 2014 hatten wir 298 amtlich gewordene Morde. Es muss also eine Vielzahl perfekter Morde bei uns geben. Kommen wir nun zu zwei von ihnen, den sogenannten Göhrde-Morden. Der Staatsforst Göhrde, kurz: Die Göhrde, ist ein riesiges zusammenhängendes Mischwaldgebiet im Landkreis Lüneburg. Dort werden im Mai 1989 die Eheleute Reinhold aus Hamburg erschossen. Der Täter fährt mit ihrem Wagen davon. Die Opfer werden erst sieben Wochen nach der Tat von Beerensammlern gefunden. In der Sommerhitze sind die Leichen schon ziemlich skelettiert. Doch damit nicht genug: 15 Tage nach diesem Fund stoßen Polizisten nur 800 Meter entfernt von diesem Fundort auf die Leichen zweier weiterer Menschen: Ingrid Warmbier und Bernd-Michael Köpping. Es stellt sich schnell heraus, dass auch hier der Täter mit dem Wagen der Opfer das Weite gesucht hat. Das war 1989, und auch heute, nach 26 Jahren, fehlt von ihm jede Spur.«

In der Sekunde, in der Mannhardt dies sagte, stieg Heike am Schöneberger Hans-Rosenthal-Platz aus ihrem Wagen und strebte dem Eingang des alten RIAS-Funkhauses entgegen. Eine weiße Gedenktafel stach ihr ins Auge, auf der mit großen dunkelblauen Buchstaben des Theaterkritikers Friedrich Luft (24.8.1911 – 24.12. 1990) gedacht wurde. Von dem hatten viele Berliner zwei Aussprüche in ihr Repertoire aufgenommen, einmal: »*Wir sprechen uns wieder in einer Woche. Wie immer – gleiche Zeit, gleiche Stelle, gleiche Welle. Ihr Friedrich Luft*!«, und zum anderen das, was Luft immer voranschickte, wenn er ein Boulevardstück gesehen hatte: »*Wieder einmal habe ich mich köstlich unter meinem Niveau amüsiert.*« Das bekam sie oft genug von Mannhardt und Orlando zu hören.

Das Funkhaus durfte nicht so ohne Weiteres von jedem und jeder betreten werden, man hatte sich an der Pförtnerloge anzumelden. Das tat sie dann auch.

»Mein Name ist Heike Hunholz. Ich möchte zu Herrn von Malga.«

Der Pförtner suchte lange in seinem Telefonverzeichnis. »Den ham wa hier leida nich.«

Heike stutzte. Sollte der alte Klassenkamerad geblufft haben, war er womöglich in Wahrheit kein wichtiger Kulturredakteur, sondern nur …? Ein alter Spruch ihres Vaters fiel ihr wieder ein: »Gestatten, von Latten, Vertreter für Hängematten.« Nein, dazu war Ansgar zu seriös. »Forschen Sie doch bitte einmal nach ihm, er ist erst seit ein paar Tagen hier im Haus und wird noch nicht in Ihrem Verzeichnis stehen.«

»Na, jut, wenn Sie det saren …«

Nach einigen Telefonaten kam dann Ansgar von Malga auch nach unten zu ihr, um sie abzuholen. Heike strahlte, das war wie beim ersten *Date*. Weniger romantisch war nun allerdings, dass er sie nicht in ein kleines verschwiegenes Restaurant entführte, sondern nur mit ihr im Fahrstuhl nach oben in die Kantine fuhr.

»Du, ich habe was für dich«, sagte er dann bei einer Tasse Kaffee und einem herrlichen Blick auf die Berliner Innenstadt zu ihr.

Heike war gespannt. »Etwas aus unserer Schulzeit …?«

»Nein, etwas, das einen noch ausgeprägteren fossilen Charakter hat: Du kannst für uns ein Feature über die Amish people machen. Schönes Honorar, Reise- und Hotelkosten extra.«

Heike jubelte und rief sofort Mannhardt an. Der war ebenso spontan begeistert wie sie: »Wunderbar, da kommen wir beide natürlich mit, Orlando und ich, als Begleitschutz.«

*

Gunnar Schneeganß und Jessica Schamp fanden es absurd, aber sie waren nun nicht damit beschäftigt, einen Täter zu überführen, sondern dabei, einem Mann nachzuweisen, dass er eine Mordtat, zu der er sich bekannt hatte, nicht begangen haben konnte.

»Der Kunkendorf macht das doch nur, um seinen Bekanntheitsgrad als Sänger und Songschreiber zu erhöhen: von null auf 100«, vermutete Schneeganß.

Jessica Schamp zuckte mit den Schultern. »Damit hilft er dabei, den wirklichen Mörder straffrei ausgehen zu lassen, also: Strafvereitelung. Und was haben wir gelernt? Bei Strafvereitelung und falscher Verdächtigung droht ein Strafmaß von bis zu fünf Jahren Gefängnis oder eine Geldstrafe.«

»Das wird er billigend in Kauf nehmen«, sagte Schneegranß.

Jessica Schamp seufzte. »Müssen wir ihm also nachweisen, dass er zur Tatzeit unmöglich in den Müggelbergen gewesen sein kann.«

»Nachts wird er ja kaum Fliesen verlegt haben.«

»Aber vielleicht in irgendeiner abgelegenen Kneipe gesungen haben.« Schneeganß hatte Kunkendorfs bekanntestes Lied schon im Internet gefunden: *»Bier her, Bier her, für den Verlierer!«*

»Na dann stellen wir ihm schon eins kalt.«

»Noch haben wir ihn nicht der Nichttat überführt.«

Das war unheimlich schwer, und sie zogen mehrere Nächte lang durch alle Kieze, in denen es noch rustikal und berlinisch zuging.

Immer the same procedure: Schneeganß nannte Tag und Stunde und fragte, ob Ulf Kunkendorf zu dieser Zeit an dieser Stätte aufgetreten sei, und immer wieder erhielt er dieselbe Antwort: »Nee, daran kann ick ma nich ainnan.«

»Wenn er nun wirklich, wie zuerst angegeben, bei sich zu Hause war, allein?«, fragte Jessica Schamp.

»Dann haben wir mit Zitronen gehandelt.«

»Was bleibt uns da noch?«, fragte Jessica Schamp.

Schneeganß überlegte einen Augenblick. »Eigentlich nur ein Schachzug, mit dem wir ihm allerdings voll in die Karten spielen: Wir schweigen nicht mehr aus ermittlungstaktischen Gründen, wie das so schön heißt, sondern veranstalten eine Pressekonferenz, wo wir die Polizeireporter der Massenblätter, BILD und so, bitten, die Sache groß herauszustellen: *Bier her, Bier her für den Mörder!* Kein Fahndungsfoto von Menz mehr, sondern dafür eins von Kunkendorf. Dann hat der sein Ziel erreicht und kann nun zugeben, dass sein Geständnis falsch war. Den Preis dafür wird er gerne zahlen.«

*

Und Schneeganß sollte sich nicht geirrt haben, denn einen Tag später, nachdem der Name Ulf Kunkendorf in allen Zeitungen gestanden hatte (»… bekannt durch zünftige Schlager wie *Bier her, Bier her …*«) wurde er, nachdem man ihn programmgemäß festgenommen hatte, dem Untersuchungsrichter zur Haftprüfung vorgeführt, und da kam es dann zu seinem zweiten und eigentlichen Geständnis:

»Nein, ich war es nicht, ich habe den Revierförster Thomas Wotzlaff nicht erschossen. Ich war zu dieser Zeit zu Hause.«

Der Untersuchungsrichter lächelte. »Und das soll ich Ihnen jetzt glauben, Herr Kunkendorf?«

»Ich schwöre es!«

»Und was waren Ihre Motive für das falsche Geständnis?«

Kunkendorf druckste da nicht lange herum. »Dieselben Gründe, die Leute haben, die bei Dieter Bohlen in ›Deutschland sucht den Superstar‹ auftreten.«

Der Untersuchungsrichter nickte. »Doxomanie also.«

»Wie?«

»Ruhmessucht oder Ruhmbegierde.«

»Ja, und reich wird man ja auch, wenn man viele CDs verkauft.«

»Gut, dass Sie in den Zeitungen stehen, das haben Sie ja nun erreicht, aber das andere, da machen wir mal ein großes Fragezeichen dahinter. Dass Sie sich wegen Ihrer Falschaussage strafbar gemacht haben, das wissen Sie sicherlich, aber darum wird sich eine Kollegin kümmern, und das wäre kein Grund, Sie aus der U-Haft zu entlassen. Aber noch einmal zu dem Fall, um den ich mich zu kümmern habe, um den Mordfall Wotzlaff. Sie wollen zur Tatzeit zu Hause gewesen sein?«

»Ja, ich schwöre es!«

»Und? Haben Sie Zeugen dafür?«

Kunkendorf zuckte bedauernd die Schultern. »Leider nein.«

»Und sonst irgendwie Beweise dafür?«

Es dauerte einige Sekunden, in denen sich Kunkendorf das Gehirn zermarterte, dann hatte er endlich etwas gefunden. »Höchstens. Das wird doch jetzt alles aufgezeichnet. NSA, Datenschutz und so «

Der Untersuchungsrichter wurde langsam ungeduldig. »Ja, was denn?«

»Ich habe mich selbst angerufen.«

»Wie denn das?« Der Jurist guckte etwas verwundert, weil sich das für ihn nach Persönlichkeitsspaltung anhörte.

Kunkendorf hatte aber eine plausible Erklärung parat. »Mein Festnetzanschluss war tagelang gestört, und da habe ich mich mit meinem Handy selbst angerufen, um zu sehen, ob er wieder funktioniert.«

»Gut. Ich werde das überprüfen lassen. Stimmen Ihre Angaben, dürfen Sie sofort wieder nach Hause gehen, ansonsten …«

In zwei Stunden war die Sache geklärt, und der Untersuchungsrichter sagte Schneeganß Bescheid, dass Kunkendorf als Täter ausscheiden würde.

*

Schneeganß legte den Hörer auf und stöhnte anhaltend. »Können wir also den Fall Wotzlaff unter der Rubrik ›Ungelöste Fälle in Berlin‹ ablegen, zu den ›nassen Fischen‹ also, denn dieser Menz ist ja nun auch wie vom Erdboden verschwunden.«

Jessica Schamp sah ihn fragend an. »Und die Überwachung des Handys und des Telefons seiner Mutter hat nichts ergeben, kein Anruf?«

»Nein, nichts.«

»Lasset alle Hoffnung fahren …«

Eine Woche später sollte ein Anruf aus Griechenland zu Schneeganß durchgestellt werden. »Die Polizei aus Iraklio.«

»Wo is'n das?«

»Mal Urlaub machen, Herr Kollege, das ist die Hauptstadt von Kreta.«

»Da war ich schon mal, du Witzbold, aber da war das noch Heraklion. Dann stell' mal durch, danke!« Schneeganß wartete einen Augenblick, dann vernahm er eine Sprache, die entfernte Ähnlichkeit mit dem Englischen hatte.

»We need you to make the unfortunate message, that

you are looking for a suspected killer, Mister Dietmar Menz, he drowned yesterday in the night on the beach of Georgioupolis.«

Schneeganß konnte das nicht so schnell verarbeiten. »What, this man is really dead?«

»Yes, quite dead.«

Jessica Schamp sah zum Himmel hinauf. »Menz ist also ertrunken … Passt ja prima zur Schublade ›Nasse Fische‹.«

TEIL II

ELF

Der Polizeichef von Columbus, Ohio, wurde langsam immer unruhiger. In der Nacht war in Lockbourne, das knapp 5 Meilen östlich des Rickenbacker International Airport gelegen war, die dritte Leiche innerhalb der letzten sechs Monate gefunden worden. Er hatte den leisen Verdacht, dass da ein neuer Serienmörder auf den Plan getreten war.

Er stand auf und ging zur Pinnwand, an der ein Kollege eine Liste mit den Namen und Daten der zehn »erfolgreichsten« Serientäter der USA angeheftet hatte:

Platz	Zahl der ihm nachgewiesenen Morde	Name des Täters	Zeitraum seiner Taten
1.	49	Gary Leon Ridgway	1982–1998
2.	35	Charles Cullen	1998–2003
3.	33	John Wayne Gacy	1972–1978
4.	28	Dean Coril	1971–1973
5.	28	Theodore Robert Bundy	1974–1978
6.	27	Herbert Webster Mudget	1888–1894
7.	26	Juan Marty Cantu	1974–1991
8.	22	Earl Leonhard Nelson	1926–1927
9.	21	Patrick Wayne Kearny	1965–1977
10.	20	Joseph Paul Franklin	1977–1980
…	17	Jeffrey Lionel Dahmer	1978–1991

Von einigen dieser Männer wusste er eine ganze Menge. Gary Leon Ridgway kam aus Salt Lake City und war unter dem Namen »Green River Killer« bekannt geworden, weil er seine ersten Opfer vornehmlich im oder in der Nähe des Green River deponiert hatte. Getrieben hatte ihn sein Hass auf Frauen, insbesondere auf Prostituierte. Charles Cullen war in New Jersey aufgewachsen und hatte als Krankenpfleger in insgesamt zehn Kliniken zugeschlagen. Im Fachjargon hieß das, was er getan hatte, mercy killing. John Wayne Gacy stammte aus Chicago und war als der »Killer-Clown« bekannt geworden, weil er in einem selbst genähten Clownkostüm Straßenfeste besucht hatte, um als »Pogo der Clown« Kinder zu unterhalten. Er hatte 33 Jungen und junge Männer vergewaltigt und getötet. Den Jeffrey Lionel Dahmer aus Wisconsin hatte eine Kollegin offenbar seines hohen Bekanntheitsgrades wegen hinzugefügt, vielleicht auch, weil er nach seiner Verurteilung beim Putzen der Gefängnistoiletten von einem Mithäftling erschlagen worden war – und zwar mit einer Hantel, dem gleichen Mordwerkzeug, das Dahmer bei seiner ersten Tat benutzt hatte. Jemand hatte mit Bleistift darunter geschrieben: »Eine Art der Todesstrafe, die Schule machen sollte.«

»Oh Gott, was für eine Bestie kann ein Mensch sein!«, rief der Polizeichef und mochte gar nicht daran denken, was der Mann gerade trieb, dem sie nach seinen drei ersten Morden schon den Namen »Kreuzigungs-Monster« gegeben hatten. Bis jetzt hatten die Profiler nichts weiter herausgefunden, als dass es sich bei ihm um einen jüngeren Mann handeln musste, der irgendwie religiös war und womöglich einem satanischen Glauben anhing, weil er seinen Opfern stets ein Kreuz auf den Brustkorb gemalt hatte.

*

In Berlin erfreute man sich eines herrlichen Sommertages, und von seinen 3.500 Einwohnern war jeder Zehnte zu Eleasar Hornbläser gekommen, um auf seinem Anwesen zu beten. Das Wohnhaus allein hatte nicht ausgereicht, obwohl man dort Zwischenwände verschoben hatte, auch in Keller, Scheune und Werkstatt hatte man sich versammelt. Man hatte die Hüte abgelegt. Männer und Frauen saßen getrennt auf den herbeigeschafften Bänken. Unter denen schliefen, gebettet auf Decken, ihre kleineren Kinder.

Der Almosenpfleger, vergleichbar einem Diakon, hatte zwei Themen für die Predigten und Diskussionen vorgegeben. Einmal 3. Buch Mose 19,17: *Du sollst deinen Bruder nicht hassen in deinem Herzen, sondern du sollst deinen Nächsten zurechtweisen, auf dass du nicht seinethalben Schuld tragen müssest.* »Dein Bruder ist durch eigenen Müßiggang hoch verschuldet, und natürlich sollst du ihm helfen, aber nicht ohne ihn auf seine Fehler hinzuweisen und ihn Besserung geloben zu lassen.« Zum anderen ging er auf das Buch Hiob ein, 5,17: *Siehe, selig ist der Mensch, den Gott straft; darum weigere dich der Züchtigung des Allmächtigen nicht.* In Verbindung damit sei der 18. Vers des 118. Psalms zu sehen: *Der Herr züchtigt mich wohl; aber gibt mich dem Tode nicht.* »Hört also auf zu klagen, wenn ihr einmal krank werden solltet und euch hohe Schulden quälen, denn alles in Gottes Welt hat seinen guten Sinn.«

Fast vier Stunden hatte der Gottesdienst schon gedauert, nun kam man zum Vaterunser und sprach mit lauter Stimme:

Unser Vadder im Himmel,
dei Naame loss heilich sei,
Dei Reich loss komme
Dei Wille loss gedu sei,
uff die Erd wie im Himmel.
Unser deeglich Brot gebb uns heit,
Un vergebb unser Schulde,
wie mir die vergewwe wu uns schuldich sinn.
Un fiehr uns net in die Versuchung,
awwer hald uns vum ewile.
Fer dei is es Reich, die Graft,
un die Hallichkeit in Ewichkeit.
Amen.

Auch vorher hatte man nicht in reinem Hochdeutsch oder amerikanischem Englisch gesprochen, sondern im sogenannten Pennsylvania-Deutsch, wie es bei den Amischen, englisch: *Amish*, in Berlin, Holmes County, Ohio 44654, üblich war.

Eleasar Hornbläser war dort ein ebenso gemachter wie geachteter Mann. Er führte draußen auf dem Land eine von den Vätern ererbte Farm und betrieb in der Stadt am Amish Country Byway eine Möbeltischlerei. Sein Vorname tauchte in der Bibel erstmals im 2. Buch Moses auf, Kapitel 6,23. Dort hieß der dritte

Sohn Aarons so. Hornbläsers Frau war schon vor Jahren vom Herrn heimgeholt worden in die Ewigkeit, und so gehörten zu seinem Haushalt nur die Tochter Elischeba und der Sohn Tommy. Dazu kamen in seinem Haushalt derzeit noch Karl Bartsch und seine Frau Regina, beide aus der Mark Brandenburg stammend, und, obgleich er Atheist war, der französische Altkommunist Henri Hurepoix, ein väterlicher Anbeter Elischebas.

Während sie alle dabei waren, Haus und Hof nach dem Hausgottesdienst wieder halbwegs in Ordnung zu bringen, wurde auch über das geredet, was bei den Predigten angeklungen war.

»Der Herr züchtigt im Augenblick vor allem die Griechen«, sagte Karl Bartsch.

»Die haben es auch nicht anders verdient«, fügte seine Frau hinzu.

Henri Hurepoix stand natürlich auf der Seite von Tsipras und seiner Partei. »Natürlich hat der Varoufakis recht, wenn er sagt, die Kapitalisten seien wie Terroristen.«

»Monsieur, ich bitte um Mäßigung!«, rief Eleasar Hornbläser und erinnerte an den Spruch aus dem Buch Mose. »Die Griechen sind wohl weithin selbst schuld an ihrem Elend, und wenn andere Europäer ihnen helfen, dann müssen sie es sich schon gefallen lassen, dass man sie zurechtweist und nicht alle Schulden tragen lässt.«

Regina Bartsch war erstaunt, dass man bei den Amischen so offen war für alle Welt. »Das hatten wir bei uns in Lindow nicht immer.«

Tommy Hornbläser lachte. »Wir sind, was den nachhaltigen Schutz der Natur betrifft, viel weiter als die grünsten Grünen in Deutschland: Keine Autos, sondern nur Pferdefuhrwerke, keine Elektrizität, kein Telefon.«

»Ja, wenn alle so leben würden wie wir, dann brauchte man sich um den Klimawandel keine Sorgen zu machen«, fügte Elischeba Hornbläser hinzu.

»Ab jetzt ist erst einmal Mittagsruhe!«, rief Eleasar Hornbläser, und alle zogen sich in ihre Kammern zurück.

Tommy las erst einmal in einem Buch, das dort spielte, wohin es ihn unwiderstehlich zog: nach Berlin, Germany. Er hatte sich *Die ICEskalation* von Martin Nehmer heimlich kommen lassen. Inzwischen kannte er auch schon viele der großen Plätze in dem anderen Berlin: den Gendarmenmarkt, den Alexander-, Pariser, Potsdamer, Breitscheid-, Käthe-Kollwitz-, Ernst-Reuter-, Theodor-Heuß-, Hardenberg- und Bundesplatz. Über die alle einmal zu schlendern, war sein großer Traum. Das Amish-Anwesen seines Vaters war wie ein Gefängnis für ihn. Er wollte nichts anderes mehr, als fliehen. Eine kleine Flucht schon war sein geheimer sonntäglicher Ausflug zu seinem Freund Chris ins 4,3 Meilen entfernte Walnut Creek.

Auch heute wieder kletterte er aus dem Fenster seiner Kammer und ging zu seinem Fahrrad. Das trug er an die 50 Meter auf die Straße hinaus, sonst hätte er zu viel Lärm gemacht. Fahrräder mussten bei den Amischen Stahlreifen haben, die Gummibereifung war als zu modern verboten. Für Tommy war das alles Irrsinn. Wenn es denn wirklich einen Gott gab, dann hätte er doch, wenn es sein Wille gewesen wäre, all den neumodischen Kram gar nicht in die Welt kommen lassen – die Autos, die Flugzeuge, die Computer.

Bei Chris angekommen, setzten sich beide erst einmal vor den Fernseher. Es gab die Wiederholung einer Folge von *Two and a Half Men*, und sie hatten ihren Spaß an Charlie Harper und seinen Beischläferinnen, an seinem spießig-komischen Bruder Allan und dessen geistig etwas minderbemittelten Sohn Jake.

Wie reich war das Leben bei denen im Strandhaus von Malibu und wie armselig das seine bei den Amischen. »Der Herr hat für uns das riesige Meer geschaffen und nicht nur einen kleinen Tümpel im Vorgarten«, murmelte Tommy.

Aber es half alles nichts: Nach einer knappen Stunde musste er wieder nach Hause, sonst hätte sein Vater Verdacht geschöpft. Tommy liebte ihn, und er wusste, dass es ihm das Herz brechen würde, wenn er Holmes County verließ. Das waren Fesseln, die ihm die Flucht vorerst unmöglich machen würden. Er fühlte es ganz deutlich.

Zu Hause saßen sie schon am Kaffeetisch, aber niemand hatte seinen Ausflug nach Walnut Creek bemerkt. Sein Vater erging sich gerade in langatmigen historischen Reminiszenzen.

»Ich möchte auch heute wieder an unseren Gründungsvater Jakob Ammann erinnern, von dessen Namen sich auch die *Amischen* ableiten. Der Tag seiner Geburt steht nicht ganz fest, nur das Jahr: 1644. Zur Welt gekommen ist er in der Schweiz, in Erlenbach im Simmental. Bevor er Prediger wurde, hat er vermutlich als Schneider gearbeitet.«

Als Karl Bartsch das Wort Erlenbach gehört hatte, wurden bei ihm sofort Erinnerungen an seine alte Heimat wach. »Wir hatten zwar keinen Erlenbach, dafür aber das Lindower Stadtfließ, das den Wutz- mit dem Gudelacksee verbindet. Und am Wutzsee hat das Nonnenkloster Lindow gelegen, das bei Fontane im *Stechlin* zum Kloster Wutz wird, wo die Schwester des alten Stechlin zu Hause ist, die Adelheid.«

Seine Frau dachte an die alten Zeiten in der DDR zurück. »Was habe ich im Konsum angestanden, um eine Flasche ›Bärenblut‹ zu bekommen, den bulgarischen Rotwein. Und dann die FDJ Ferienlager …«

Karl Bartsch kannte noch das, was die Jungen Pioniere feierlich geloben mussten: »*Wir Jungpioniere lieben unsere Deutsche Demokratische Republik. Wir Jungpioniere lieben unsere Eltern. Wir Jungpioniere lieben den Frieden. Wir Jungpioniere halten Freundschaft mit den Kindern der Sowjetunion und allen Ländern. Wir Jungpioniere lernen fleißig, sind ordentlich und diszipliniert*. Und so weiter.«

Elischeba Hornbläser sah beide an. »Und wo habt ihr euch kennengelernt?«

Karl Bartsch lachte. »Na wo wohl? Bei einem Subbotnik!«

»Wobei?«

»Bei einem Arbeitseinsatz, russisch Subbotnik, auf der Ernst-Thälmann-Straße.«

Tommy hatte schon viel über Deutschland und auch über die DDR gelesen und schmetterte nun: »*Die Partei, die Partei, die hat immer recht*!«

Und obwohl er als mennonitischer Christ nie der

SED angehört hatte, sondern Mitglied der Ost-CDU gewesen war, konnte Karl Bartsch fortfahren: »*Sie hat uns alles gegeben. / Sonne und Wind und sie geizte nie. / Wo sie war, war das Leben. / Was wir sind, sind wir durch sie.*«

Tommy staunte. »Dass sie euch auch Sonne und Wind gegeben hat, ist wirklich erstaunlich, das kann doch eigentlich nur unser Herrgott.«

Eleasar Hornbläser freute sich über seinen Sohn. »So ist es recht.«

Henri Hurepoix wies daraufhin, dass die Idee des Kommunismus, wie sie 1840 in seinem Frankreich aufgekommen war, eigentlich auch dem Herrn gefallen müsste. »Eine gesellschaftstheoretische Utopie, die auf Ideen sozialer Gleichheit und Freiheit aller Gesellschaftsmitglieder beruht, auf der Basis von Gemeineigentum und kollektiver Problemlösung. So wie bei euch Amischen.«

*

Pockmarks-Face, ein Indianer vom Stamme der Arapaho, der auf Hornbläsers Farm arbeitete, hatte nicht am Hausgottesdienst teilgenommen, weil das Vieh versorgt werden musste, stieg aber jetzt in ein Dachwägle, um nach Berlin zu fahren und mit den anderen Kaffee zu trinken und Kuchen zu essen. Er kam die East Main Street herauf und kurz vor Zinck's Inn wollte sein Hengst partout nicht weiter, weil hinter einem Gatter ein Stute wieherte. Die Peitsche wollte Pockmarks-Face nicht gebrauchen, er riss aber so kräftig an den Zügel, dass Arrow, so der Name des Tiers, aufstieg und mit ihm durchging. Er hatte das Tier bald wieder im Griff, konnte aber nicht verhindern, dass seine Kutsche etwas schleuderte und dabei einen jungen Mann umriss, der gerade aus dem Gasthof gekommen war. Der Indianer fluchte in seiner Muttersprache, sprach dann aber, als er vom Wagen gesprungen war, um dem anderen wieder aufzuhelfen, recht verständliches, wenn auch nicht perfektes Englisch.

»Sorry! The stupid horse … Are you hurt?«

»No, but become quite dirty. And my pants also have a hole in the knee.«

»Come on, get in, we bring it by the Amish back in order.«

Als sie bei Eleasar Hornbläser angekommen waren, stellte sich der Unbekannte vor, und dies in einer Sprache, die man nicht sofort einordnen, aber durchaus verstehen konnte.

»Mijn naam is Arjen Boom. Ik ben een Belg, meer specifiek: een vlam uit Stabroek.«

»Oh, wo liegt denn das?«, wollte Eleasar Hornbläser wissen.

»Nabij Antwerpen.«

Eleasar Hornbläser freute sich. »Na dann können wir ja auch Deutsch sprechen, das können wir Amischen und Mennoniten noch ganz gut, wobei es sehr nach dem Vorderpfälzischen klingt, Ludwigshafen, Speyer und so.« Und er gab auch gleich eine Kostprobe: »*Wer kann 'n liewe Glockeklang / so schreiwe, wie er klingt. / Un wer kann schreiwe mit de Schrift, / wie schee e Amsel singt? / Des kann mit aller Müh kee Mensch, / denk nor e bißche nooch. / Un wie mit Glock un Vochelsang / is 's mit de Pälzer Sprooch.«*

Man lud Arjen Boom zum Kaffeetrinken ein, und dabei erzählte er, dass er zuletzt in einer Seidenfabrik in Krefeld gearbeitet habe, was ja nicht weit weg sei von Antwerpen.

»Und da war ich oft in der Mennoniten-Kirche in der Königstraße zum Gottesdienst. Die Pfarrerin hat immer sehr eingehend gepredigt: ›Wir ermahnen euch mit Christo Jesu, glaubt an das Evangelium. Lasst ab von Sünden, beweiset Reue über euer vergangenes Leben. Seid untertänig des Herrn Wort und Willen, so werdet ihr Mitgenossen, Bürger, Kinder und Erben des neuen himmlischen Jerusalems sein. Wer an den Sohn glaubt, der hat das ewige Leben.‹«

Das gefiel Eleasar Hornbläser, und er war so in seine religiösen Gedanken vertieft, dass er gar nicht bemerkte, dass seine Tochter an dem Fremden offenbar Gefallen fand. Er ging auf das Verhältnis zwischen den Mennoniten und den Amischen ein. »Wir haben dieselben Wurzeln in der reformatorischen Täuferbewegung Mitteleuropas. Dann haben sich die Mennoniten 1693 von uns abgespalten – oder wir uns von ihnen, weil sie sich unserer Ansicht nach zu sehr auf die umgebende Gesellschaft eingelassen haben, während wir uns mehr und mehr aus ihr zurückgezogen haben.«

»Das gefällt mir«, sagte Arjen Boom, »denn ich bin ja auch aus Belgien geflohen, weil ich das alles satt habe: den dauernden Streit mit den Wallonen, das sich Abrackern in den Fabriken bis zum Burn out, die gnadenlose Herrschaft des Kapitals, alles muss immer nur effizient sein.«

Eleasar Hornbläser fixierte ihn. »Hättest du nicht Lust, bei mir zu arbeiten, in der Möbeltischlerei wie auch auf dem Feld, und so zu leben wie wir: einfach und ohne jeden technischen Firlefanz, nur dem Herrn geweiht?«

Arjen Boom zögerte einen Augenblick. »Danke, ich werd's mir überlegen.«

Tommy lachte. »Und du kannst sogar Baseball bei uns spielen, und ein paar ›*amusement trips*‹ gibt es bei uns auch schon.«

»Ich werde sehen …«

ZWÖLF

Mannhardt hatte diese Sitzung in der HWR nicht ausfallen lassen können, weil noch vor den Ferien die Referatsthemen für das nächste Semester zu vergeben waren, Thema »Serienmörder«. Die Studierenden brauchten die Semesterferien zur Ausarbeitung, die Referate erst am Anfang des neuen Semesters zu vergeben, wäre sinnlos gewesen. Etwas altmodisch hatte er die erfolgreichsten Serienmörder mit ihren Daten bei Wikipedia herausgesucht und auf eine Folie geschrieben. Und der alte Overhead-Projektor funktionierte sogar. Schön bunt erschien nun folgende Aufstellung an der Wand:

1.	218	Harold Frederick Shipman (GB)	1970–1998
2.	146	Hu Wanlin (China)	1997–1999
3.	138	Luis Alfredo Garavito (Kolumbien)	1992–1999
4.	100	Javed Iqbal (Pakistan)	?–1998
5.	80	Gilles de Rais (»Blaubart«)	1435–1440
6.	72	Daniel Camargo Barbosa (Kolumbien)	1974–1986
7.	71	Pedro Rodrigues Filho (Brasilien)	1967–2003
8.	67	Yang Xinhai (China)	1999–2003
9.	65	Abul Djabar (Afghanistan)	?–1970
10.	63	Alexander Jurjewitsch Pitschuschkin (Russland)	1992–2006
11.	56	Pedro Alonso López (Kolumbien)	1978–1980

12.	53	Andrei Romanowitsch Tschikatilo (SU)	1978–1990
13.	52	Anatolij Onoprijenko (SU / Ukraine)	1989–1996

»Das ist ja wie bei den Olympischen Spielen!«, empörte sich eine Studentin. »Wer hat die meisten Menschen umgebracht? Die Goldmedaille im Serienmord geht an … Harold Frederick Shipman, England! Herr Mannhardt, das ist doch Menschenverachtung hoch drei!«

Mannhardt wehrte sich nach Kräften. »Ich tue das nicht aus Jux und Tollerei, sondern, um euch zu Profilern zu machen. Damit ihr später im Berufsleben eher ahnen könnt, was sich bei manchen Männern hinter der Maske des Biedermanns verbirgt.«

»Die wirklichen Massenmörder sind doch ganz andere!«, rief ein Student. »Ich nenne nur die Namen Auschwitz und Srebrenica und die Völkermorde der Türken an den Armeniern und der Deutschen an den Hereros. Bei Oskar Gröning, der SS-Mann im KZ Auschwitz war, spricht die Anklage von 300.000 ermordeten Menschen. Was sind die 218 von Shipman dagegen!«

Mannhardt blieb sachlich. »Wir müssen sozusagen private Mörder unterscheiden und Menschen, die auf staatlichen Befehl morden, da haben Sie recht, aber hier geht es mir nur um die erste Gruppe. Die kollektiven Taten stehen auf einem anderen Blatt, und mit KZ-Tätern werden Sie es in Ihrer beruflichen Laufbahn ja – Gott sei Dank! – nicht mehr zu tun haben.«

Jetzt wurde es für Mannhardt ein wenig peinlich, denn ein Student hatte auf seinem iPhone nach historischen Serienmördern gesucht und war fündig geworden.

»Hier steht, dass ein gewisser Peter Nirsch aus Neuenmarck bei Nürnberg 520 Morde begangen und gestanden haben soll, alle zwischen 1570 und 1581. Da müsste der doch weit vor Shipman liegen. Die Goldmedaille für Deutschland.«

»Bei mir steht die 520 nur unter *vermutet*«, sagte Mannhardt. »Klärt das doch bitte einmal in euren Referaten.«

Noch eine Hand fuhr hoch. »Noch zu diesem Punkt. Das bei Ihnen auf Ihrer Tabelle, das sind doch nur die nachgewiesenen Fälle, aber es bleibt sicher noch ein erhebliches Dunkelfeld.«

»In der Tat, danke auch für diesen Hinweis.« Und Mannhardt machte sich daran, hinter einzelne Namen die Zahl der vermuteten Opfer zu schreiben. »An der Spitze liegt da ein gewisser Oscar Garcia Montoya, Boss einer Drogenbande aus Mexiko, mit null nachgewiesenen Morden, aber sage und schreibe 900 vermuteten Opfern. Dann käme bei mir dieser Peter Nirsch, aber da will ich mich jetzt nicht festlegen. Bei Shipman werden noch 250 – 459 weitere Taten vermutet, bei Abul Djabar 300, bei Pedro Alonso López 313 und bei Luis Alfredo Garavito 172. Nun, meine Damen und Herren, das ist der Beweis: Die Kriminologie ist halt nicht so exakt wie Mathematik, Physik und Chemie.«

Eine weitere Studentin meldete sich. »Ihre Liste, Herr Mannhardt, ist aber nicht nur wegen diesem Nirsch unvollständig.«

Diese*s* Nirsch, dachte Mannhardt, unterließ aber eine entsprechende Bemerkung und blieb sachlich. »Wieso das? Ich habe da Wikipedia voll und ganz vertraut.«

»Auf Platz 2 oder 3 gehört meiner Meinung nach mit 149 Opfern ein gewisser Andreas Lubitz, Germanwings, 24. März 2015.«

»Schon …« Mannhardt wand sich etwas. »Aber das ist ein Sonderfall: Er hat diese 149 Menschen alle in derselben Sekunde umgebracht, während in meiner Tabelle die Täter mitunter viele Jahre gebraucht haben, um ihre, sagen wir: Fallzahlen zu erreichen, in Serie also und nicht in zwei, drei Sekunden. Aber nett, dass Sie mir das sagen, ich sitze heute drei Stunden später auch in einem Flugzeug.«

In der hinteren Reihe meldete sich ein Aufstiegsbeamter zu Wort. »Herr Kollege, können wir jetzt endlich zur Verteilung der Referate kommen!«

»Ja sicher. Ist mir sehr recht, weil ich gleich zum Flughafen muss. Also wer will sich Harold Frederick Shipmann widmen, geboren 1946 in Nottingham. Der Mann war Arzt und hat den Namen Dr. Death bekommen.«

Da sich gleich sieben Studierende meldeten, musste Mannhardt einem vielfach geäußerten Wunsch nachgeben, bei einem Referat bis zu drei Teilnehmer zuzulassen und im Zweifelsfalle zu losen.

Mannhardt konnte trotz des Tohuwabohus in seiner Lehrveranstaltung zehn Minuten früher Schluss machen und sich in eine Taxe setzen. Vom Campus Lichtenberg der HWR bis zum Flughafen Tegel waren es laut Routenplaner von Google Maps nur 19,4 Kilometer, die in 52 Minuten zu schaffen wären, aber da es weithin durch die Innenstadt ging, kam Mannhardt ganz schön ins Schwitzen, denn Staus und Baustellen gab es überreichlich.

Der Taxifahrer suchte ihn zu trösten. »Bis Cleveland, wo Se hinwollen, da dauert et bestimmt seine zwölf Stunden, da könn'n Se hier schon ma 'n bisschen üben.«

*

Nach zwölf Stunden und 25 Minuten landeten sie auf dem Flughafen Cleveland Hopkins International. Es war ein durchweg ruhiger Flug gewesen, und obwohl er fast die ganze Zeit über gesessen hatte, fühlte sich Mannhardt so ausgelaugt wie nach einem Marathonlauf. Es dauerte zudem eine halbe Ewigkeit, bis sie alle Kontrollen passiert hatten. Während sein Enkel leise fluchte, blieb er gelassen und sang als alter West-Berliner nur: »*der Insulaner verliert die Ruhe nicht* … Wir haben nicht umsonst fast 30 Jahre lang bei der Einreise in die DDR trainiert. Und was freut es mich, dass sie mich hier in meinem Alter noch für einen Terroristen halten.«

Als sie dann endlich mit all ihrem Gepäck in der Ankunftshalle standen, stieß er einen kleinen Überraschungsschrei aus: »Mensch, das gibt's doch nicht!? Der Volker … Vogeley!«

Heike und Orlando fuhren entsetzt herum, denn sie hatten »Vögelei« verstanden. Dann wurde ihnen der Mann vorgestellt.

»Wir haben gleich nach der Wende zusammengearbeitet, als sie mich nach Oranienburg geschickt hatten, um die Kripo im Osten auf Vordermann zu bringen. Mich und die Yaiza Teetzmann. Und Volker war im zweiten Beruf auch Kabarettist und Sänger und ist bei allen NVA- und Vopo-Festen aufgetreten.«

Das war das Stichwort für Vogeley, sofort mit seinem alten Klassiker loszulegen: »*Hast du am Körper schon Ekzeme, / Weil dich dein neuer Chef so quält, / Weil dir das große Geld noch fehlt, / Ein Mord löst alle Probleme …*« Die zweite Strophe konnte Mannhardt sogar noch mitsingen. »*Hast du im Kopf nur noch 's Extreme, / Weil die Wessis alles besser wissen, / Weil sich die alten SEDler nicht verpissen, / Ein Mord löst alle Probleme …*«

Heike und Orlando klatschten Beifall, und Mannhardt fragte den alten Kollegen, wie er denn wohl von O-Burg, so die Stadt im Norden Berlins im DDR-Slang, nach Cleveland gekommen sei.

»Natürlich der Liebe wegen …« Und wieder begann Vogeley zu singen, diesmal aber keinen eigenen Text, sondern den von Jürgen Marcus. »*Eine neue Liebe ist wie ein neues Leben* …… Sie heißt Kelly.«

»Was denn!?«, rief Orlando. »Petra Kelly! Aber die ist schon seit 1992 tot.«

»Haha, nein, Kelly ist ihr Vorname, und das kommt vom Altirischen *ceall*, das Kloster.«

»Aber Nonne ist sie nicht?«

»Nein, sie war hier bei der Polizei, und als sie mit ihren Leuten aus Cleveland in Berlin zu Besuch war, da habe ich sie kennengelernt. Kelly Winter. Ihre Vorfahren kommen aus Berlin.«

Mannhardt nickte. »Und da war sie gerade zu Besuch, und du erwartest sie hier?«

»Nein, ich warte auf meinen Sohn, der arbeitet als Ingenieur in der PCK-Raffinerie in Schwedt und soll mal hier bei der Sohio hineinschnuppern.«

»Soho kenne ich, aber Sohio …?«

»Der Standard Oil of Ohio. An beiden Firmen ist die BP beteiligt, daher …«

Man verabredete sich für den nächsten Tag, dann setzten sich Heike, Mannhardt und Orlando in eine Taxe und fuhren zum »Wyndham Cleveland at Playhouse Square« in der Innenstadt von Cleveland. Orlando übersetzte ihnen den Hotelprospekt.

»Genießen Sie den Blick auf das Theaterviertel Playhouse Square und den größten Kronleuchter unter freiem Himmel der Welt. Hier erwarten Sie auch ein hoteleigenes Restaurant und eine Lounge sowie ein Innenpool. Vom Regionaltheater ›Cleveland Play House‹ trennen Sie fünf Gehminuten. Im ›Wyndham Cleveland am Playhouse Square‹ wohnen Sie in Zimmern mit einem Flachbild-TV und einem Schreibtisch. Die in warmen Farben gehaltenen Zimmer verfügen über dunkle Holzmöbel und Kaffeezubehör. Trainieren Sie im Fitnesscenter im ›Playhouse Square Wyndham‹ und entspannen Sie sich anschließend im Whirlpool oder in der Sauna.«

All das taten sie auch, und am nächsten Morgen spazierten sie dann auf der East 9th Street zum Eriesee, wo vor dem »Rock & Roll Hall of Fame Museum« Vogeley schon auf sie wartete.

»Was macht denn euer neuer Serienmörder, von dem sogar in Berlin was in den Zeitungen gestanden hat?«, wollte Mannhardt wissen.

Vogeley zuckte mit den Schultern. »Keine Ahnung. Ich bin es jedenfalls nicht. Wir haben schon genug von unserem alten Cleveland-Killer. Den kennst du doch?«

»Nein …« Mannhardt war es ein wenig peinlich, dass er da passen musste.

»Anthony Edward Sowell hat von 2007 bis 2009 mindestens elf Frauen hier in Cleveland vergewaltigt und getötet, alle sozial benachteiligt und schwarz. Mit dem Versprechen auf Alkohol oder Drogen hat er sie in sein Haus an der Imperial Avenue gelockt, um sie dann umzubringen. Dass sie verschwunden waren, ist zunächst keinem aufgefallen.«

»Und wie hat man ihn geschnappt: durch Zufall oder …?«

»Naja, es war schon so, dass die Kollegen hier ein wenig gepennt haben. Zwei schwarze Frauen hatten sich bei der Polizei gemeldet und ausgesagt, dass Sowell sie vergewaltigt habe, aber nichts ist passiert. Erst bei der dritten Anzeige hat man sein Haus durchsucht.«

»Typisch«, war Heikes Kommentar. »Bei Schwarzen ist die Polizei hier in den USA eher Feind als Freund und Helfer.«

»Und wie sieht es mit der Kriminalität hier aus?«, wollte Mannhardt wissen, schon um später im Hörsaal etwas zum Erzählen zu haben.

»Gut. Wir gehören zu den gefährlichen Großstädten der USA, jährlich 23,5 Morde auf 100.000 Einwohner.«

Mannhardt lachte. »Besonders interessant ist natürlich der halbe Mord nach dem 23.«

»Bei Vergewaltigungen und Raubdelikten sind wir sogar absolute Spitze«, fuhr Vogeley fort.

»Bloß schnell weg zu den Amish people!«, rief Orlando.

Vorher besichtigten sie aber noch alles, was in Cleveland zu besichtigen war, neben der »Rock & Roll Hall of

Fame« die »Severance Hall«, das Konzerthaus des Cleveland Orchestra, das Kunstmuseum und das Museumsdampfschiff »William G. Mather«, das im Hafen vor Anker lag.

»Unsere derzeit größte Sensation kann ich euch leider nicht zeigen«, bedauerte Vogeley. »LeBron James, den Basketballspieler von den Cleveland Cavaliers. Das ist unser Vize-Meister. Er hat gerade einen Zweijahresvertrag unterschrieben, Maximalgehalt 46,9 Millionen US-Dollar.«

»Irgendwie ist das auch kriminell«, merkte Heike an.

»Neid ist eine Todsünde«, hielt Orlando ihr vor. »Damit solltest du vorsichtig sein, wenn wir zu den Amischen fahren, so religiös, wie die sind.«

»Neid ist die höchste Form der Anerkennung«, kam Vogeleys Einwand.

»Nein, Neid ist wie ein Geschwür, das unsere Seele auffrisst. Wir definieren uns damit als Versager«, beharrte Orlando. »Schluss mit dem Neid.«

»Mit der Neid«, sagte Mannhardt.

Heike sah ihn ungläubig an. »Wie?«

»Na, Silvia Neid war doch die Trainerin der deutschen Fußballerinnen, und nachdem die bei der WM hier nebenan in Kanada keinen Blumentopf gewonnen haben, geht sie.«

Sie verabschiedeten sich von Vogeley, gingen zurück ins Hotel und wollten nur ihre Sachen packen und dann auschecken, doch da fiel an der Hotelrezeption Mannhardts Blick auf die Karte des Bundesstaates Ohio, und er entdeckte, dass es bis nach Akron gar nicht weit war, und rief sofort aus: »Da muss ich unbedingt hin!«

Heike und Orlando sahen ihn ungläubig an, und Orlando lästerte: »Hast du als Kind zu viel M-akronen gegessen?«

»Nein, aber ich hatte als Kind einen großen Traum: einmal das Berliner Seifenkistenrennen zu gewinnen und dann zu den Weltmeisterschaften nach Akron, Ohio, zu fahren.«

Heike lachte: »Du mit deinen Ausmaßen jetzt in einer schmalen Seifenkiste …«

Orlando merkte an, dass man umso schneller einen Berg hinunter rollte, je schwerer man war. »Das beste Beispiel dafür ist Andreas Ostler. Der hatte bei den Olympischen Winterspielen 1952 in Oslo die Idee, die vier schwersten Fahrer aus allen deutschen Bobschlitten in einen zu setzen: in seinen. Und damit hat er dann auch die Goldmedaille gewonnen. Daraufhin hat aber der internationale Verband beschlossen, das Gewicht auf 420 kg zu begrenzen, ohne Schlitten.«

»Schön, das zu wissen«, sagte Heike. »Wie hätte ich ohne diese Information weiterleben können? Ich soll ein Feature über die Amish people machen und nicht über Seifenkistenrennen und den deutschen Viererbob 1952. Wenn ihr euch daran bitte erinnern wolltet!«

»Stimmen wir ab«, sagte Mannhardt, und das Ergebnis lautete natürlich 2:1 für einen Abstecher nach Akron. Mannhardt umarmte Heike. »Komm, das sind nur 39 Meilen, und in einer knappen Stunde sind wir da.«

Das sollte sich allerdings als graue Theorie erweisen, denn es gab noch einen Abstecher vom Abstecher, denn Heike, die von Mannhardt und Orlando als »stark angegrünt« bezeichnet wurde, wollte unbedingt in den Cuyahoga Valley National Park.

Euphorisch las sie vor, was im Flyer stand. »*Though a short distance from the urban areas of Cleveland and Akron, Cuyahoga Valley National Park seems worlds away. The park is a refuge for native plants and wildlife, and provides routes of discovery for visitors. The winding Cuyahoga River gives way to deep forests, rolling hills, and open farmlands. Walk or ride the Towpath Trail to follow the historic route of the Ohio & Erie Canal.*«

Sie erreichten ihr erstes Ziel, stellten ihren Mietwagen auf einem Parkplatz ab und machten sich zu einer kleinen Wanderung auf. Bald blieb Heike ein wenig zurück, denn das pausenlose Geplapper ihrer beiden Männer nervte sie auf Dauer. Sie brauchte die Ruhe. Es war ihr egal, dass Orlando, Fontane missbrauchend, lästerte: »*Am Waldessaume träumt die Föhre. / Am Himmel weiße Wölkchen nur. / Es ist so still, dass ich sie höre, / die tiefe Stille der Natur.*«

Sie kam zum Fluss, zum Cuyahoga, und dessen Rauschen war es wohl, der einen verstärkten Harndrang bei ihr auslöste. Sie sah sich um. Niemand schien in ihrer Nähe zu sein. Rechts zwischen Weg und Fluss gab es dichtes Buschwerk und dahinter eine kleine Lichtung. Dorthin lief sie.

Als sie sich hingehockt hatte und kurz aufschaute, stand wenige Meter von ihr entfernt ein Mann, dem sein erigiertes Glied schon aus dem geöffneten Hosenschlitz schaute.

Der neue Cleveland-Killer …

*

Das »Zurück zu den Wurzeln« ergab bei den Amischen keinen rechten Sinn, denn dort angekommen waren sie ja schon des Längeren. Sie versuchten auch im Jahre 2015, so zu leben wie ihre Vorfahren vor 400 Jahren, und die hatten durchwegs auf dem Land gesiedelt. So stand auch heute noch die Landwirtschaft im Mittelpunkt ihres Erwerbslebens, die eigene »Bauerei«. Da aber der Boden nun immer teurer und knapper wurde, konnten viele amische Jugendliche nicht mehr wie früher bis zur Heirat auf der Familienfarm arbeiten, sondern mussten, waren sie bodenverhaftet und wollten am heimatlichen Ort bleiben, in Berufe wie Maurer, Schreiner und Holzwerker ausweichen und auch einmal in so genannten »construction crews« auswärts arbeiten, also »auf Montage gehen«. Im Haushalt von Eleasar Hornbläser betraf das vor allem Tommy Hornbläser, nun aber auch Arjen Boom.

»Ich habe in Lancaster nachgefragt, ob sie einen Job für euch haben«, sagte Eleasar Hornbläser beim Mittagessen zu ihnen.

»Und wie kommen wir dorthin?«, fragte Arjen Boom.

Tommy lachte. »Natürlich mit dem Tretroller!« Das spielte darauf an, dass einige Amische etwas gegen Fahrräder hatten, auch wenn sie statt der Reifen aus Gummi welche aus Stahl aufwiesen. Abschreckend waren wohl die zu hohen Geschwindigkeiten. Man stand allen schnellen Beförderungsmitteln grundsätzlich skeptisch gegenüber, weil sie dem Einzelnen erlaubten, einfach wegzufahren und außerhalb des Kontroll- und Sichtbereiches der Gemeinde zu verweilen. Damit schien der Zusammenhalt der *ingroup* gefährdet. Ein Auto zu besitzen, war deshalb lange Zeit generell verboten gewesen.

»Ihr könntet ein Taxi nehmen«, sagte Eleasar Hornbläser.

Ökonomische Zwänge hatten im Laufe der Zeit Fahrdienste durch »Englische« entstehen lassen. Es gab in neuerer Zeit sogar Amische, die ein eigenes Auto hatten. Das aber musste, um die Demut des Besitzers vor Gott anzuzeigen, gänzlich schwarz lackiert sein bis hin zu den Stoßstangen. Eleasar Hornbläser hatte sich dazu noch nicht entschließen können.

Man wollte weiter über das Thema diskutieren, aber Henri Hurepoix fing plötzlich an, laut die Marseillaise zu singen: »*Allons enfants de la Patrie, / Le jour de gloire est arrivé! / Contre nous de la tyrannie, / L'étendard sanglant est levé.*«

»Warum denn das?«, fragte Elischeba.

»Heute haben wir unsere *Fête nationale,* unseren Nationalfeiertag. 14. Juli 1789: Sturm auf die Bastille.«

Karl Bartsch lachte. »Heute eher auf die Destille.« Er brach ab, weil ihm erst jetzt auffiel, dass seine Frau noch gar nicht zum gemeinsamen Mittagsmahl erschienen war. Bastille – Destille – Kneipe. Wie oft hatte sie ihn in Lindow ausgeschimpft, wenn er zu oft und zu lange in einer Kneipe gesessen hatte. Daher diese Assoziationskette.

»Ja, wo ist sie?«, fragte nun auch Eleasar Hornbläser. »Sie sollte heute das Tischgebet sprechen. Kommt, steht noch einmal auf, suchen wir sie.«

Das tat man dann auch, und keine drei Minuten später hörten sie auf Hornbläsers Farm Pockmarks-Face schreien: »Hier in der Scheune liegt sie. Ermordet!«

*

Etwa zur selben Zeit spazierte Mannhardt mit Heike und seinem Enkel durch die Straßen von Akron. Heike hatte den Schock vom Cuyahoga Valley National Park weithin überwunden. Nicht der neue Cleveland-Killer hatte sich auf sie stürzen, sondern nur ein vergleichsweise harmloser Exhibitionist sich ihr zeigen wollen. Auf ihre Schreie hin waren Mannhardt und Orlando herbeigeeilt und hatten den Mann ergreifen und der Polizei übergeben können.

Alle hatten sie gelesen, dass die Gründung Akrons auf den Bau des Ohio-Erie-Kanals zurückging, der den Gütertransport auf dem Wasserweg zwischen den Großen Seen und dem Mississippi ermöglichen und darüber hinaus helfen sollte, das seinerzeit dünn besiedelte und wirtschaftlich rückständige Ohio besser zu erschließen.

Sie waren in einem Hotel im Vorort Munroe Falls abgestiegen, und auf die Frage »*Where can we find the route from the soap box derby?*«, war ihnen geantwortet worden: »*Derby Downs near the Akron State Park and the Airport Park.*« Als sie dann dort standen, bekam Mannhardt feuchte Augen.

»Oh, könnte ich doch noch einmal 17 sein und hier mit meiner Seifenkiste stehen!«

Heike suchte ihn mit einem Aphorismus von Marie von Ebner-Eschenbach zu trösten, den sie öfter im Sinn hatte: »*Nenne dich nicht arm, wenn deine Träume nicht in Erfüllung gegangen sind; wirklich arm ist nur, der nie geträumt hat.*«

Orlando zückte seine Handykamera und sah seinen Großvater grinsend an. »Wenn du niederknien und den Boden hier küssen willst …«

»Bin ich der Papst?«, fragte Mannhardt.

»Zum Glück nicht«, fand Orlando. »Ansonsten stünde ich nicht hier.«

Heike beeilte sich, diese Aussage zu relativieren. »Es gibt sicherlich zwei Dutzend und mehr Päpste, die Kinder gezeugt haben.« Sie sah im Internet nach und fand ihre These bestätigt. »Hier sind eine Menge aufgelistet, angefangen mit Alexander VI. aus dem Hause Borgia mit zwei Kindern. Pius II., geboren 1405, soll in Basel ebenfalls zwei Kinder gezeugt haben. Hier ist von 32 Päpsten mit Kindern die Rede.«

Orlando grinste. »Jetzt weiß ich auch, warum Heike wollte, dass euer Sohn Silvester heißt. Wunderbar: Heike und Johannes Paul II., wo der doch heilig ist …«

Sie hob einen herabgefallenen Ast vom Boden auf und versetzte ihm damit Peitschenhiebe auf Rücken und Gesäß.

Mannhardt sah auf die Uhr. »Wir sollten jetzt nach Berlin zu den Amischen aufbrechen.«

DREIZEHN

Auf der Hornbläser-Farm herrschte tiefe Trauer. Zwar war Regina Bartsch nicht ermordet worden, sondern hatte sich beim Sturz vom Heuboden tödliche Verletzungen zugezogen, aber das minderte den Schmerz ihres Mannes wie den der Amischen, unter denen sie nach der Flucht aus der DDR gelebt hatte, nur wenig. Man betete ohne Unterlass:

Großer Gott,
von Trauer und Schmerz
möchten wir dir erzählen,
aber auch von Dankbarkeit und Liebe.
In uns ist Trauer!
Trauer erdrückt uns schier,
denn wir vermissen sie so sehr.
In uns ist Schmerz!
Es ist, als ob der Schmerz uns zerreißt,
denn das Leben ohne Regina
ist kaum zu ertragen.
In uns ist Dankbarkeit!
Mitten in Trauer und Schmerz
fühlen wir Dankbarkeit,
dass sie mit uns das Leben teilte.
In uns ist Liebe!
Die Liebe lässt sich vom Tod

nicht erdrücken.
Sie ist nicht geschwächt,
nicht vergangen.
Sie ist stärker denn je.
Schau auf unsere Trauer
und unseren Schmerz,
großer Gott.
Höre unsere Dankbarkeit
und trage unsere Liebe
hinüber zu ihr;
denn sie soll wissen,
dass sie für immer
in unseren Herzen ist.
Amen.

Das Leben ging dennoch weiter. Die Felder mussten bestellt, die Tiere versorgt werden. Arjen Boom hatte den Kuhstall ausgemistet und die Grube unter dem hölzernen Klohäuschen auf dem Hof geleert. Das enthielt zwei Abteilungen mit einer dicken Trennwand dazwischen. In der einen gab es für die Frauen ein Brett, in das ein rundes Loch gesägt war, und in der anderen für die Männer den berühmten Donnerbalken.

Als sich Arjen Boom auf den Hauklotz setzte, der gleich neben dem Misthaufen stand, kam Elischeba Hornbläser mit einem Eimer aus der Küche, um Wasser zum Kochen zu holen. Sofort sprang er auf, um ihr zu Hilfe zu eilen, denn den Schwengel der alten Pumpe zu bedienen, erforderte viel Kraft.

»Mein schönes Fräulein, darf ich wagen, / Meinen Arm und Geleit Ihr anzutragen?«

Sie strahlte. »Ah, da ist ein Dichter zu uns nach Berlin gekommen!«

»Nein, das ist Goethe, aus dem *Faust.*«

Elischeba Hornbläser staunte. »Du kannst das Stück auswendig?«

Arjen Boom lachte. »Nein, das nicht, aber ich habe lange genug in Antwerpen an der ›Vlaamse Opera‹ als Bühnenbildner gearbeitet und das x-mal gehört.«

»Und warum bist du zu den Amischen gekommen?« Sie war zu neugierig, um das nicht wissen zu wollen.

»Um dich kennenzulernen!« Er strahlte, während er die Pumpe bediente.

Das schmeichelte ihr, aber dennoch hakte sie nach. »Du hast mich doch drüben in Europa noch gar nicht gekannt.«

»Du weißt doch: Die Wege des Herrn sind unergründlich ... Ich wollte weg aus einer Welt, die immer kälter wird. Alles jagt dem Euro nach, und keiner hat mehr Zeit, andere Menschen richtig zu lieben und für sie da zu sein. Aber nicht nur am Arbeitsplatz, selbst in seiner eigenen kleinen Familie ist man sich fremd geworden, während es hier bei euch noch eine echte Gemeinschaft gibt.«

Das genügte ihr, und sie fragte nicht weiter, während er ihr den vollen Eimer ins Haus trug. Danach setzte er sich wieder auf den Hauklotz, um sich weiter auszuruhen.

Pockmarks-Face hatte unbemerkt im Hoftor gestanden und beide beobachtet. »Nun, es scheint mir, dass wir nach der Beerdigung bald auch eine Verlobung feiern können ...«

Arjen Boom sah auf. »So weit ist es leider noch nicht, aber … Reden wir doch mal von dir. Von welchem Stamm bist du eigentlich?«

Pockmarks-Face grinste. »Nicht vom Stamme Nimm.«

Das verstand Arjen Boom nicht sogleich, und erst nach Sekunden machte es Klick bei ihm. Klar, die Redewendung »vom Stamme Nimm« bezeichnete einen Schnorrer oder Habgierigen. »Ah, ich verstehe. Aber von den Apachen, Sioux und Komantschen kommst du auch nicht?«

»Nein, ich komme von der Arapaho. Die Weißen haben uns in die Schublade ›nomadische Plainsindianer‹ gesteckt wie auch unsere engsten Verbündeten, die Cheyenne. Ich bin ein Nachkomme eines berühmten Häuptlings, dessen Name ›Sorrel Horse‹ war, also ›Fuchsrotes Pferd‹. Er hat sich 1866 dem Häuptling ›Red Cloud‹ von den Lakotas angeschlossen, und zusammen mit den Nördlichen Arapaho und Nördlichen Cheyenne haben sie im Red-Cloud-Krieg gegen die Weißen gekämpft.«

»Und verloren …«

»Nein, sogar gewonnen und im Vertrag von Fort Laramie ihre Rechte auf das Land gesichert. Vorläufig jedenfalls. Bis dann in unserem Gebiet Gold entdeckt wurde, und es neue Indianerkriege gegeben hat, die wir dann verloren haben.«

»Und – hast du nie an Rache gedacht?«

»Hm …« Pockmarks-Face wollte das schon zugeben, da fiel ihm noch etwas ein. »Ich habe einen Brief aus dem Wayne National Forest erhalten. Da suchen sie noch einen Waldarbeiter. Ob ich Zeit und Lust hätte? Das ja, aber ich habe Probleme mit meinem Herzen und meinem Kreislauf. Willst du für mich einspringen?«

»Aber gern!«

Von Berlin, Ohio, bis in den Wayne National Forest waren es 133 Meilen, und man war mit dem Auto fast drei Stunden unterwegs, aber das Taxi dorthin bezahlte die Forstverwaltung. An Ort und Stelle angekommen, wurde Arjen Boom freundlich begrüßt und zum Fällen etlicher Bäume an den Hocking River geschickt. Der war immerhin 164 Kilometer lang, floss durch den Südosten Ohios und mündete bei Hockingport in den Ohio River.

Dicht am Ufer des nicht eben breiten Flusses machte sich Arjen Boom an die Arbeit. Nach etwa einer Stunde kam eine Gruppe von Holländern vorbei. Ihr Wanderführer hielt einen kleinen Vortrag auf Englisch.

»Im 17. und 18. Jahrhundert lebten hier zeitweilig die Indianerstämme der Shawnee, Delaware, Miami, Odawa und Mingo. Ihre wichtigsten Dörfer hier und am Scioto River waren Chillicothe, Piqua, Kispoko und Maqueechalk. Während des Nordwest-Indianerkrieges (1785–1795) war das Tal Schauplatz zahlreicher Gefechte zwischen den dort lebenden Stämmen und der amerikanischen Armee.«

Arjen Boom winkte zu der Wandergruppe hinüber. »Ik ben blij u hier te zien. Veel plezier in het park.«

*

Die »Koninklijke Vlaamse Opera«, auf Deutsch »Königlich Flämische Oper«, war in Gent und Antwerpen beheimatet. Seit 1907 spielte man in Antwerpen in einem herrlichen Gebäude mit der Adresse Frankrijklei, das im neobarocken Stil Louis XVI. errichtet worden war und 1000 Besuchern Platz bot. In diesen Tagen war man dabei, den für den Herbst angesetzten *Tannhäuser* vorzubereiten.

Das war nicht die erste Aufführung, für die Stijn Hazelbrouk das Bühnenbild zu entwerfen hatte, und während er über einen mutigen Entwurf nachdachte, sang er geradezu in Trance: »*Dir töne Lob! Die Wunder sei'n gepriesen, / die deine Macht mir Glücklichem erschuf! / Die Wonnen süß, die deiner Huld entsprießen, / erheb mein Lied in lautem Jubelruf!*«

Als ihm nichts Originelles einfallen wollte, streifte er ruhelos durch das Gebäude und geriet so auch in die Garderobe der Bühnenarbeiter. Manchmal hatten die eine Idee, wenn man intensiv mit ihnen diskutierte.

Dabei kam er an einem Garderobenschrank vorbei, an dem immer noch der Name Arjen Boom klebte. Er riss ihn ab. Der Mann, mit dem er locker befreundet gewesen war, hatte von einem Tag auf den anderen, Knall auf Fall, das Opernhaus verlassen und nie wieder etwas von sich hören lassen.

*

»Rumspringa« hieß bei den Amischen die Zeit der Adoleszenz, und um die Kräfte und Triebe der Jugendlichen zu zähmen und alles in eine gottgefällige Richtung zu lenken, sollten die heranwachsenden Jungen Baseball und die Mädchen Softball spielen. Dabei trug man keine besondere Sportbekleidung. Die Jungen traten hemdsärmelig an, die Mädchen trugen lange dunkelblaue Kleider. Kaum war Arjen Boom vom Hocking River zurück in seiner neuen Heimat, wollte er Elischeba spielen sehen. Zwischen Scheune und Pferdekoppel hatte man ein Spielfeld hergerichtet. Als er dort angekommen war, sah er schon einen Zuschauer auf einem Findling sitzen. Zu seinem Erstaunen war es Henri Hurepoix, der Franzose aus Lingolsheim im Elsass.

»Du hier beim Baseball?«

»Que devriez-vous faire si il n'y a pas de football ici?«

»Sorry, ich kann kein Wort Französisch!«, rief Arjen Boom. »Ich habe nur das Wort Fußball verstanden.«

»Ja, und den gibt es hier nicht! Schrecklich! Ich habe selbst einmal bei Racing Straßburg gespielt, aber die sind im Augenblick bestenfalls viertklassig.«

»Mit den belgischen Vereinen ist es auch nicht weit her«, suchte Arjen Boom ihn zu trösten. »Aber immer noch besser Anderlecht gegen Mechelen als hier in Amerika im Baseball die Cleveland Indians gegen die Boston Red Sox.«

»Als ich einmal bei einem Spiel der Cleveland Indians war«, konnte sich Henri Hurepoix erinnern, »fand das der Mann neben mir so spannend, dass er während des Spiels, und das hat vier Stunden gedauert, nicht mal auf die Toilette gegangen ist.«

Arjen Boom konnte das nicht glauben. »Und da hat er sich einfach in die Hosen gemacht?«

Henri Hurepoix lachte. »Nein, *Laissez-faire,* alles einfach laufen lassen! Er hatte ein Urinal-Kondom mit passendem Beutel am Oberschenkel.«

»Unfassbar! Ich finde Baseballspiele zum Einschlafen.«

Da konnte ihm Henri Hurepoix nur zustimmen. »Und ich weiß nicht einmal, was ein *home run* ist. Ich denke immer, da wollen sie nach Spielende alle schnell nach Hause rennen.«

Tommy, der gerade zu ihnen gestoßen war und die letzten Sätze noch gehört hatte, klärte sie auf. »Von einem *home run* sprechen wir, wenn es einem *batter* gelingt, den Ball so weit weg zu schlagen, am besten über die Spielfeldbegrenzung hinweg, dass die gegnerischen Feldspieler ihn nicht so schnell oder gar nicht bekommen und er alle vier *bases* ablaufen und die *home plate* erreichen kann.«

»Der *batter* ist der Beste?«, wollte Henri Hurepoix wissen.

»Nein, der Schlagmann!«

»Der sitzt bei uns im Ruderboot«, sagte Arjen Boom. »Komisch.«

»Dann gibt es noch den *inside-the-park home run.* Der Ball verlässt dabei nicht das Spielfeld, und es gelingt dem *batter*, die *home base* zu erreichen, bevor es dem verteidigenden Team gelingt, ihn ›out‹ zu machen, also abzuwerfen. Meistens gelingt ein *inside-the-park home run*, wenn der *batter* ein sehr schneller Läufer ist und das verteidigende Team einen Fehler begeht oder der Ball verspringt und für den Feldspieler schwer erreichbar wird …«

Weiter kam er nicht, denn in diesem Augenblick durfte Elischeba Hornbläser den Softballschläger schwingen, und sie hofften alle auf einen *home run.* Er gelang, und alles brach in Jubel aus.

Als sie ins Haus zurückkamen, wurde dort kräftig gesungen, und zwar das Lieblingslied von Eleasar Hornbläser, das die Weltanschauung der Amischen auf den Punkt brachte:

Valet will ich dir geben,
Du arge falsche Welt,
Dein sündlich böses Leben
Durchaus mir nicht gefällt.
Im Himmel ist gut wohnen,
Hinauf steht mein Begier,
Da wird Gott ewig lohnen
Dem, *der ihm dient allhier.*

Nach dem Abendessen, als sich Arjen Boom in seine Kammer zurückgezogen hatte, klopfte Henri Hurepoix an seine Tür.

»Entschuldigung, mijnheer, ich wollte nicht weiter stören, sondern dich nur fragen, ob du Pestalozzi kennst?«

Arjen Boom lachte. »Persönlich nicht, aber natürlich hat man auch in Belgien und Holland von ihm gehört.«

Henri Hurepoix hielt ihm ein Buch hin. »Habe ich eben bei Eleasar Hornbläser im Schrank gefunden. Das ist von Pestalozzi, *Gertrud und Lienhard.*«

»Nie gehört.«

Der Franzose las ihm den Klappentext vor. »Im Mittelpunkt des utopischen Romans *Lienhard und Ger-*

trud steht das Dorf Bonnal, in dem Armut und Sittenverderbnis zu Hause sind. Ursache des Übels scheint Hummel zu sein, der korrupte Dorfvogt und Besitzer des Wirtshauses. Wird es jemandem gelingen, ihm das böse Handwerk zu legen?« Dann begann er, die ersten beiden Abschnitte des ersten Kapitels vorzutragen:

1. Ein herzguter Mann, der aber doch Weib und Kind höchst unglücklich macht.

Es wohnt in Bonnal ein Maurer; er heißt Lienhard und seine Frau Gertrud. Er hat sieben Kinder und einen guten Verdienst; aber er hat den Fehler, dass er sich im Wirtshaus oft verführen lässt. Wenn er da ansitzt, so handelt er wie ein Unsinniger; und es sind in unserm Dorf schlaue, abgefeimte Burschen, die darauf losgehen und daraus leben, dass sie den Ehrlichern und Einfältigern auflauern, und ihnen bei jedem Anlass das Geld aus der Tasche locken. Diese kannten den guten Lienhard, verführten ihn oft beim Trunk noch zum Spiel, und raubten ihm so den Lohn seines Schweißes. Aber allemal, wenn das am Abend geschehen war, reute es Lienhard am Morgen, und es ging ihm ans Herz, wenn er Gertrud und seine Kinder Brot mangeln sah, dass er zitterte, weinte, seine Augen niederschlug, und seine Tränen verbarg.

Gertrud ist die beste Frau im Dorf; aber sie und ihre blühenden Kinder waren in Gefahr, ihres Vaters und ihrer Hütte beraubt, getrennt, verschupft, ins äußerste Elend zu sinken, weil Lienhard den Wein nicht meiden konnte.

Hier brach Henri Hurepoix ab, und es folgte das, was Seelenärzte einen psychotischen Schub nannten: Er hatte plötzlich einen stieren Blick, und Arjen Boom sollte später sagen, dass er wahrhaft außer sich war, als er losschrie: »Ja, und ich habe diesen Hummel umgebracht, wie wir alle unsere Tyrannen töten sollten! Und nun jagen die Furien mich, um Hummel zu rächen. Jede Nacht sehe ich sie bei mir im Fenster. Mit einem Kreuz auf der Brust.«

»Henri!«, suchte ihn Arjen Boom zu beruhigen, »das sind nur der Mondschein und der Schatten des Fensterkreuzes.«

»Nein, nein!«, schrie Henri Hurepoix. »Es sind die Erinnyen, es ist Tisiphone, die ›Vergeltung‹, die den Mord Rächende. Vor den Tagen ist sie mir schon begegnet, da hat sie sich als Regina Bartsch getarnt. Aber ich habe das durchschaut!«

Er hatte das derart laut herausgeschrien, dass Eleasar Hornbläser es unweigerlich hören musste. Besorgt sah er seine Tochter an.

»Sollte Regina doch keines natürlichen Todes gestorben sein, sondern Henri Hurepoix sie in seinem Wahn vom Heuboden gestoßen haben?«

VIERZEHN

»The perfect getaway in Amish Country. We have had such a wonderful stay in your cabin, what a special place.«

So hatte es Heike im Internet bei der Bewertung von »Donna's Premier Lodging« im Internet gelesen, und nun waren sie dort an der East Street von Berlin, Ohio 44654, abgestiegen. Es war eine prächtige hölzerne Südstaatenvilla, wie sie die aus Hollywoodfilmen kannten.

Orlando war gerade online und suchte nach einem Ort in Deutschland mit der Postleitzahl 44654. »44 ist Dortmund, Lünen, Herne, Bochum, aber ein Dorf mit 44654 gibt es in Deutschland gar nicht.«

»Hoffentlich aber noch 13507«, sagte Mannhardt. Das war ihre Postleitzahl in Berlin-Tegel.

Orlando sah seinen Großvater an. »Meinst du wirklich, dass du hier in Holmes County den Sherlock treffen und von ihm lernen kannst?«

»Ja klar, sonst wäre ich doch nicht mit Heike mitgefahren.«

»Eher den Shylock«, sagte Heike. »Denn hier sehen die Männer doch alle so aus wie bei der Uraufführung des *Kaufmanns von Venedig.*«

»Wessen Vene ist dick?«, fragte Orlando.

»O my God!«, rief Heike. »In was für eine Gesellschaft bin ich da geraten!«

Orlando war nicht mehr zu bremsen. Er hatte eine CD von Eckart von Hirschhausen und Jürgen von der Lippe in den Koffer gepackt und letzten Abend vor dem Einschlafen gehört, und an die erinnerte er sich nun. »Da bedauern sie, dass mit dem Holocaust der jüdische Witz in Deutschland weithin ausgestorben ist, und erzählen davon, wie er in den USA weiterlebt: Soll sich ein Werbetexter einen Spruch für Müllers Nägel ausdenken und alles auch optisch umsetzen. Kommt der erste Entwurf. Der zeigt Jesus am Kreuz und den Slogan darunter: *Müllers Nägel halten alles!* Der Chef sagt, dass das so nicht ginge. Kommt der zweite Entwurf: Da liegt Jesus am Boden vor dem leeren Kreuz, und darunter steht: *Mit Müllers Nägeln wäre das nicht passiert.*«

Orlando selbst und Mannhardt lachten, Heike aber hatte Bedenken, dass das fast Gotteslästerung sei. »Es gibt Religionen, wo man für diesen Witz geköpft würde.«

Orlando beeilte sich, das zu murmeln, was in der Serie *Um Himmels Willen* immer zu hören war: »Gelobt sei Jesus Christus!«

Und Mannhardt vollendete: »In Ewigkeit. Amen.«

Derart fragwürdig plaudernd streiften sie durch Berlin, Ohio. In der Main Street wollten sie die Furniture Manufacturing »Berlin Woodcraft View« besuchen, von der sie schon in Cleveland gehört hatten, doch das Geschäft war geschlossen. Sie beklagten dies so laut, dass ein Amischer, der an ihnen vorbeiging, stehen blieb.

»Die haben hier dichtgemacht«, sagte er auf Deutsch zu ihnen. »Die sitzen jetzt in Millersburg, ein paar Meilen von hier entfernt.«

Orlando holte sein iPhone hervor, um den jungen Mann zu fotografieren. Der aber hielt sich die Hände vors Gesicht und begann zu schimpfen.

»Diese verdammten Touristen! Ganze Busladungen haben wir hier in Berlin, die machen sich über unsere Kleidung und unsere Kopfbedeckung lustig und wollen uns fotografieren, obwohl das verboten ist. Wir sind doch keine Tiere im Zoo!«

Heike fand das köstlich und holte ihr kleines Aufnahmegerät aus der Handtasche. »Ich soll für einen großen deutschen Sender ein Radiofeature über die Amischen machen, und ob Sie das, was Sie eben gesagt hätten, bitte noch einmal im selben Tonfall wiederholen könnten?«

»Ja gerne!« Der Mann tat ihr den Gefallen, und Heike fragte ihn anschließend nach seinem Namen.

»Tommy Hornbläser.«

»Ah!«, rief Orlando. »Horatio Hornblower! Ihr Vater ist C.S. Forester, und Sie sind in der Royal Navy auf der Karriereleiter weit nach oben geklettert, vom Fähnrich zum Admiral.«

»Schön wäre es!«, entfuhr es dem jungen Amischen, und Heike spürte sofort, dass er das am liebsten zurückgenommen hätte. »Nein, ich bin glücklich hier in Holmes County.«

»Können Sie ein bisschen was über sich erzählen?«, bat ihn Heike.

»Ja, warum nicht … Aber zuerst will ich doch etwas mehr über Sie wissen …«

»Okay. Wir kommen alle drei aus Berlin, *the German capital.* Ich bin Heike Hunholz, Journalistin von Beruf, und – wie gesagt – wegen eines Features für

Deutschlandradio Kultur nach Berlin, Ohio, gekommen.« Dann stellte sie die beiden Männer vor, die mit ihr angereist waren. »Der Ältere hier ist Hansjürgen Mannhardt, er war vor seiner Pensionierung Leiter einer Mordkommission, und der Jüngere ist Orlando, sein Enkel. Der ist am Ende seines Jurastudiums angekommen und will einmal Untersuchungsrichter oder Staatsanwalt werden.«

Tommy Hornbläser drückte allen die Hand und sagte nach alter Sitte. »Angenehm.«

Heike schaltete ihr Aufnahmegerät ein und hielt es Tommy Hornbläser vor den Mund. »Nun zu Ihnen.«

»Nun ja … Bis zu meinem 14. Lebensjahr habe ich unsere amische Ein-Raum-Schule besucht und die Grundlagen im Rechnen, Lesen und Schreiben gelernt. Danach habe ich angefangen, auf der Farm meines Vaters zu arbeiten.«

»Und wie finden Sie es, so von der Welt abgeschottet zu sein?«

Tommy Hornbläser wurde zornig, als er das hörte. »Bin ich doch gar nicht! Ich kann nach Cleveland fahren, wenn ich will, auch wenn nur mit der Kutsche und nicht mit dem Auto. Und in der Zeit, die bei uns ›Rumspringa‹ heißt, I can do my license and go to New York und dort feiern, Alkohol trinken, Drogen probieren und Sex haben, mit wem ich will. Erst dann must I decide me für ein Leben mit der Gemeinde oder ohne sie.«

Heike gefiel das Pennsylvania Deutsch, das Tommy Hornbläser sprach, diesen mit englischen Wörtern gemixten pfälzischen Dialekt. Sie war zu feinfühlig, um nachzufragen, ob er schon wüsste, für welchen Weg er sich entscheiden würde. Stattdessen fragte sie Tommy, ob er die Amischen als Sekte bezeichnen würde oder nicht.

»O no, Madam! Wir haben keine Gehirnwäsche bei uns.«

»Aber die religiösen Regeln stehen bei Ihnen über allem?«

»Wir leben so, wie es in der Bibel steht. Wir sind glücklich in unserer großen Familie, und in unseren Ehen gibt es durchschnittlich sechs Kinder. Da spielt es keine Rolle, wenn der eine oder andere Jugendliche weggeht, denn unsere Gemeinde wächst ständig. Wir verdoppeln uns alle 20 Jahre. Einige Gemeinden sind neuerdings durch den Fracking-Boom reich geworden.«

»Oha!«, rief Orlando und konnte nicht anders, als ein wenig spöttisch zu werden. »Und das, obwohl hier alle leben wie wir vor 300 Jahren.«

Tommy Hornbläser wollte weiter, er hatte offenbar noch einiges zu erledigen. »Am besten, Sie interviewen noch einmal meinen Vater, denn der …« Er brach ab, denn eine junge Frau kam auf ihn zu, die aussah wie eine mittelalterliche Magd. Ihre blonden Haare hatte sie in der Mitte gescheitelt und im Nacken zu einem Dutt verknotet, darüber trug sie eine weiße Haube. Ihr Kleid reichte bis zu den Knöcheln hinunter und wurde von einer langen Schürze bedeckt. »Das ist Elischeba, meine Schwester.«

Man begrüßte sich und wechselte ein paar Worte. Dann ließ sich Heike die Adresse von Hornbläsers Farm geben und dankte Tommy für die Zeit, die er für sie und das Interview geopfert hatte.

»Auf Wiedersehen bei uns auf der Farm!«, rief Tommy Hornbläser beim Abschied.

*

Als Martin Nehmer an diesem Morgen seine E-Mails anklickte, fand er einen Gruß von Orlando vor. In seiner Nachricht hieß es unter anderem: »Ich fühle mich hier wie Karl May / Old Shatterhand in ›Winnetou I‹, wo er in den USA angekommen ist und auf Indianer trifft. Nach ›Fontane Reloaded‹ solltest du auch einmal an eine Show mit dem Titel ›Karl May Reloaded‹ denken, denn vieles hier bei den Amischen in Berlin, Ohio, erinnert mich an Old Shatterhand, wie der bei den Pueblo-Indianern war.«

Martin Nehmer hatte eher an *Fontane Reloaded II* gedacht und auch dessen Kriminalroman *Quitt* gelesen, den zweiten Teil aber, der in der Mennoniten-Siedlung Nogat-Ehre und einem Indianer-Territorium spielte, furchtbar langweilig gefunden. Nein, daraus eine spannende Show zu machen, war unmöglich. Vielleicht war da Orlandos Idee mit Karl May und Old Shatterhand gar nicht so schlecht. Ganz in Gedanken gab er aber bei Firebox nicht nur Karl May ein, sondern auch Fontane, und da erschien auf seinem Bildschirm eine Textzeile, die ihn ebenso irritierte wie interessierte:

MARTIN LOWSKY – »Aus dem Fantasie-Brunnen« – *Die Flucht nach Amerika in Theodor Fontanes »Quitt« und Karl Mays »Scout«*

Voller Spannung überflog Martin Nehmer den Essay und blieb immer wieder an einzelnen Passagen hängen:

Die Erzählung »Der Scout« ist, obwohl in der ursprünglichen Fassung fast gänzlich unbekannt geblieben, eine beachtenswerte Marke in der Entwicklung von Karl Mays Amerikazyklus und der Biografie seiner Hauptfigur. In diesem Werk, veröffentlicht im Jahrgang 1888 / 89 des »Deutschen Hausschatz«, zeichnete May, der bis dahin schon mehrere Abenteuer seines Ich-Helden publiziert hatte, zum ersten Mal dessen Werdegang vom Auswanderer und Neuling im Wilden Westen an. Der junge Mann fühlte sich, so wird erzählt, von den korrupten Verhältnissen in der Heimat, wo gewandte Heuchler, denen ihr Amt nichts als die schnell auszunutzende Milchkuh war, die besten Erfolge haben, so beengt, dass er den Schritt in die Vereinigten Staaten wagte. (…) Die Erzählung vom »Scout«, die übrigens für mehrere Einzelmotive der neuen Version das Vorbild geliefert hatte, bearbeitete May nun so, dass er sie als Fortsetzung der neuen Erzählung, also für den »Winnetou«-Roman verwenden konnte. So wurden die ersten vier der insgesamt sieben Kapitel des zweiten Bandes von »Winnetou« eine Neufassung des »Scout«. (…) Theodor Fontanes Erzählung »Quitt«, etwa zu derselben Zeit wie Mays »Scout« entstanden und 1890 in der »Gartenlaube« als Fortsetzungsroman und kurz darauf als Buch erschienen, behandelt ebenfalls die Auswanderung nach Amerika. (…) Beide Autoren, die den Schauplatz nur aus Büchern kennen, äußern sich über ihre literarischen Quellen, und zwar in abschätziger Weise. (…) Man wird sich nun zum Schluss, nachdem wir die extre-

men und einander diametral entgegengesetzten Entwicklungstendenzen in den beiden Auswanderergeschichten festgestellt haben und dabei Karl Mays radikalem Freiheitskonzept auf die Spur gekommen sind, fragen, ob dieses Konzept uneingeschränkt zu loben ist – demgegenüber Fontane, so wäre dann hinzuzufügen, in Konvention und Enge verhaften bleibt.

Martin Nehmer war überrascht, gab Lowsky doch Karl May, dessen Romane man üblicherweise als seichte und esoterisch-spinnerte Unterhaltungsliteratur abtat, den Vorzug vor dem ernst zu nehmenden Romancier und Dichter Theodor Fontane. Er machte sich daran, Orlando eine E-Mail zu senden:

Lieber Orlando, aus Berlin nach Berlin nun dieses: Herzlichen Dank für deine Zeilen und deine Anregungen. Ihr habt jetzt schon Freikarten zur Premiere von *Karl May Reloaded* oder *Karl May meets Theodor Fontane in America.* Ich weiß noch nicht, wofür ich mich entscheiden werde. Erst einmal reise ich nach Griechenland, denn ich soll für ein Magazin einen Reisebericht über die Erbsen der Herren Aristoteles, Platon und Sokrates schreiben. Euch noch erlebnisreiche Tage in Ohio, und lasst euch nicht alle ermorden. Mit herzlichen Grüßen – auch an die Deinen – dein Martin.

Beim Durchlesen des Textes merkte er, dass er Erbsen statt Erben geschrieben hatte, aber er ließ es so stehen, denn er wusste, dass sich Orlando darüber freuen würde.

*

Und das tat Orlando dann auch. »Bei unserem Griechen Detmolder, Ecke Weimarische Straße, Alas heißt der, gleich: Salz, esse ich gern ein Erbsengericht, Arakas Latheros, obwohl die Erbsen da mächtig im Öl schwimmen.«

Mannhardt lachte. »Erbsenzähler sind ja im Allgemeinen nicht sehr beliebt …«

»Na, Erbenzähler wohl auch nicht.«

Heike verdrehte wieder einmal die Augen. »Jungs, ich muss mich auf mein Interview mit Eleasar Hornbläser vorbereiten!«

Orlando konnte es nicht lassen. »Solange der nur ins Horn bläst und nicht verlangt …«

»Bitte!!!«, rief Heike. »Ich halte das nicht mehr aus!«

»Gut. Dürfen wir dich trotzdem begleiten?«

»Ja, aber nur, wenn ihr euch heute wie Pater Boff verhaltet.«

Mannhardt verstand die Anspielung nicht. »Wie hat der sich denn verhalten?«

»1985 hat er wegen seiner ›Theologie der Befreiung‹ vom Heiligen Stuhl ein Rede- und Lehrverbot erhalten.«

»Schweigen will ich gern«, kommentierte Mannhardt das. »Aber das Lehren an der HWR lasse ich mir nicht verbieten.«

Sie brauchten sich keinen Wagen auszuleihen, der kurze Weg von »Donna's Premier Lodging« bis zu Hornbläsers Farm war zu Fuß zu schaffen. Schweigend gingen sie die wenig befahrenen Straßen entlang. Eleasar Hornbläser hatte sie schon erwartet. Er führte Heike zu einer schattigen Ecke im Hof, während er Mannhardt und Orlando ermunterte, sich ein wenig auf den Feldern und in den Stallungen umzusehen.

»Die Ämischen sind eine täuferische Kirche«, begann Heike, als man an einem Tisch im Hof Platz genommen hatte. »Was ist darunter zu verstehen?«

Eleasar Hornbläser lächelte. »Wir sind zwar in den USA, wir sprechen des A bei Amischen aber nicht mit einem Ä aus, sondern deutsch mit einem A.«

»Oh Pardon!«

»Nun zu Ihrer religiösen Frage: Wir praktizieren ausschließlich die Bekenntnistaufe und lehnen entsprechend der Bergpredigt Gewalt und das Schwören von Eiden ab.«

Das verstand Heike nicht so recht, wusste aber auch nicht, wie sie da nachfragen sollte. »Okay, zu einer anderen Frage: Wer darf sich Ihrer Kirche denn anschließen?«

Eleasar Hornbläser brauchte da nicht lange zu überlegen. »Historisch ist das so, dass wir einen vollständigen Übertritt zum Mennonitentum verlangen – mitsamt allen Konsequenzen. Die wahren Gläubigen sollen das Kreuz auf sich nehmen wie Jesus Christus, denn nur dann haben sie eine lebendige Hoffnung auf Rettung, während die Zweifler, Weichlinge, also diejenigen, die sich nicht klar für unsere Gemeinschaft entscheiden, weil sie eben doch die westliche Welt mit all ihren Genüssen mehr lieb haben als den Herrn, keine Gnade erwarten können.«

»Und warum sind denn den Amischen die strengen Kleidungsregeln und bei den Männern den Bart so wichtig?«

»Elektrisch rasieren? Wie denn? Elektrizität und aller technischer Kram bringt uns ab von der Demut Gott gegenüber. Indem wir auf das alles verzichten, auch auf das Auto, und unsere Tagesarbeit Mühsal ist, bekunden wir diese Demut. Ora et labora! Das gilt auch für uns. Und was den Bart betrifft: ganz wie unsere Urahnen: Vollbart, kein Schnurrbart.«

Da hakte Heike wieder ein. »Aber in geschlossenen Siedlungen beziehungsweise Klöstern leben die Amischen nicht?«

Eleasar Hornbläser schüttelte den Kopf. »Wir leben mit und neben unseren ›englischen Nachbarn‹. Am meisten sind wir vertreten in Ohio mit über 70.000 Seelen, Pennsylvania mit fast 60.000 und in Indiana mit fast 50.000. Die meisten von uns haben noch deutsche oder schweizerische Nachnamen wie Stoltzfus, Graber oder Schwartz.«

Heike sah auf ihren Notizblock. »Noch einmal zurück zur Kleidung und zur Kopfbedeckung.«

»Die Kleidung …?« Eleasar Hornbläser suchte einen Augenblick nach den passenden Formulierungen. »Einfach, aber hochwertig. Wenn es geht, versuchen wir so viel wie möglich selbst zu nähen. Wir bevorzugen da einfarbige Tuche und vermeiden gemusterte Stoffe. Chic muss das alles nicht sein, weder die Häubchen der Frauen noch die Strohhüte der Männer, denn das könnte jemanden zur Eitelkeit und zum Hochmut verführen, denn die Superbia ist ja eine der Todsünden.«

»Und wie sieht es mit der Schulbildung aus?«, lautete Heikes nächste Frage.

»Da haben wir unsere *one-room schools,* die von den Eltern selbst finanziert werden und …«

Er brach ab, denn in diesem Augenblick kamen mehrere Männer aus seinem Haus, die Eleasar Hornbläser als »Hospitanten bei den Amischen« bezeichnete und die er Heike vorstellte. »Da haben wir Henri Hurepoix aus Frankreich, Karl Bartsch aus Deutschland, Arjen Boom aus Belgien, dazu Tommy, meinen Sohn, und Pockmarks-Face von den Arapaho-Indianern.« Als alle fünf zur Straße gegangen waren, konnte Heike fortfahren.

»Diese Leute, die bei Ihnen zu Gast sind, um sich eventuell für die Amischen zu entscheiden, die hätte ich auch gern einmal gesprochen.«

»Kommen Sie wieder, wenn alle an Bord sind. Sie sind doch noch ein paar Tage bei uns in Berlin?«

Heike nickte. »Ja, bevor es dann weitergeht nach Lancaster, wo es ja auch viele Amische geben soll.« Sie sah noch einmal auf ihren Notizblock. »Habe ich noch etwas ganz Wichtiges vergessen, Herr Hornbläser?«

Eleasar Hornbläser dachte kurz nach. »Ich glaube nicht … Über die Zeit des Rumspringa haben Sie ja schon mit meinem Sohn gesprochen. Nur so viel: Sexualität vor der Ehe mögen wir gar nicht. Und sonst? Tja … Wir schließen grundsätzlich keine Versicherungen ab, auch von der Obamaschen Krankenversicherungspflicht sind wir ausgenommen. Wird jemand krank, dann pflegen ihn die Nachbarn, und fallen Kosten an, dann wird für ihn gespendet. Und stirbt er, dann war es der Wille des Herrn.«

Auf die Gendefekte bei den Amischen, die Folge einer gewissen Inzucht sein sollten, wollte Heike nicht eingehen, um Eleasar Hornbläser nicht zu erzürnen. So schaltete sie ihr Aufnahmegerät wieder aus, bedankte sich und sammelte ihre beiden Männer ein, um mit ihnen noch bei »Boyd & Wurthmann« an der Main Street zu speisen.

»Wie bist du mit deiner Ausbeute zufrieden?«, fragte Mannhardt.

»Ich glaube, ich habe schon das Meiste im Kasten.«

»Aaach, ist das schöööön … Aaach, ist das schöööön … Ach, ist der Rasen schön grün!« Orlando kopierte Wilhelm Bendow. »Wo laufen sie denn? Mein Gott, wo laufen sie denn?«

Heike blieb stehen. »Hast du sie nicht mehr alle?«

»Ich habe nur 'ne Stunde lang Hornbläsers Pferde gesehen.«

FÜNFZEHN

Sicherlich war Pockmarks-Face weithin durchdrungen vom *American way of life*, also dem Lebensstil der Weißen ringsum, ab und an aber brachen die Gene seiner Ahnen wieder durch und er borgte sich ein Gewehr, um in den Wäldern zwischen dem Lake Huron und dem Lake Michigan Hirsche zu jagen. Pockmarks-Face war ein Abkömmling der Northern Arapaho, und man erzählte sich, dass der berühmte Häuptling Black Bear (Wo'teenox) sein Onkel gewesen sei. Wo'teenox hatte überlebt, als der General Patrick E. Connor während der sogenannten Powder River Expedition Ende August 1865 ein Lager der Nördlichen Arapaho überfallen und Zelte, Kleidung, Decken und Lebensmittel, also die gesamten Wintervorräte, zerstört und verbrannt hatte. Die Männer hatten an diesem Tage gegen den Stamm der Crow gekämpft, und nur Frauen, Kinder und Alte waren auf dem Lagerplatz verblieben. Auch den Gegenangriff der Northern Arapaho am Tongue River, bei dem 50 Arapaho getötet und etwa 1000 Pferde von der Armee erschossen worden waren, hatte der Vorfahr überlebt.

Pockmarks-Face trug all dieses noch in sich, und wenn die Amischen so leben wollten, wie ihre Vorfahren vor 300 Jahren, dann wollte er das auch. Da hatte das Land, das auf den Karten Prärie und Plains genannt wurde, noch den Arapaho, Blackfeet, Cheyenne, Comanche, Crow, Dakota, Kiowa, Oglala, Pawnee und vielen anderen Stämmen gehört.

Es begann heftig zu regnen, und Pockmarks-Face hatte noch immer keinen Hirsch entdecken können. Da! Endlich sah er auf einen kleiner Lichtung einen, einen kapitalen … er zählte blitzschnell die Enden der Geweihstangen … Vierzehnender. Wenn er den erlegte, hatte Hornbläsers Haushalt für Wochen genügend Fleisch auf dem Teller. Er zielte sorgfältig, dann stimmten Kimme und Korn, und er drückte ab. Nichts … Durch den vielen Regen, oder warum auch immer, versagte sein Gewehr. Er fluchte laut in seiner Muttersprache. Das hörte der Vierzehnender und kam auf ihn zugeschossen. Anstatt sich nun hinter die Bäume zu flüchten, die es in seinem Rücken reichlich gab, versuchte Pockmarks-Face verzweifelt, doch noch Kugeln aus seinem Gewehr abzufeuern. Und ehe er begriff, dass das unsinnig war, hatte der Hirsch ihn schon aufgespießt. Die Schmerzen in Brust und Bauch waren höllisch. Für einen Augenblick verlor er das Bewusstsein, dann schleppte er sich mehr kriechend als gehend zu einer nahen Landstraße und hoffte, dass bald ein Auto vorbeikommen würde. Ein Handy besaß er ja nicht, die waren bei den Amischen tabu.

Endlich fand man ihn und brachte ihn in ein Krankenhaus. Für eine Notoperation war er zu schwach, und so versorgte man ihn erst einmal und hoffte. Eleasar Hornbläser wurde benachrichtigt und kam sofort ins Krankenhaus.

»Fürchtest du dich vor dem Tod?«, fragte Eleasar Hornbläser.

»Nein«, hauchte Pockmarks-Face.

»Weißt du, dass du durch Jesum Christum selig wirst?«

»Ja …«

Wenige Minuten später starb Pockmarks-Face. Man brachte den Leichnam auf Hornbläsers Farm. Dort wurde er in der Scheune in einen Sarg gelegt, und alle konnten beim Schein zweier Fackeln Abschied von ihm nehmen.

»Seht her«, begann Eleasar Hornbläser mit einer kleinen Rede. »Er ist als Christ gestorben. Er wanderte viele Jahre durch Irrsal und Dunkel, bis ihm das Licht des Heilands und damit das Licht der Erlösung leuchtete. Davon seht ihr einen Abglanz in seinem Angesicht. Er sah, wie ich schon sagte, das Licht, und die Finsternis fiel von ihm ab. Und nun hebet seine irdische Hülle, dass wir sie hinaustragen und sie betten in geweihter Erde, über die der böse Zauber und die Hölle keine Macht haben.«

Heike hatte vom Tod und dem Begräbnis des Arapaho-Indianers gehört, und wollte sich diese Gelegenheit nicht entgehen lassen, diesem bedeutsamen Ritual der Amischen beizuwohnen. Mannhardt und Orlando hatten keine Lust dazu.

»Wenn ich das Wort ›beiwohnen‹ höre, dann denke ich an Deborah und an keine Beerdigung«, ließ Orlando verlauten.

Und Mannhardt zögerte nicht, sich seinem Enkel anzuschließen. »Ich hasse Beerdigungen, weil sie mich immer an meine eigene erinnern.«

Orlando hatte inzwischen in seinem elektronischen

Wörterbuch nachgesehen und herausgefunden, dass *pockmarks* Pockennarben waren. »Daraus kann ich messerscharf schließen, dass Pockmarks-Face etwas mit dem Fußball zu tun hatte.«

Mannhardt sah ihn mit einem Blick der Marke »Du armer Irrer!« an. »Wie kommst du denn darauf?«

»Die Pocken, das waren früher die Blattern. Na, und Sepp Blatter, die FIFA-Skandale? Wenn einer die Blattern hat, dann ist das eine Umschreibung dafür, dass er in all die Bestechungsskandale da verwickelt ist.«

Seufzend verließ Heike die Lodge und lief allein zum Begräbnisplatz, der unweit der kleinen Stadt am Rande eines Wäldchens gelegen war. Gerade wurde der Sarg an starken Seilen in die Grube hinabgelassen, und Eleasar Hornbläser trat dicht an das Grab heran, um eine kurze Trauerrede zu halten.

»Die Sonne, liebe Freunde, sinkt dahin, aber sie bettet sich nur, um am nächsten Morgen desto schöner wieder aufzustehen. Und das ist unser Zeichen, das Zeichen, dass wir siegen werden! Auch du, teurer Freund vom Stamme der Arapahos, wirst auferstehen, denn unser Gott erbarmt sich eines jeden, der an ihn glaubt, und führt ihn ein in die himmlischen Freuden. Die aber, die sich ihm verweigern und die ihn verhöhnen, werden nicht grüne Weiden vorfinden, sondern harte Steine und ein höllisches Feuer. Dich aber, den wir Pockmarks-Face genannt haben, möge der Herr aufnehmen in sein Reich! Sein Friede sei mit dir immerdar!«

Nun begann der Kinderchor der Berliner Amischen zu singen:

Herr und Heiland hier und dort,
Christus Jesus sei mein Hort,
Ohne dich werd' ich vergehn,
Mit dir werd' ich auferstehn, –
Auferstehn, ja auferstehn.

Nach den letzten Worten schlug Henry Hurepoix zum Ende des Begräbnisses so kräftig auf eine Kesselpauke und wirbelte mit den Schlegeln herum, dass es bis zum Himmel hinauf zu hören sein musste.

Heike fuhr zusammen und sah sich nach weiteren »Interviewopfern« um.

Eleasar Hornbläser hatte Heikes schweifenden Blick bemerkt und stieß Arjen Boom an, der neben ihm stand.

»Du, Bruder, wirst wohl der Nächste sein, den die Dame da für einen deutschen Sender fragen wird, warum du zu uns gestoßen bist.«

Arjen Boom zuckte zusammen. »Nein, nicht mit mir. Ich mag die Deutschen nicht.«

Tommy Hornbläser, der gerade vorbeikam, hörte dies und protestierte gegen dieses Statement.

»Du, die drei Berliner, das sind nette Leute. Sie ist vom Radio, der ältere Herr kommt von einer Mordkommission und der jüngere ist Staatsanwalt oder so etwas.«

Arjen Boom verzog das Gesicht.

*

Warum Arjen Boom zusammengezuckt war und so komisch geguckt hatte, als sein Sohn von den drei Deutschen aus dem großen Berlin gesprochen hatte, konnte Eleasar Hornbläser weder erraten noch erahnen, und auch Menschen mit mehr Fantasie als der Patriarch der Amischen sie aufzubringen vermochte, hätten dies nicht geschafft, zumal wenn sie keine TV-Serien und -Soaps sahen. Bei denen wäre mit einer RÜCKBLENDE gearbeitet worden, und im Drehbuch hätte das so ausgesehen:

Außen. Tag.

DIETMAR MENZ und YANIS gehen mit kleinen Rucksäcken am Strand von Georgioupolis entlang.

YANIS: Das hat mich eine Menge Geld gekostet, aber ich habe gute Freunde hier in den Behörden, und die haben ganz amtlich nach Deutschland geschrieben, dass du hier bei uns ertrunken bist.

MENZ (umarmt ihn lange): Yanis, du bist ein Engel.

YANIS: Aber wer wirklich im Meer ertrunken ist, das ist ein schräger Vogel aus Antwerpen, der in etwa so alt ist wie du, ein gewisser Arjen Boom. (Nimmt seinen Rucksack ab, greift hinein und holt einen Reisepass hervor.) Hier! Mit dem kannst du ein neues Leben anfangen.

MENZ (zögernd): Arjen Boom ... Sie werden nach ihm suchen.

YANIS: Nein, er ist ein Aussteiger, wie er im Buche steht, und hat alle Brücken hinter sich abgebrochen.

Er war lange genug bei uns im Hotel und hat mit mir gequatscht, ich weiß das 100-prozentig.

MENZ: Aber ich kenne Antwerpen doch gar nicht.

YANIS (lachend): Wozu haben wir das Internet? Und ein paar Brocken Flämisch wirst du schon noch lernen können. Dass Boom in Antwerpen in einem Museum angestellt war, hat er mir auch erzählt.

MENZ: Trotzdem traue ich mich nicht nach Deutschland zurück.

YANIS: Dann verkrümle dich irgendwo drüben in den USA.

*

Dietmar Menz war in eine gelinde Panik geraten. Bevor Yanis das mit seinem Tod durch Ertrinken im Meer eingefädelt hatte, war, so glaubte er jedenfalls, in ganz Deutschland nach ihm gefahndet worden, und sein Steckbrief hatte überall gehangen, und sein Foto war in allen Zeitungen zu sehen gewesen. Auch die drei Berliner, die nach Holmes County gekommen waren, mussten es gesehen haben, und die Wahrscheinlichkeit war groß, dass sie ihn erkannten, wenn man sich auf Armlänge gegenüberstand. Schlimmer noch: Vielleicht waren sie seinetwegen nach Ohio gekommen und nicht, weil die angebliche Journalistin unter ihnen etwas über die Amischen machen wollte.

»Ist doch alles Quatsch, was du dir da zusammenreimst, du spinnst ja!« Als er vor dem Spiegel stand, schrie er sich regelrecht an. Wie sollten die Berliner dahintergekommen sein, dass er hier war? Das war schlechthin unmöglich! Nicht einmal Yanis wusste ja, dass er hier bei den Amischen Unterschlupf gesucht hatte. Und wenn, der würde bestimmt den Mund gehalten haben.

Er zögerte mit dem Packen seiner Sachen. Wenn er hier verschwand und sich im Wayne National Forest in einer kaum zu entdeckenden Hütte am Devils Lake versteckte, dann konnten die anderen das als Schuldeingeständnis werten. Unschlüssig stand er da. Vielleicht gab der Herr ihm ein Zeichen, wenn er, ohne nachzudenken und ganz beliebig, eine Seite in der Bibel aufschlug und die einzelnen Zeilen las. Er tat es und kam auf die Seite 522, Hiob 5,6.

Siehe, selig ist der Mensch, den Gott straft; darum weigere dich der Züchtigung des Allmächtigen nicht.

Arjen Boom lief ein eiskalter Schauder den Rücken hinunter, denn das hieß, dass der Herr die drei Berliner nach Ohio geschickt hatte, auf dass sie ihn als Mörder überführten und dafür sorgten, dass er sein Lebenslänglich bekam.

Er fegte die Bibel vom Tisch. »Scheiße! Ich bin ja auch kein richtiger Amischer und muss nicht glauben, was da drin steht.«

Wenn ihm die Bibel nicht weiterhelfen konnte, dann vielleicht ein Blick auf sein Horoskop. Er griff zur Zeitung und las, was unter seinem Sternbild geschrieben stand:

Die Lösung für eine vertrackte Situation könnte Ihnen im Traum kommen – oder beim Tagträumen. Folgen Sie Ihrer Intuition, dann sind Sie auf dem richtigen Wege.

SECHZEHN

Mannhardt lag voll bekleidet auf dem ungemachten Bett in »Donna's Premier Lodging« und zermarterte sich das Gehirn mit der Frage, wo er den Namen Hornbläser schon einmal gehört hatte. Damit nervte er Heike, die sich gerade schminkte, ebenso wie seinen Enkel, der die »Cleveland Post« trotz seiner mangelhaften Sprachkenntnisse zu lesen versuchte.

Mannhardt gab keine Ruhe. »Irgendwo muss mir ein Nachname mit Horn vorn beim Lesen oder Hören aufgefallen sein, aber ich weiß nicht mehr, wo?«

Orlando lachte. »Vielleicht warst du bei Hornbach im Baumarkt?«

»Gott, nein!«

Heike fiel ein, dass er einmal einen Kollegen namens Horneber gehabt hatte.

Mannhardt schüttelte den Kopf. »Nein, Bernhard Horneber auch nicht.« Dann fiel ihm ein, dass sein Sohn Silvio beim Pokémon-Spielen mit seinen Freunden immer von einem Hornbohrer gesprochen hatte, aber das war es auch nicht.

»Vielleicht Horneburg«, schlug Heike vor. »Stadt in der Nähe von Stade, da hatte ich mal eine Freundin wohnen.«

»Und ich eine in Horneberg!«, rief Orlando. »Das ist da irgendwo am Schwarzwald.«

Auch das war es nicht, was Mannhardt suchte. Ebenso brachten ihn die nächsten Assoziationen seiner Frau und seines Enkels nicht weiter: Hornung, früher der Name für den Februar, Hornblatt, das war eine Aquariumpflanze, und Hornblende, das ein Mineral sein sollte.

»Das ist ja nun ausgegangen wie das Hornberger Schießen«, fasste Orlando ihrer aller Bemühungen zusammen.

Es klopfte an der Zimmertür.

»Das wird ein Hornochse sein«, sagte Orlando, und hoffte Sekunden später, als Heike »Yes, please, come in!« gerufen hatte, dass es draußen auf dem Gang nicht zu hören gewesen war, denn in der Tür stand Tommy Hornbläser.

»Guten Morgen allerseits!«, rief er und fügte, als er die gepackten Sachen gesehen hatte, noch hinzu: »Oh Entschuldigung, ich wollte Sie nicht beim Packen stören und wusste ja gar nicht, dass Sie abreisen wollen.«

»Ja, meine Frau will sich noch in Lancaster umhören, wo auch viele Amische wohnen sollen«, gab Mannhardt ihm Auskunft.

Tommy nickte. »In der Tat.« Er drehte sich zu Heike hin. »Ich wollte auch nur mein Bedauern ausdrücken, dass das Interview mit Arjen Boom nicht geklappt hat. Er ist plötzlich spurlos verschwunden. Wahrscheinlich hat er wieder eine kleine Krise und ist abgetaucht in irgendeine Wildnis, um mit sich allein zu sein. Okay, das ist seine Entscheidung. Für Arjen Boom kann ich Ihnen aber einen unserer anderen Hospitanten anbieten, den Karl Bartsch. Der kommt zwar nicht aus Antwerpen, wo es ja ganz spannend zugehen soll, sondern aus der Mark Brandenburg, aus Lindow. Aber der kann Ihnen sicherlich auch erzählen, wie das so ist, wenn man neu zu den Amischen kommt und für immer in ihrer Gemeinschaft leben will.«

Heike bedankte sich, griff sich nur schnell ihr Aufnahmegerät und ging dann mit Tommy Hornbläser mit. Mannhardt und Orlando bekamen die Weisung, im Hotel zu bleiben und auf sie zu warten. Sie liefen zur Hornbläser-Farm.

»Herr Bartsch«, begann Heike ihr Interview, »was gefällt Ihnen denn so am Leben bei den Amischen in Berlin?«

»Nun, dass hier Ordnung und Arbeit das Leben bestimmen.«

Heike konnte nun einen Ausruf nicht unterdrücken, der ihr als langjährigem Profi sogleich leidtat und ein schwerer Kunstfehler war. »Da spricht der alte DDR-Bürger aus Ihnen, äh, der Preuße aus der Mark Brandenburg.«

Karl Bartsch reagierte heftig. »Natürlich habe ich in der DDR gelebt, denn Lindow ist nun mal nicht Lindau, und sie mag mich auch irgendwie geprägt haben, denn schließlich war ich Lehrer und musste einiges mitmachen, wenn ich überleben wollte, bis hin zum Eintritt in die SED, aber geliebt habe ich die DDR niemals in meinem Leben!«

»... sonst wären Sie ja auch nicht gleich nach der Wende hierher nach Ohio gekommen«, fügte Heike in versöhnendem Ton hinzu.

»Genau! Und wenn Sie etwas gegen die alten Preußen haben, nun gut, aber deren Tugenden und deren Nüchternheit halte ich für Werte, die für die Menschheit von hohem Nutzen sind. Am Großen Kurfürsten, wie der die Hugenotten aufgenommen hat, könnten sich heute viele Politiker, was die Flüchtlingsfrage betrifft, ein Beispiel nehmen. In dieser Tradition lebt auch Eleasar Hornbläser hier in Holmes County, wie er mich und meine Frau hier aufgenommen hat, ebenso wie Arjen Boom, Henri Hurepoix und Pockmarks-Face, der Indianer.«

»Das ist sicherlich höchst lobenswert«, unterbrach ihn Heike, »aber ist er nicht zugleich der Patriarch alter Schule und unterwirft und erstickt alles mit seiner Autorität und seinem Charisma?«

Karl Bartsch schüttelte den Kopf. »Eine gesunde Autorität muss überall sein, nur darf sie nicht pervertiert werden, und das tut Eleasar nicht, da ist er demokratisch genug.«

Heike kam zu ihrer Schlussfrage, und die war wiederum ziemlich heikel. »Die Amischen präsentieren uns das Bild der *happy family.* Aber leben sie nicht vielleicht in einem Käfig? Wie empfinden Sie das als ehemaliger DDR-Bürger?«

Karl Bartsch wurde nun richtig böse. »Ach hören Sie doch endlich damit auf! Die Bibel ist etwas anderes als das Parteiprogramm der SED, und hier kann auch jeder wieder gehen, wenn er Lust hat. Wir sind weder die DDR noch die Scientology!«

*

Dietmar Menz kam sich vor wie ein Schauspieler, der lange Jahre in der Fernsehserie *Bei den Amischen in*

Ohio den Arjen Boom aus Antwerpen gespielt und so stark verinnerlicht hatte, dass er nun große Mühe hatte, wieder er zu sein, der gescheiterte Forsteleve und Mörder aus Berlin. Er hatte im Wayne National Park oberhalb des Devil's Lake eine versteckt gelegene und von seinem Besitzer längst aufgegebene Jagdhütte entdeckt, in der man gut für ein paar Tage unterkriechen konnte. Wasser zum Trinken gab es im Überfluss, und bei so viel Blaubeeren, Walderdbeeren, Wildkirschen und Pilzen ringsum brauchte er nicht zu befürchten, so schnell zu verhungern. Wenn die drei Berliner Touristen wieder aus Holmes County abgereist waren, konnte er sofort wieder als Arjen Boom zu Eleasar Hornbläser, Elischeba, Tommy und den anderen zurückkehren.

Stundenlang saß er grübelnd am Ufer des Sees. Insoweit hatten die Amischen ihn mit ihrer tiefen und manchmal auch penetranten Religiosität schon angesteckt, dass er sich fragte, welches Sühneopfer der Herr ihm dafür abverlangen würde, dass er Thomas Wotzlaff erschossen hatte. Reichte es, dass er für den Rest seiner Tage Jahr für Jahr das erbärmlich einfache und furchtbar reglementierte Leben der Amischen führen und auf alles verzichten wollte, was der Westen an Genüssen zu bieten hatte? Immer wieder ging ihm Lukas 13,3 durch den Kopf: *Nein, sage ich euch; sondern wenn ihr nicht Buße tut, werdet ihr alle auch so umkommen!* Gemeint waren die Galiläer, die der umfallende Turm von Siloah erschlagen hatte. Nun, hier im National Forest gab es keine Türme, aber Abertausende von turmhohen Bäumen.

»Herr«, sprach er mit gen Himmel gerichteten Augen, »ich bin kein feiger Mörder, sondern ich habe den Revierförster am Ufer des Teufelssees in einem fairen Duell erschossen. Er hat nur die Quittung für sein Tun bekommen. Und wenn Du es gewollt hättest, Herr, dann hätte mich ebenso gut seine Kugel treffen können.«

»Rede dich nicht heraus, mein Sohn, du hattest den Thomas Wotzlaff töten wollen, weil er stellvertretend für alle Männer stand, die dich in deinem Leben gequält haben, und vor allem für deinen Vater, der dich als Kind und als Jugendlicher so erbärmlich allein gelassen hat. Du hast in deinem unstillbaren Durst nach Rache getötet.«

Menz senkte den Kopf. »Ja Herr, ich bekenne meine Schuld und flehe Dich an, mir zu verzeihen und mir eine Quittung für mein Verhalten zu ersparen, die mich bis an mein Lebensende ins Gefängnis bringt. Lass mich Elischeba heiraten, und ich ihr will bis ans Ende meiner Tage ein guter Ehemann sein und meine Kinder und meine Nächsten so lieben, wie Du es bei uns Menschen sehen willst.«

In diesem Augenblick blitzte und donnerte es ganz in seiner Nähe, und Menz nahm das als Zeichen, dass Gott mit dem Deal, den er ihm angeboten hatte, einverstanden war.

*

Als Heike gesagt hatte, sie wolle gern nach Lancaster fahren, hatte Orlando sie verbessert: »Zu Lancaster?« – »Wie …?« – »Na, *zu* Burt Lancaster – *Trapez* – mit Gina Lollobrigida, vor allem aber: *Verdammt in alle*

Ewigkeit – From Here to Eternity mit Frank Sinatra und Deborah Kerr. Nach der haben sie meine Deborah benannt.«

Nun logierten sie im »Hampton Inn« in Lancaster, Ohio, einer Kleinstadt am Hocking River, die um 1800 vornehmlich von deutschen Siedlern gegründet worden war. Sie hatten ein Doppel- und ein Einzelzimmer gemietet, aber vor dem Schlafengehen saßen sie noch zusammen an der Bar, um zu relaxen. Während Heike in verschiedenen Flyern nach interessanten Amischen in Lancaster suchte und Orlando eine SMS an Deborah schrieb, suchte Mannhardt mit halb geschlossenen Augen nach dem Menschen mit dem Namen Horn ... und so weiter. Jetzt endlich hatte er ihn gefunden und schrie ihn wie in einer kleinen Explosion in die Stille der leeren Bar: »Hornbostel, Obadja Hornbostel!«

Heike und Orlando fuhren erschrocken zusammen und sahen ihn an wie den berühmten »armen Irren«. »Wer ist'n das?«

»Na, der aus *Quitt*!«

»Was für Quitten?«, fragte Orlando. »Ist das ein Marmeladenhersteller?«

Mannhardt holte mit der rechen Hand aus und deutete eine Ohrfeige an. »Kind! Fontane hat drei Kriminalromane geschrieben: *Unterm Birnbaum*, *Ellernklipp* und *Quitt*. Letzteren habe ich in Berlin angefangen und in den Koffer gepackt, um ihn auf der Reise zu Ende zu lesen.«

»Und – hast du?«, fragte Heike.

»Nein, den habe ich total vergessen.«

Aber kaum war Mannhardt oben im Zimmer, fing er an, in *Quitt* zu blättern. Zuerst hakte er im 8. Kapitel ein, wo geschildert wurde, wie Lehnert Menz von Preußen, von Schlesien aus in die weite Welt hinauswollte:

»Eine jämmerliche Welt hier; immer muss man scherwenzeln, und wenn man nach vorn hin dienert, stößt man nach hinten hin einen um. Eng und klein, sag ich, und ich möchte … für mein Leben gern nach Amerika, wo's anders aussieht und wo, wenn ich mein Gewehr abschieße, niemand es hört als Wald und Berg und auf zehn Meilen in der Runde kein menschlich Ohr ist. (…) Ich wüsste gar nichts und wüsst auch nicht, dass es eine neue Welt gibt, die besser ist als die alte. Ja, Mutter, mag sein; aber das ist nun zu spät. Und ich danke Gott, dass ich's weiß, und dass es einen Platz gibt, wo man hin kann, wenn einem der Boden hier zu heiß wird und das Leben zu miserabel vorkommt.«

Dann stieß Mannhardt auf das 11. Kapitel, wo Lehnert den Förster Opitz für all sein Unglück im Leben verantwortlich machte:

»Ja, er ist schuld, er allein … von Anfang an, und hat mich geschunden und gequält … Er hat mir das Leben verdorben und mein Glück und meine Seligkeit. (…)«

Es folgte Menz' Plan, Opitz zu ermorden:

Es war Mittag, und Frau Menz brachte die Mahlzeit. Aber Lehnert aß nicht, und als die Alte ihm zure-

dete, wies er es kurzerhand ab, stand auf und ging in seine Kammer, um, was ihn peinigte, loszuwerden und Ruhe zu suchen. Wenn er hätte schlafen können! Aber er fühlte nur, wie's hämmerte. Mit einem Male sprang er auf. »Nein, ich bleibe. Nicht fort. Ich will nicht fort. Einer muss das Feld räumen, gewiss. Aber warum soll ich denn der eine sein? Warum nicht der andere? Mann gegen Mann … und oben im Wald … und heute noch. Ich sage nicht, dass ich's tun will, ich will es nicht aus freien Stücken tun, nein, nein, ich will es in Gottes Hand legen, und wenn der es fügt, dann soll es sein …« (…)

Er wartete bis um die sechste Stunde, legte dann, wie stets, wenn er ins Gebirge wollte, hirschlederne Gamaschen an und stieg, als er sich auf diese Weise marschfertig gemacht hatte, von seiner Bodenkammer wieder in die Wohnstube hinunter. Hier riss er aus dem unter der Jagdflinte hängenden Kalender ein paar Blätter heraus und wickelte was hinein, was wie Flachs oder Werg aussah. Alles aber tat er in eine Ledertasche, wie sie die Botenläufer tragen, gab dann der Alten, unter einem kurzen »Adjes, Mutter«, die Hand und ging auf das sogenannte »Gehänge« zu, den nächsten Weg zum Kamm und zur Koppe hinauf.

Dann tötet Menz Opitz wirklich:

Da kam wer auf ihn zu. »Steh!« Opitz war um eine Wegecke gebogen und hielt auf fünf Schritt.

Und Lehnert stand.

»Gewehr weg! Was ein Richtiger ist, der weiß, wie

sich's gehört. Aber du bist wohl ein Böhm'scher ... Eins, zwei ...«

Lehnert, das Gewehr in der Hand, zögerte noch.

»Gewehr weg ... drei.« Und im selben Augenblicke schlug der Hahn auf das Pistol. Aber das Zündhütchen versagte.

Und nun schlug Lehnert an, und zwei Schüsse krachten.

Opitz brach zusammen.

Mannhardt blätterte weiter zum 15. Kapitel, wo man glaubt, in Lehnert den Mörder von Opitz gefunden zu haben, doch Menz ist verschwunden.

»Wir haben ihn!« (...)

Und unter diesen Worten eilte man nach dem Flur hinaus, um Lehnert, dessen Schuld nun klar war, in Verhaft zu nehmen. Aber wo war er? Die Alte lag draußen, in wirklicher oder erheuchelter Ohnmacht, jedenfalls unfähig oder unwillig, auf die stürmisch an sie sich richtenden Fragen Antwort zu geben. Wo war er?

Die Brückenstege waren nach wie vor dicht besetzt, so musst er denn, wenn nicht ein Wunder geschehen, im Hause selbst irgendwo verborgen sein. Und bis unter das Dach hin wurde nun jeder Winkel und Verschlag untersucht und die Suche bis in Schuppen und Milchkeller fortgesetzt. Man durchwühlte das Heu, die Hobelspäne, selbst in den Rauchfang stieg man hinauf und wurde nicht müde, das Oberste zuunterst zu kehren. Alles umsonst. Die Alte wusste nichts. Er war fort.

Im 17. Kapitel hielt Menz sich plötzlich in den USA auf:

Sechs Jahre waren hin, und wieder war Sommer, als ein schlank aufgeschossener Mann von Mitte 30, der in seinem Aufzuge halb einem Cooperschen Trapper und halb einem Bret Harteschen Kalifornier aus den Diggings glich, auf einem bequemen Waldpfade zu den Shawnee-Hills emporstieg, einem ausgedehnten, südlich vom Staate Kansas in den sogenannten »Indian-Territories« gelegenen Gebirgszuge. Er kam vom Fort MacCulloch, das er schon tags vorher verlassen, und hoffte, noch vor Abend in dem an der andern Seite der Shawnee-Hills gelegenen Fort Holmes zu sein …

Im 21. Kapitel war Menz in einer Mennoniten-Siedlung mit dem Namen Nogat-Ehre angekommen:

Anderthalb Wochen waren um, und Lehnert hatte sich eingelebt. Er sah kein Regieren, und einfach ein Geist der Ordnung und Liebe sorgte dafür, dass alles nach Art eines Uhrwerks ging. Der Tag begann mit einer Andacht, die der Alte klug genug war, wenigstens als Regel, knapp und kurz einzurichten, weil er sich sagte, dass Ermüdung der Tod aller Erbauung sei. Gewöhnlich las er einen Psalm oder etwas aus der Patriarchengeschichte, wenn er nicht vorzog, an mehr oder weniger wichtige Tagesereignisse mit Spruch und Betrachtung anzuknüpfen. War dann unmittelbar nach der Andacht das Frühstück eingenommen, so gab er persönlich die Weisungen für den Tag …

Mannhardt kämpfte sich durch die ziemlich langatmige Geschichte bis zum 34. Kapitel durch, wo Menz schwer stürzt und auf den Tod wartet:

Denn mit einem Mal kam er in ein halbes Stürzen, und weil zufällig kein Strauch mehr da war, dran er sich klammern konnte, schoss er, wie von einer Rutschbahn, mit aller Gewalt auf den Plateaurand nieder und musste froh sein, unterwegs auf eine stumpfe Steinkante zu stoßen, die den Sturz einigermaßen aufhielt. In der Tat, die Erschütterung, als er auf dem Plateaurand ankam, war nicht allzu groß, ebenso wenig empfand er einen Schmerz, und so stand er denn auf dem Punkt, sich zu dem den jähen Absturz hemmenden »Stein des Anstoßes« aufrichtig zu beglückwünschen, als er bei dem Versuche, sich aufzurichten, erkennen musste, dass der Stein des Anstoßes wohl geholfen, aber doch noch mehr geschadet habe. Mit der Hüfte gegen den Stein fahrend, war der Hüftknochen aus dem Gelenk gesprungen. Er erhob sich mit äußerster Anstrengung, aber nur, um im selben Augenblick wieder zusammenzubrechen. Jetzt kamen auch Schmerzen, begleitet von einer schweren Ohnmacht, und als er nach einiger Zeit (er wusste nicht, wie lange) wieder erwachte, standen schon die Sterne am Himmel. (…) »… wenn kein Entrinnen, dann, du Vater im Himmel, mach es rasch lass es rasch vorüber sein.« (…) »Es soll also sein«, sagte Lehnert, über den plötzlich eine volle Ergebung in sein Schicksal kam.

Im 35. Kapitel schließlich fanden sich Menz' letzte Worte:

Sein Rock war halb geöffnet, und man sah ein zusammengefaltetes Zeitungsblatt, das er in die Rocköffnung wie in eine Brusttasche gesteckt hatte. Darüber ruhte seine linke Hand, auf deren Oberfläche man geronnenes Blut sah, aber nur wenig, wie von einem kleinen Riss mit dem Messer. Und nun bückte sich Toby, um das Zeitungsblatt zu nehmen, auf das der Tote, wie's schien, in seiner letzten Stunde seine letzten Worte geschrieben hatte. Zwischen den Fingern der rechten Hand hielt er noch ein zugespitztes Holzstäbchen. Was er aber geschrieben, das lautete: »Vater unser, der du bist im Himmel … Und vergib uns unsere Schuld … Und du, Sohn und Heiland, der du für uns gestorben bist, tritt ein für mich und rette mich … Und vergib uns unsere Schuld … Ich hoffe: quitt.«

Um genau 23.13 Uhr der Eastern Standard Time (EST) hatte Mannhardt dann ein Aha-Erlebnis, das ihn aufschreien ließ.

»Du Heike, da gibt es Parallelen zu unserem Mordfall in den Müggelbergen. Bis hin zum Namen Menz, wenn auch nicht Dietmar, sondern Lehnert Menz. Der Mörder steckt hier irgendwo bei den Mennoniten oder den Amischen!«

Heike, die schon halb eingeschlafen war, ließ ihre rechte Hand vor der Stirn kreisen, was heißen sollte: »Du hast sie ja nicht mehr alle!«

SIEBZEHN

Die Luft schien ihm wieder rein, und so war Dietmar Menz nach Berlin, Ohio, zurückgekehrt. Selbstverständlich als Arjen Boom. Vielleicht würde er den anderen irgendwann einmal seine wahre Identität offenbaren, aber noch war dieser Augenblick nicht gekommen. Wenn er bedrückt über das Farmgelände schritt, dann weniger aus Angst, von den drei Deutschen aus dem richtigen Berlin entlarvt zu werden, denn die waren ja möglicherweise schon heimgeflogen oder weilten noch in Lancaster, sondern weil er fürchtete, der Herr würde bei ihm auf einem Sühnetod bestehen, das heißt, ihn sterben lassen, um damit den vermeintlichen Mord an Wotzlaff zu rächen. Und seine Befürchtungen schienen nicht aus der Luft gegriffen zu sein.

Sie saßen alle am Frühstückstisch, und Eleasar Hornbläser bemängelte, dass ein frischer Blumenstrauß fehlte. Er unterstrich dies mit einer Stelle aus der Bibel, wo der Herr zum Propheten Jesaja spricht (40,6): *Alles Fleisch ist Gras, und alle seine Güte ist wie eine Blume auf dem Felde …* »Deshalb sollte ein Blumenstrauß auf unseren Tischen nie fehlen!«

Seine Tochter nahm diesen Verweis sehr ernst und unterließ eine dahin gehende Entschuldigung, dass ja für die Blumen immer die verstorbene Regina Bartsch zuständig gewesen sei und sie sich erst langsam daran gewöhnen müsse, deren Rolle zu übernehmen. Gleich nach dem Frühstück aber machte sich Elischeba Hornbläser auf, für einen wunderschönen Blumenstrauß zu sorgen. Das würde keine große Mühe machen, denn zwischen Wohnhaus und Scheune lag ihr Garten, in dem so einiges an Schnittblumen wuchs.

Als sie an den Palisadenzaun gekommen war, an dem schöne Sonnenblumen wuchsen, störte sie sich an einem Feldstein von nicht geringer Größe, den bösartige »Englische« in ihr Blumenbeet geworfen haben mussten. Oder hatte ihn Monsieur Hurepoix herbeigeschafft, um sich den lang ersehnten Steingarten anzulegen? Wie auch immer: Der musste verschwinden. Da sie sich zu schwach fühlte, um den Brocken anzuheben und über den Zaun zu werfen, rief sie nach Arjen Boom. »Komm und hilf mir mal!«

Der hatte den Ruf durch das offenstehende Küchenfenster gehört und erschien auch umgehend. Beide machten sich nun zuerst daran, den Stein zu lockern. In dem Augenblick aber, da er sich etwas vom Boden löste, fuhr eine Kreuzotter unter ihm hervor und biss Elischeba Hornbläser in ihr rechtes Handgelenk, und zwar dicht über einer bläulich schimmernden dicken Ader. Sie schrie auf. Arjen Boom wollte die Schlange mit einem dicken Knüppel erschlagen, doch sie war schon im Dickicht des Blumenbeets verschwunden. Nun wandte er sich schnell Hornbläsers Tochter zu. Die war in die Knie gesunken, hatte die Hände gefaltet und betete mit todtrauriger Stimme:

»Herr, ich weiß, dass ich jetzt sterben muss. Sei meiner Seele gnädig!«

Da kniete sich Menz neben sie nieder, griff nach ihrer Hand und begann, das Gift aus ihrer Wunde zu saugen.

Elischeba Hornbläser sah ihm ebenso dankbar wie schuldbewusst in die Augen: »Nun wirst *du* sterben.«

»Nein, Elischa, nein! Denn ich will ja noch … dich!«

Doch schon hatte er das Bewusstsein verloren. Eleasar Hornbläser und Orlando trugen ihn in seine Kammer, wo ihn alsbald ein heftiges Fieber befiel.

»Wir müssen einen Arzt holen!«, rief Elischeba Hornbläser.

»Aber nicht einen hier aus Berlin«, fügte Tommy hinzu. »Die verschreiben ja doch nur Kamillentee und kämpfen mit Gebeten und Kamillentee gegen das Schlangengift an. Es muss schon ein Doktor aus dem Lutheran Hospital in Cleveland sein.«

Karl Bartsch rang die Hände. »Der Tod geht hier um auf der Hornbläser-Farm: Erst meine Frau, dann Pockmarks-Face und jetzt Arjen Boom!«

Eleasar Hornbläser suchte sie mit einem Spruch aus dem 1. Buch Moses (Genesis 24,56) zu trösten: *»Lasst mich ziehen, haltet mich nicht; Gott hat meine Reise bisher gnädig gesegnet, ich kann nun getrost zu ihm zurückkehren.«*

Alle rechneten mit dem baldigen Ableben des Hospitanten Arjen Boom.

*

Das »Hampton Inn Lancaster«, wo Heike, Mannhardt und Orlando abgestiegen waren, lag so ziemlich im Zentrum der kleinen Stadt und in erreichbarer Nähe zum

Georgian Museum und dem Sherman House Museum. Im erstgenannten Museum konnten sie die frühe amerikanische Handwerkskunst aus dem 19. Jahrhundert und im zweiten den Geburtsort des Bürgerkriegs-Generals William Tecumseh Sherman bewundern, der auf Seiten der Nordstaaten gekämpft hatte. Dann ging es hinaus zum Wahkeena Naturreservat und zur Slate Run Living Historical Farm. Mannhardt konnte sich aber die ganze Zeit über nicht richtig auf das zu Sehende konzentrieren, weil ihm Fontanes *Quitt* nicht aus dem Kopf ging. Sollte es genau 125 Jahre nach Erscheinen des Romans eine ähnliche Geschichte gegeben haben? Er stellte sich diese Frage selbst, aber auch Heike und Orlando immer wieder.

Seine Frau lachte. »Mensch, Hansjürgen, das ist genauso unwahrscheinlich wie die Existenz einer Parallelerde irgendwo in den Weiten des Alls. Es gibt keinen zweiten Planeten, der unserem haargenau gleicht!«

»Und wenn doch? Hast du Beweise für deine Hypothese?«

»Nein, du aber für deine auch nicht.«

Orlando argumentierte noch ein wenig böser. »Fontane und Fontanelle, das klingt ja sehr ähnlich. Und das Kind von Deborahs Nichte, das hatte eine pochende Fontanelle. Und bei manchen pocht der Fontane pathologisch im Kopf, das ist dann die Fontaneritis. Ob du nicht deswegen einmal zum Psychiater gehen solltest, Opi Hajü …?«

Mannhardt musste schlucken, konnte sich aber gerade noch beherrschen und bat seinen Enkel lediglich, sich einmal umzudrehen.

»Warum denn das?«, fragte Orlando.

»Damit ich dir mal kräftig in den Hintern treten kann!«

»Kinder!«, rief Heike. »Vertragt euch.«

Das taten sie dann auch und machten sich auf den Rückweg zu ihrem Hotel, das laut Flyer am Schorrway Dr NW zu finden war.

»Wer war Dr. Schorrway?«, fragte Orlando. »Und Facharzt wofür? NW, was meint das wohl?«

»Nasenwurzeln«, riet Mannhardt und beklagte sich lauthals darüber, dass die Spezialisierung in der Medizin immer weiter zunähme. »Bald haben wir einen Arzt nur für das linke und einen nur für das rechte Auge. Und bei den Ohrenärzten wird das genauso gehen.«

»NW …?«, überlegte Orlando weiter. »Nierenwerte? Nebenhöhlenwucherungen? Nabelwachstumsstörungen?«

So beschäftigte sie der Schorrway Drive Northwest noch eine Weile, während Heike schon mit einem irgendwo eingesteckten Werbeprospekt beschäftigt war: *Heute bricht auch schon Ihr letzter Tag in der Gegend von Lancaster an – Sie sollten, bevor Sie diese beschauliche Gegend verlassen, unbedingt noch den Bird-in-Hand Markt besuchen. Hier wird von selbst gemachter Marmelade bis hin zu Brezeln und Käse alles angeboten, was die Amische Kulinarik hergibt.*

Auf dem Markt kauften sie sich an einem Stand eine Tüte mit Kirschen und kamen mit dem Besitzer, einem Carl Meier, ins Gespräch. Dabei beklagte sich der Händler darüber, dass die Sprache der Amischen immer stärker mit englischen Brocken durchsetzt werde, und sein

Pennsylvaniadeutsch war so schön, dass ihm Heike sofort ihr Aufnahmegerät hinhielt:

»Die englisch Sproch hen Amische ebbmols juscht ge'just far mit die outside Welt zu kommunikäte. Dieweil sie nau immer mehr mit die outside Welt verbunne sin, ischt der Use vun die englisch Sproch ge'wochse, was een Deel Leit critical sehne. Darum haben wir seit 25 Jahren auch unsere eigene Zeitung mit dem schönen Titel *Hiwwe wie Driwwe.«* Damit reichte er ihnen ein Exemplar zur Ansicht.

Heike war Feuer und Flamme. »Kann ich das kaufen?«

»Nein.«

Sie war etwas verwirrt. »Nein!? Wieso denn das?«

»Weil ich Ihnen *Hiwwe wie Driwwe* schenken tu'.«

Sie bedankte sich, und zurück im Hotel machte sich Mannhardt sofort an die Lektüre. Kaum hatte er mit dem Durchblättern begonnen, da schrie er auch schon auf.

»Hier! Seht ihr das: ein Bericht von unserer Hornbläser-Farm!«

Heike verstand seine Erregung nicht. »Na und?«

»Die Beerdigung von Pockmarks-Face!«, rief Mannhardt.

Jetzt kam das »Na und!?« von Orlando. »Sind wir drei wenigstens mit drauf?«

»Nein, aber hier stehen die Neuen auf der Hornbläser-Farm nebeneinander: Henri Hurepoix, Karl Bartsch und Arjen Boom.«

»Und was ist daran so sensationell?«, wollte Orlando wissen.

»Weil mir dieser Arjen Boom so bekannt vorkommt … Als hätte ich den schon einmal bei uns in Berlin gesehen …«

»Klar, es boomt ja überall«, lästerte sein Enkel.

»Nein!« Und jetzt geriet Mannhardt völlig aus dem Häuschen. »Der sieht genauso aus wie dieser Menz, der aller Wahrscheinlichkeit nach den Revierförster Wotzlaff erschossen hat, da in den Müggelbergen.«

Heike mischte sich ein. »Ich denke, dieser Menz ist in Griechenland ertrunken?«

»Nein, der ist bis rüber nach Amerika geschwommen«, höhnte Orlando.

*

Das eingesogene Schlangengift hatte Dietmar Menz nicht töten können. Der aus Cleveland herbeigeholte Arzt hatte lediglich eine Sommergrippe diagnostizieren können und hinzugefügt, dass das festgestellte Fieber nur eine Folge der nervlichen Erregung nach dem Vorfall mit der Schlange gewesen sei. Auch Elischeba war mit dem Schrecken davongekommen. Die Wunde an ihrer Hand hatte sich zwar ein wenig entzündet, aber das war eine Lappalie.

Ohne dass der Retter seiner Tochter oder Elischeba selbst mit ihm gesprochen hätten, sah Eleasar Hornbläser den Vorfall als einen Hinweis Gottes an, dass die beiden jungen Menschen füreinander bestimmt seien, und ging in seiner nächsten Predigt auf eine ganz bestimmte Stelle im 1. Buch Mose ein, wo im 29. Kapitel in den Versen 18-22 von Jakob und Rahel, Labans älterer Tochter, die Rede war: »*Und Jakob gewann die Rahel lieb und sprach* (zu Laban)*: Ich will dir sieben Jahre um Rahel … dienen. – Laban antwortete: Es ist besser, ich gebe sie dir als einem andern; bleibe bei mir. – Also diente Jakob um Rahel sieben Jahre, und sie deuchten ihn, als wären's einzelne Tage, so lieb hatte er sie. – Und Jakob sprach zu Laban: Gib mir nun mein Weib, denn die Zeit ist gekommen, dass ich zu ihr gehe. – Da lud Laban alle Leute des Orts und machte ein Hochzeitsmahl.*«

Menz konnte sein Glück nicht fassen. Dass Elischeba ihn genauso innig liebte wie er sie, daran konnte es keinen Zweifel geben, denn die Blicke, mit denen sie ihn streifte, konnten nicht lügen.

Eben noch hatte er fürchten müssen, der Herr würde ihn den Sühnetod sterben lassen, und nun sah er plötzlich einer Zukunft voller Glück und Seligkeit entgegen. Bei Karl Bartsch stand ein kleiner Band mit Goethe-Gedichten im Regal. Den lieh er sich aus, um etwas daraus für Elischeba abzuschreiben. Er blätterte lange darin und schrieb dann unter der Überschrift »Für Elischeba Hornbläser« einige Strophen aus dem *Mailied* ab:

Es dringen Blüten
Aus jedem Zweig,
Und tausend Stimmen
Aus dem Gesträuch;

Und Freud' und Wonne
Aus jeder Brust.

O Erd', o Sonne!
O Glück, o Lust!

O Lieb', o Liebe!
So golden schön!
Wie Morgenwolken
Auf jenen Höhn!

O Mädchen, Mädchen,
Wie lieb' ich dich!
Wie blickt dein Auge!
Wie liebst du mich!

Gerade faltete er das Blatt zusammen, auf dem er alles mit Tinte und Feder geschrieben hatte, um es an Elischebas Kammer durch den Spalt zwischen Tür und Schwelle zu schieben, da hörte er draußen auf dem Hof Pferdehufe. Er trat ans Fenster, um zu sehen, wer da in einer Kutsche auf die Hornbläser-Farm kam.

»Scheiße, verdammte!«

Es waren diese drei Idioten von Berliner Touristen, diese blöde Kuh vom Deutschlandradio mit ihrem Trottel von Mann und ihrem bescheuerten Enkel.

Es konnte nur einen Grund geben, weswegen sie noch einmal hier auftauchten …

*

Heike, Mannhardt und Orlando waren diesmal im »Berlin Grande Hotel«, Township Rd 366, abgestiegen, angelockt von der Werbung: *In a charming village Ohio's*

Amish country, the brand-new Berlin Grande Hotel invites guests to indulge in the luxury of an upscale boutique hotel while experiencing the serenity and simplicity of an earlier era. Spacious guest rooms with tasteful decor invite you to relax and unwind in style. Zwei Wörter hatten sie erst recherchieren müssen: *indulge* = frönen, verwöhnen, sich hingeben, verhätscheln und *unwind* = abschalten, sich entspannen, aber es hatte gut geklungen. Bis zur Hornbläser-Farm war es Mannhardt zu Fuß zu weit gewesen, und sie hatten sich eine Kutsche kommen lassen.

»Nun bläst aber gar keiner ins Horn«, stellte Orlando fest, als sie ausgestiegen waren.

Als Erster kam ihnen Karl Bartsch entgegen, der sie freudig begrüßte. »Nun, wollen Sie auch zu den Amischen kommen und leben wie wir?«

Mannhardt grinste. »Klar, wenn ich hier noch weiter als Kriminalkommissar arbeiten könnte.«

Karl Bartsch horchte auf. »Gestern waren Leute aus Potsdam zu Besuch hier, und die haben mir erzählt, dass da die ganze Stadt nach einem kleinen Jungen sucht, der urplötzlich verschwunden ist. Sie haben schon alles durchsucht. Können Sie sich da einen Reim drauf machen?«

»Ja«, antwortete Mannhardt ohne lange nachzudenken. »Da wird vermutlich ein zweiter Jürgen Bartsch am Werke sein.«

»Hoffentlich kein Verwandter von Ihnen«, fügte Orlando hinzu. »Pardon!«

Der Mann aus Lindow winkte ab. »Ich bin das gewohnt, ich leide da schon seit Jahren drunter.«

Mannhardt bewies nun, dass er tatsächlich, wie Orlando und Heike schon immer behauptet hatten, von einer professionellen Deformation befallen war, denn er gab sich voll und ganz als Dozent. »Jürgen Bartsch, geboren in Essen, war ein pädosexueller Serienmörder, der in Velbert vier Jungen ermordet hat. Bekannt geworden ist er auch als ›Kirmesmörder‹. Seine pädophilen und sadistischen Neigungen hat er in einem katholischen Internat entwickelt. Die Heimerziehung, so die herrschende Lehrmeinung, sei an allem schuld. Er habe die Launen und Strafen der Heimerzieher widerspruchslos hingenommen und in sich einen wahnsinnig hohen Aggressionsdruck aufgebaut. Der hat sich dann dadurch entladen, dass er hilflose Jungen gedemütigt, bedroht, missbraucht und schließlich vernichtet hat.«

Heike zeigte, dass auch sie ironisch werden konnte. »Wir danken Ihnen, Herr Professor Mannhardt, für Ihre Ausführungen. Zwar hängen sie irgendwie im luftleeren Raum, aber dennoch: Schön, dass wir darüber geredet haben.«

In diesem Augenblick kam Henri Hurepoix auf sie zu.

»Der muss ja als Junge ganz schön gemobbt worden sein«, sagte Orlando leise. »Immer haben die anderen gerufen: Da kommt ja die Hure Poix.«

Heike lachte. »Naja, *poix* heißt ja auch Pech.«

»Lacht ihr über mich?«, wollte der Franzose wissen, als er herangekommen war. »Sicherlich über meinen Namen. Ich kenne das bei den Deutschen, insbesondere bei denen, die nicht wissen, dass wir das H vorne nicht mitsprechen. Aber der Hurepoix ist eine Landschaft in der Ile-de-France. Daher mein Name. Ob da besonders viele Nutten gelebt haben? Keine Ahnung. Meine Mutter war jedenfalls Lehrerin.«

Von der kleinen Versammlung angelockt, kamen jetzt auch Eleasar Hornbläser und sein Sohn auf den Hof, und der Patriarch der Amischen wollte wissen, was die Spree-Berliner noch einmal auf seine Farm geführt habe.

»Brennt es hier?«

Orlando lachte. »Hier brennt es doch immer.«

»Wieso das?«

»Na ... *der Herr, dein Gott, ist ein verzehrendes Feuer ...*«

Der Patriarch der Amischen sah darin durchaus nichts Scherzhaftes, sondern vollendete mit ernster Miene: *»Denn der Herr, dein Gott, ist ein verzehrendes Feuer und ein eifriger Gott.* – 5. Buch Mose, 4,24. Aber, das Feuer, das in uns brennt, verzehrt uns nicht, sondern bewirkt, dass wir ein erfülltes Leben haben.«

Da konnte auch Mannhardt nicht anders als einzuhaken. »Dadurch ist ja Deutschland 1954 Weltmeister geworden, das Wunder von Berlin, weil Sepp Herberger von seinen Jungs gefordert hatte: Brenne müsse se!«

Für Heike schien das Niveau des beginnenden Small Talks unter ein für sie erträgliches Niveau zu sinken, und sie bat nun Eleasar Hornbläser darum, Arjen Boom holen zu lassen. »Ich wollte doch nicht versäumen, ihn zu interviewen, denn er scheint mir für mein Projekt sehr interessant zu sein.«

»Tommy gehst du mal bitte?«

Der Sohn machte sich auf den Weg in den Gebäudetrakt, in dem sich die Kammern der Gemeindemitglieder befanden, kam aber kurz darauf allein zurück.

»Arjen ist nicht da! Hat ihn jemand irgendwo hingeschickt?«

Als alle verneinten, hielt Mannhardt die Zeit gekommen, die Amischen von seinem Verdacht zu unterrichten.

»Wie Sie vielleicht schon alle wissen, bin ich ein pensionierter Kriminalbeamter und habe in Berlin jahrelang eine Mordkommission geleitet, und mein Enkel hier, Orlando, ist Jurist und werdender Untersuchungsrichter oder Staatsanwalt. Ich bin zwar im Ruhestand, unterrichte aber an einer Berliner Hochschule noch immer Kriminologie und helfe mitunter meinen jüngeren Kollegen dabei, einen Mörder hinter Schloss und Riegel zu bringen. Und da ist nun vor einigen Wochen in unseren Müggelbergen der Revierförster Thomas Wotzlaff erschossen worden. Der mutmaßliche Täter, ein gewisser Dietmar Menz, war Praktikant bei ihm, konnte aber vor seiner Festnahme aus Berlin fliehen und soll auf Kreta ertrunken sein.«

Eleasar Hornbläser war langsam ungeduldig geworden. »Und was hat das mit uns zu tun?«

Mannhardt holte tief Luft. »Es besteht der dringende Verdacht, dass es sich bei dem Mann, der als Arjen Boom zu Ihnen gekommen ist, in Wahrheit um keinen anderen handelt als um diesen Dietmar Menz.«

Erst schwiegen alle, denn ihr Gehirn brauchte einige Sekunden, Mannhardts Worte zu verarbeiten, dann gab es Schreie des Entsetzens und der Empörung. Das sei eine üble Unterstellung, das könne nicht wahr sein, man lege für Arjen Boom die Hand ins Feuer.

Elischeba Hornbläser brach in Tränen aus und warf sich schluchzend an die Schulter ihres Vaters. »Arjen liebt mich, ich liebe ihn, wir wollen heiraten!«

»Das ist jetzt wie in einem Hollywoodfilm«, murmelte Heike.

Orlando wurde philosophisch. »Ein bisschen Hollywood muss dabei sein, sonst ist das Leben langweilig.«

»Haben Sie Beweise, Herr Mannhardt?«, rief Tommy.

Mannhardt blieb ruhig und sachlich. »Sein Verschwinden ist Beweis genug.«

»Aber dass er nicht da ist, das will gar nichts heißen!«, ereiferte sich Elischeba Hornbläser. »Arjen ist immer mal wieder abgetaucht, um in der Einsamkeit der Wälder zu arbeiten und zu sich selbst zu finden.«

»Das beweist doch aber, dass er mit sich selbst nicht ganz im Reinen war«, argumentierte Heike. »Sein Gewissen wird ihn gequält haben!«

Karl Bartsch bemühte sich nun, die Debatte um Arjen Boom zu versachlichen. »War oder ist denn dieser Dietmar Menz geborener Berliner?«

Mannhardt überlegte einen Augenblick. »Ja. Soweit ich weiß.«

»Aber ich habe den Mann, den Sie meinen, hier bei uns nie berlinern hören. Dafür waren bei ihm immer wieder ein paar Brocken Holländisch oder Flämisch eingestreut, etwa: Goedemorgen, lieverds, hoe gaat het?«

Nun wurde Mannhardt wieder etwas schwankend. »Nun, ja, aber das könnte er bei einem Besuch in Amsterdam schnell gelernt haben, intelligent genug ist er ja, war er ja …«

Nun bezog auch Henri Hurepoix Stellung für Arjen Boom. »Aucun préjudice! Keine Vorverurteilung! Für mich ist er nie und nimmer ein Mörder! Er konnte ja nicht einmal eine Mücke erschlagen, die auf seinem Arm gesessen hat.«

»Redet nicht so lange, sucht ihn lieber!«, schrie Elischeba Hornbläser und bat die anwesenden Männer, sofort loszufahren oder -zulaufen.

Orlando sah Tommy Hornbläser an. »Gibt es denn einen Hinweis darauf, wo wir deinen Freund finden könnten?«

»Vielleicht steckt er wieder im Wayne National Forest, in der Hütte da am Devil's Lake …?«

ACHTZEHN

Dietmar Menz hatte die Hütte oberhalb des Devil's Lake so vorgefunden, wie er sie vor Tagen verlassen hatte. Auf dem Weg von Berlin, Ohio, hierher, hatte er voll realisiert, dass es auf der Bühne des Lebens aus war mit seiner Rolle als Arjen Boom. Jetzt sah er nur noch eine Chance für sich: Über die Grenze nach Kanada zu entkommen. In dessen unermesslichen Weiten würde ihn auch der beste Detektiv nicht finden können. Oder? Mit einigem Schrecken erinnerte er sich an die Karl-May-Bücher, die er als Junge verschlungen hatte. Da hatten auch Detektive aus Deutschland Verbrecher gejagt, die in die USA geflohen waren. »Ach Unsinn!« Dieser Mannhardt war, gemessen an Old Shatterhand, eine Figur aus dem Witzblatt: Old Zitterhand. Ein anderer Gedanke schoss ihm durch den Kopf: Flüchte dich zu deinem Vater in den Jasper Nationalpark! Er hat so viel an dir wiedergutzumachen, dass er dich bestimmt verstecken wird. Menz schloss die Augen und versuchte, die Landkarte Nordamerikas wie auf einer Leinwand vor sich zu sehen. Von Cleveland nach Toronto mochten es über Buffalo mit dem Auto knappe 500 Kilometer sein. Das war zu schaffen. Und so schnell würde man in Berlin keinen internationalen Haftbefehl erwirken, dass sie an der Grenze schon nach ihm Ausschau hielten.

Ein anderer Gedanke schoss ihm immer wieder durch den Kopf: Lauf' zur nächsten Polizeistation und stelle dich. Wenn sie dich in Deutschland verurteilen, dann nur zu ein paar Jahren in Tegel, denn es war ja kein kaltblütiger Mord, den du begangen hast, sondern Wotzlaff ist im Duell gestorben, und es hätte dich ebenso gut treffen können. Hatte er einen tüchtigen Strafverteidiger, dann … Die entscheidende Frage war nun die: Lieber fünf Jahre im Knast als *lost in Canada*? Mit dem Leben bei den Amischen, für das er sich eigentlich entschieden hatte, war es ja nun wegen dieser drei Idioten aus Berlin nichts mehr. »Hol euch doch der Teufel, ihr Arschlöcher!«

Jetzt erst entdeckte er ein hinter Schrank und Gardine gut verstecktes Gewehr. Er zog es hervor und erschrak. Es handelte sich um ein Winchester Repetierer Modell 70 Classic Laminated (WSM), wie er es auch bei Thomas Wotzlaff gesehen hatte. Möglicherweise hatte der Revierförster bei ihrem Duell in den Müggelbergen mit einem solchen Gewehr auf ihn geschossen. Auch an der HNE Eberswalde hatten sie beim Kapitel »Mögliche Gewehre für Jäger und Förster« über dieses Modell gesprochen. Menz versuchte sich zu erinnern. WSM stand für Winchester Short Magnums, für eine ausgewogene und präzise Universalwaffe. Er hörte die Stimme des Dozenten, als wäre es gestern gewesen: »Diese Büchse ist über einen Meter lang und wiegt fast vier Kilo. Damit eignet sie sich bestens für den Ansitz, aber auch für Pirschgänge in unseren Wäldern im Berliner Umland. Wegen ihres hohen Gewichts sollte man sie aber nicht im Gebirge verwenden. Wir haben aber auch den Vorteil des hohen Gewichts zu beachten: geringer Rückstoß und Waffenhochschlag. Mit ihr lässt sich also sehr angenehm schießen.«

Im Magazinkasten steckten noch drei Patronen. Menz war beruhigt. Das reichte für seine Verfolger aus Berlin: »Eine für diese komische Journalistin, eine für ihren saublöden Ex-Kripo-Mann und eine für dessen bescheuerten Enkel!«

Er nahm das Gewehr, schulterte es und lief aus der Hütte, um in der Wildnis um ihn herum zur Ruhe zu kommen und eine möglichst sinnvolle Entscheidung zu treffen. Zuerst ging er zum See hinunter, netzte sich die heiße Stirn und setzte sich dann ins Gras. Bilder aus den Karl-May-Romanen stiegen wieder in ihm auf, vor allem aus *Winnetou I*:

»Hier seht ihr Old Shatterhand, den weißen Mann, welcher aus demselben Lande stammt, aus welchem Klekih-petra zu uns kam. Er weiß alles, was dieser wusste, und ist ein noch stärkerer Krieger als er. Er hat den Grizzlybären mit dem Messer erstochen und schlägt jeden Feind mit seiner Faust zu Boden. Intschu tschuna und Winnetou waren wiederholt in seine Hand gegeben; aber er hat uns nicht getötet, sondern uns das Leben gelassen, weil er uns liebt und ein Freund der roten Männer ist. Ist es so?«

»Howgh!«

»Es ist Klekih-petras letztes Wort und letzter Wille gewesen, dass Old Shatterhand sein Nachfolger bei den Kriegern der Apachen sein möge, und Old Shatterhand hat ihm versprochen, diesen Wunsch zu erfüllen. Darum

soll er in den Stamm der Apachen aufgenommen werden und als Häuptling gelten. Es soll so sein, als ob er rote Farbe hätte und bei uns geboren wäre. Damit dies bekräftigt werde, müsste er mit jedem erwachsenen Krieger der Apachen das Calumet rauchen; aber dies ist nicht nötig, denn er wird das Blut Winnetous trinken, und dieser wird das seinige genießen; dann ist er Blut von unserm Blute und Fleisch von unserm Fleische. Sind die Krieger der Apachen damit einverstanden?«

»Howgh, howgh, howgh!«, lautete dreimal die freudige Antwort aller Anwesenden.

»So mögen Old Shatterhand und Winnetou herbei zum Sarge treten und ihr Blut in das Wasser der Brüderschaft tropfen lassen!«

Wie gern hätte er, Dietmar Menz, mit Tommy Hornbläser Blutsbrüderschaft getrunken, aber das war ja nun vorbei. Das Bild der Apachen-Pueblos verschwand vor seinem geistigen Auge, und statt seiner erschienen nun die roten Backsteinbauten der JVA Tegel, und er hörte die Schlüssel der Wärter klirren und ihre Kommandos durch die Flure hallen: »Raustreten zum Abmarsch in die Werkstätten!« – »Raustreten zum Duschen!« – »Raustreten zum Hofgang!«

Damit war klar, wohin das Pendel ausschlug: Abtauchen in Kanada. Oben in den Northwest Territories würde ihn niemand finden.

Ein Gewitter zog von Osten her auf. Es blitzte schon grell, und der Donner kam immer näher. Menz stand auf und machte sich an den Aufstieg zur Hütte. Dabei wählte er denselben Weg, den er beim Abstieg zum See hinunter genommen hatte. Der war zwar steil, doch er konnte sich immer wieder an Sträuchern und herabhängen Zweigen festhalten und nach oben ziehen. Dann aber gelang ihm dies nicht mehr, und er schoss, wild mit den Händen rudernd, aber nirgendwo mehr Halt findend, wie auf einer Rutschbahn nach unten, gezogen auch von seinem schweren Gewehr, das er über die Schulter gehängt hatte, und krachte schließlich mit dem Becken gegen einen Findling. Es schmerzte höllisch, aber er war nicht gelähmt und hoffte, es noch bis zum Devil's Lake hinunter zu schaffen. Mehrmals am Tag zeigten sich auf dem See Kanus, und schrie er nach Leibeskräften, kamen ihm bestimmt Touristen oder Ausflügler zu Hilfe. Er schaffte es auch trotz seiner Schmerzen nahe an die zehn Meter bergab, da war aber das Gewitter über ihm angekommen. Es gab Blitz und Donner im Sekundentakt und wurde apokalyptisch, als der Blitz in die Tanne neben ihm einschlug und sie fällte. Der Stamm stürzte so, dass er ihn einquetschte und ihm jedes Entkommen unmöglich machte. Die Winchester-Büchse lag wunderbarerweise direkt neben ihm. Er überlegte, wie er sich damit erschießen und selbst den Gnadentod geben konnte. Nein, die Amischen und die drei Berliner würden ihn suchen und ihn retten …

*

Von Berlin, Ohio, bis New Lexington, das knapp oberhalb vom Wayne National Forest gelegen war, hatten sie laut Google Maps 78,3 Meilen zurückzulegen, und das sollte in einer Stunde und 49 Minuten zu schaffen sein. Heike hatte sich an einer Tankstelle der »Englischen«

einen Wagen gemietet. Tommy Hornbläser hatte sie unbedingt begleiten wollen und saß nun neben Orlando im Fond.

»Oh, über Dresden geht es!«, rief Mannhardt nach einem Blick auf die Landkarte. »Da möchte ich aber auch schnell noch den Zwinger und die Frauenkirche besichtigen.«

»Die Semperoper nicht zu vergessen«, ergänzte Orlando die Wunschliste, während er schon googelte. »Dresden ist ein Dorf im Muskingum County, Ohio, mit – im Jahre 2000 – 1.423 Einwohnern. Im Ort, der sich als *Basket Village* bezeichnet, steht ein mehrere Meter hoher Strohkorb, der weltgrößte Korb.«

»Ah, ein Basketballdorf!«, rief Mannhardt.

»Nein, er ist sozusagen ein Denkmal für ›Longaberger Homestead‹. Das ist ein bekanntes Einrichtungshaus, steht hier, dessen Vorfahren in Dresden, Ohio, mit einer Korbflechterei begonnen haben.«

»Na, vielleicht errichten sie dir später in Tegel ein Denkmal in Form riesiger Handschellen«, sagte Heike, die am Steuer saß, in Richtung Mannhardt.

Ehe sich nun ein Geplänkel zwischen den beiden entwickeln konnte, fuhr Orlando fort: »Im Verlauf der *State Road 208* (*East Muskingum Avenue*) überspannt östlich des Ortes eine Balkenbrücke den Muskingum River.«

Die überquerten sie aber nicht, sondern blieben weiterhin auf der Straße nach Richtung Süden.

Plötzlich überkamen Mannhardt alte Jugenderinnerungen und er begann zu singen: »*Only say that you'll be mine / In our home we'll happy be / Down beside where the waters flow /*

On the banks of the Ohio … Olivia Newton-John.«

Orlando und Tommy Hornbläser klatschten Beifall, und selbst Heike nahm kurz die Hände vom Steuer. »An dir ist ein zweiter Roy Black verloren gegangen, aber vielleicht macht die Berliner Polizei ja mal eine Rentner-Band auf: *Die feuchten Hosen*.«

»Haha!«, machte Mannhardt. »Das war die Cindy aus Tegel.«

Das war so heftig, dass seine Frau erst einmal eine Weile schwieg.

Sie fuhren durch Zanesville, und Heike freute sich schon, dass hier Orlando und Mannhardt wohl kaum einhaken konnten, um weiter zu blödeln.

Tommy Hornbläser dachte an den Mann, der für ihn immer noch Arjen Boom war. »Hoffentlich hat er sich nichts angetan. Er ist wirklich ein prima Kerl, und ich kann einfach nicht glauben, dass er …«

»Mörder sehen selten so aus wie Hannibal Lecter im *Schweigen der Lämmer*«, entgegnete ihm Mannhardt.

»Zanesville ist die Hauptstadt des Muskingum County«, verkündete ihnen Orlando, »und war kurzzeitig auch einmal die Hauptstadt von ganz Ohio. Die berühmtesten Söhne der Stadt sind der Schriftsteller Zane Grey und der Basketballspieler Kevin Martin. Den kenne ich sogar, der spielt in der NBA bei den Houston Rockets. Mensch! Der sollte mal nach Berlin kommen, damit Alba wieder mal deutscher Meister wird!«

»Und von Zane Grey habe ich als Junge fast alle Bücher gelesen!«, rief Mannhardt. »Alles Westernromane.«

»Ah, daher rührt dein hoher Bildungsstandard«, lästerte Heike. »Willst du es nicht einmal bei Günther Jauch versuchen?«

»Ja, Opi Hajü: Was versteht man unter dem ›*Zanesville massacre*‹?«

»Keine Ahnung ... Vielleicht ein Massaker während der Indianerkriege?«

»Falsch! Es waren bengalische Tiger, Löwen, Bären und andere gefährliche Tiere aus einem Zoo ausgebrochen, hatten auf ihrer Wanderung einen Highway besetzt und sind erschossen worden.«

Sie kamen ohne irgendwelche Zwischenfälle zum Nationalpark und fuhren bei Millfield so weit wie möglich ins Gelände hinein und nahmen Kurs auf den Hocking River. Nachdem sie ausgestiegen waren, breitete Mannhardt auf der Kühlerhaube ihres Wagens eine Karte aus und ließ sich von Tommy Hornbläser die Stelle zeigen, wo oberhalb des Devil's Lake die Hütte gelegen war, in der er Arjen Boom / Dietmar Menz vermutete. Dann machten sie sich mithilfe eines GPS-Gerätes und eines Kompasses auf den Weg.

Sie waren etwa eine halbe Stunde gegangen, da hörten sie einen Gewehrschuss.

»Das wird Arjen sein!«, rief Tommy Hornbläser. »Er ist in Not und hat den Schuss abgegeben, damit wir ihn finden.«

»Wenn nicht aus einem anderen Grund«, murmelte Mannhardt, ohne dass der junge Hornbläser es hörte. »Man denke nur an Hemingway.«

Heike blieb stehen. »Hat der sich nicht mit einem Gewehr erschossen?«

»Du sagst es. Er hat sein Gewehr gegen sich selber gerichtet und sich die Schädeldecke weg geschossen.«

Orlando schüttelte sich. »Da können wir uns ja bei Menz auf einen schönen Anblick gefasst machen.«

Da wurde ein weiterer Schuss abgegeben, und wenig später hörten sie einen schwachen Hilferuf.

»Da ist er, das ist Arjens Stimme!« Tommy Hornbläser war ganz sicher, sie erkannt zu haben.

Eine Minute später hatten sie Menz entdeckt, eingeklemmt von der umgestürzten Tanne. Nachdem er eine Weile ohnmächtig gewesen war, hatte er das neben ihm liegende Gewehr entdeckt und die Schüsse abgefeuert.

Schnell hatten die Ankömmlinge seine Lage erkannt und analysiert.

»Wir müssen versuchen, den Baum anzuheben, damit er darunter hervorkriechen kann!«, rief Tommy Hornbläser.

»Das ist unmöglich«, fand Mannhardt.

Und in der Tat konnten sie die mächtige Tanne keinen Zentimeter anheben.

»Da muss schweres Gerät her!«, rief Orlando. »Ich rufe die Polizei an.«

Heike war klar, dass jede Hilfe zu spät kommen würde. Sie warf Tommy Hornbläser einen Blick zu, der alles sagte. Daraufhin kniete sich der junge Amische zu Menz auf den Boden.

»Oh Freund! Du wirst unvergessen bleiben. Wir sind keine Katholiken, aber den Herrn wird es sicher erfreuen, wenn du jetzt alle deine Sünden beichtest.«

Mit schmerzverzerrtem Gesicht und heftigen Tränen presste nun Menz hervor: »Ja, ich habe in den Müggelbergen Förster Wotzlaff erschossen. Das war die Quittung dafür, dass er mich so geschurigelt hat, und mein Tod hier, das ist die Quittung Gottes dafür. Jetzt sind wir quitt.«

»*Quitt* wie bei Fontane«, flüsterte Mannhardt. »*Quitt 2.0*, wenn Martin Nehmer ein Stück daraus machen würde, oder *Sühnetod.*«

Als er später im Hotel Fontanes Roman zu Ende las, fand er dort in Bezug auf Menz einen Satz, der ein hehres Schlusswort war: *Seine Geschicke haben sich erfüllt.*

HORST BOSETZKY
Witwenverbrennung

978-3-8392-1665-1 (Paperback)
978-3-8392-4607-8 (pdf)
978-3-8392-4606-1 (epub)

TÖDLICHES TESTAMENT In einer brennenden Villa im vornehmen Dahlem wird die Leiche von Sandra Roßwein entdeckt. Sie ist die Witwe des Inhabers einer deutsch-indischen Handelsfirma, der auf einer Indienreise ums Leben gekommen ist. Ihr Mann war vollkommen von der alten indischen Kultur besessen und legte in seinem Testament fest, seine Frau solle sich nach seinem Tode verbrennen lassen. Hat sie sich also tatsächlich selbst verbrannt oder hat jemand Roßweins letzten Willen vollstreckt?

HORST BOSETZKY
Fahnenflucht

978-3-8392-1403-9 (Paperback)
978-3-8392-4127-1 (pdf)
978-3-8392-4126-4 (epub)

MORD IM BERLINER FRISIERSALON Berlin im Jahre 1917. Es gibt Massenstreiks gegen den Krieg und Hunger, auf den Märkten werden Stände geplündert, Schwarzhändler erzielen Höchstpreise.

Um nicht an der Front verheizt zu werden, desertiert der junge Friseur Louis Maleike, verkleidet sich als Frau und lebt als Louise Schulz in einem kriegsbedingt geschlossenen Herrenfrisiersalon. Als ein Mord geschieht, gerät Louise alias Louis unter Verdacht und muss untertauchen. Kommissar Fokko v. Falkenrhede heftet sich an seine Fersen …

GMEINER SPANNUNG

WWW.GMEINER-VERLAG.DE
Wir machen's spannend